Pelham Grenville Wodehouse, geboren 1881 in Guildford, England, begann seine Karriere als Bankbeamter. 1902 erschien sein erstes Buch; er wurde Mitarbeiter der Zeitschriften «Globe» und «Punch» und lebte als freier Schriftsteller in England und den USA. Neben über neunzig Romanen und Kurzgeschichtenbänden schrieb er auch Theaterstücke und Musicals. 1955 wurde Wodehouse amerikanischer Staatsbürger; 1975 starb er in New York.

Berühmt ist er bis heute vor allem für seine humoristischen Romane, mit denen er Lebensstil, Charme und Witz der britischen *upper class* ein kongeniales Denkmal setzte. Dafür erhielt er 1939 die Ehrendoktorwürde der Universität Oxford.

Im Rowohlt Taschenbuch Verlag sind ferner seine Romane «Der unvergleichliche Jeeves» (rororo 13611) und «Weiter so, Jeeves» (rororo 13612) erschienen. Weitere Titel werden folgen.

P. G. Wodehouse

Bertie in wilder Erwartung

Roman

Deutsch
von Fred Schmitz

rororo

Rowohlt

Die englische Originalausgabe erschien unter dem Titel
«Thank you, Jeeves»

Veröffentlicht im Rowohlt Taschenbuch Verlag GmbH,
Reinbek bei Hamburg, Oktober 1996

Erstmals 1988 in deutscher Übersetzung
als Taschenbuchausgabe erschienen
«Thank you, Jeeves»

Umschlaggestaltung Susanne Müller
(Foto: VOX)
Satz Garamond (Linotronic 500)
Gesamtherstellung Clausen & Bosse, Leck
Printed in Germany
1290-ISBN 3 499 13795 x

Vorwort

Dies ist mein erster längerer Roman über Jeeves und Bertie Wooster und übrigens das einzige Buch, das ich je zu schreiben versuchte, ohne mich an die Maschine zu setzen und mir dabei einen Hexenschuß einzuhandeln.

Nicht, daß ich je erwogen hätte, einer Stenotypistin zu diktieren. Wie man angesichts einer gelangweilt blickenden Sekretärin mit Block auf dem Schoß überhaupt eine Geschichte mit Hilfe gesprochener Wörter zu Ende bringen kann, ist mir sowieso ein Rätsel. Doch gibt es Autoren, die nichts dabei finden und einfach loslegen: «Fertig, Miss Spelvin? Also schreiben Sie. Gänsefüßchen Nein Komma Lord Jasper Murgatroyd Gänsefüßchen Komma sagte nein schreiben Sie lieber zischte Evangelina Komma Gänsefüßchen Sie würde ich nicht heiraten Komma und wären Sie auch der einzige Mann auf der Welt Punkt Gänsefüßchen Absatz Gänsefüßchen Je nun Komma da ich aber nicht der einzige Mann auf der Welt bin Komma ist Ihr Gedankengang abwegig Gänsefüßchen Komma erwiderte Lord Jasper höhnisch und zwirbelte seine Schnurrbartspitzen in die Höhe Punkt Absatz.»

Wenn ich mich je mit dergleichen abgeben müßte, hätte ich die ganze Zeit das dumpfe Gefühl, daß sich das Mädchen beim Schreiben folgendes dächte: «Je nun Komma da fragt man sich doch Komma wie dieser dämliche Wodehouse noch frei herumlaufen kann Komma da in einschlägigen Häusern noch Zellen frei sind Fragezeichen.»

Ich besorgte mir nun so eine Maschine mit einem Mundstück, in das man hineinspricht, um seine eigenen Texte aufzunehmen, und mit ‹Bertie in wilder Erwartung› wollte ich das einmal ausprobieren. Nach den ersten Absätzen beschloß ich, mir einmal anzuhören, wie das klingt, und ließ die Maschine zurücklaufen.

Es war grauenvoll; ein menschliches Gemüt hält das nicht aus. Bis zu diesem Augenblick war mir nie klar gewesen, daß ich wie ein aufgeblasener Schulmeister spreche, der die Schüler in seiner Obhut von der Kanzel der Schulkapelle aus vermahnt. Aus dieser Stimme sprach eine so salbungsvoll trostlose Langeweile, daß einem ganz mulmig wurde.

Ich war fassungslos. Ich hatte nämlich gehofft, vorausgesetzt, alles ginge glatt, mit ‹Bertie in wilder Erwartung› ein vergnügliches Buch zu schreiben, lustig sollte es sein, wenn Sie wissen, was ich meine, von hinreißender Komik, wenn Sie mich verstehen, und eben heiter. Nun mußte ich einsehen, daß ein Mann mit so einer Stimme niemals auch nur in die Nähe einer gewissen Heiterkeit gelangt. Unter den Händen eines solchen Mannes muß sich die Geschichte notwendigerweise in eine dieser bedrückenden Tragödien auf Schauplätzen minderen Lebenszuschnitts verwandeln, die man nach einem kurzen Blick auf Seite eins der Bücherei erschauernd zurückreicht. Am nächsten Tag verkaufte ich die Maschine und fühlte mich wie Hans im Glück nach Abstoßung seines Mühlsteins. Jetzt begnüge ich mich wieder mit meiner guten, alten Schreibmaschine.

Das Niederschreiben der Geschichten ist für mich eine sehr erfreuliche Betätigung. Das Ausdenken derselben ist allerdings geeignet, mir meine Tage zu verdüstern. Wenn man sich eine Handlung mit zahlreichen Verwicklungen wie in meiner Geschichte ausdenkt, überfällt einen plötzlich jäh der Verdacht, daß da mit den zwei Gehirnhälften und dem breiten Balken gegenläufiger Fasern, der sie verbindet, etwas nicht mehr ganz in Ordnung ist. In der Regel mache ich mir erst auf rund vierhundert Seiten Notizen, bevor ich anfange zu schreiben, und währenddessen kommt irgendwann unweigerlich der Augenblick, an dem ich innehalte und sage: «Oh, welch ein edler Geist ist hier zerstört.» Das komische ist nur: Immer, wenn ich das Gefühl habe, daß ich jetzt reif bin für die Klapsmühle, macht es irgendwo «klick» – und alles löst sich in Wohlgefallen auf, und es herrscht wieder eitel Freude im Hause.

P. G. Wodehouse

1

Jeeves kündigt

Ich war etwas beunruhigt. Wirklich nichts von Bedeutung – und doch war da ein Hauch von Sorge. Als ich da gemütlich zu Hause saß und müßig über die Saiten meines Banjolele strich, eines Instruments, das ich seit kurzem liebgewonnen hatte, hätten Sie vermutlich meine Stirn nicht bedenklich zerfurcht gefunden, doch immerhin ein wenig gekräuselt. Man hätte mich wohl als gedankenvoll bezeichnen können, ja, das ist das richtige Wort. Denn offenbar stand eine Situation, die in sich alle Möglichkeiten äußerster Peinlichkeit barg, direkt vor der Tür.

«Jeeves», sagte ich, «wissen Sie was?»

«Nein, Sir.»

«Wissen Sie, wen ich gestern abend gesehen habe?»

«Nein, Sir.»

«J. Washburn Stoker samt Tochter Pauline.»

«Tatsächlich, Sir?»

«Sie müssen also rübergekommen sein.»

«So hat es den Anschein, Sir.»

«Peinlich, was?»

«Es ist sehr begreiflich, Sir, daß nach alledem, was in New York geschehen ist, eine Begegnung mit Miss Stoker für Sie höchst schmerzlich sein muß. Doch halte ich dafür, daß mögliche Fährnisse nicht zwingend in Erscheinung treten müssen.»

Ich bedachte diese Worte. «Wenn Sie von Fährnissen sprechen, die in Erscheinung treten, Jeeves, dann flackert es etwas bei mir hier oben, und ich tappe im finstern. Meinen Sie vielleicht, ich solle ihr möglichst aus dem Wege gehen?»

«So ist es, Sir.»

«Ich soll sie meiden?»

«Jawohl, Sir.»

Gedankenverloren spielte ich fünf Takte von ‹Ol' Man River›. Dank seiner Ausführungen war mir etwas leichter ums Herz. Es war das einzig Richtige. Schließlich ist London riesengroß. Hier braucht man niemanden zu treffen, wenn man nicht will.

«Aber es hat mir einen ganz schönen Schlag versetzt.»

«Sehr verständlich, Sir.»

«Und zwar um so mehr, als Sir Roderick Glossop bei ihnen war.»

«Tatsächlich, Sir?»

«Ja. Es war im Savoy Grill. Saßen alle schon futternd am Fenster. Aber etwas ist komisch, Jeeves. Als vierte am Tisch saß Lord Chuffnells Tante Myrtle. Wie kommt die bloß zu dieser Bande?»

«Dann ist Lady Myrtle wohl eine Bekannte von Mr. Stoker. Oder von Miss Stoker. Oder von Sir Roderick, Sir.»

«Das könnte es sein. Ja, das ist vielleicht der Grund. Aber es hat mich doch verwundert.»

«Haben Sie die Herrschaften angesprochen, Sir?»

«Ich? Nein, Jeeves, wie ein Blitz war ich draußen. Wenn ich schon vor den Stokers in Deckung gehe, glauben Sie denn, ich würde aus freien Stücken auf den alten Glossop zugehen und mit ihm plaudern?»

«Er hat sich in der Tat nie als sympathischer Weggeselle erwiesen, Sir.»

«Wenn es einen Menschen auf der ganzen Welt gibt, mit dem ich nie ein Wort zu wechseln wünsche, dann ist es dieses alte Schweinsohr.»

«Ich vergaß übrigens zu erwähnen, Sir, daß Sir Roderick heute morgen vorgesprochen hat.»

«Was?»

«Jawohl, Sir.»

«Er wollte mich besuchen?»

«Jawohl, Sir.»

«Nach allem, was vorgefallen ist?»

«Jawohl, Sir.»

«Ich bin baff.»

«Jawohl, Sir. Ich teilte ihm mit, Sie seien noch nicht aufgestanden, und er sagte, er komme später wieder.»

«Sagte er, so?» Ich lachte. In meiner bekannten sardonischen Art. «Wenn er kommt, hetzen Sie den Hund auf ihn!»

«Wir haben keinen Hund, Sir.»

«Dann gehen Sie einen Stock tiefer und leihen Sie sich den Spitz von Mrs. Tinkler-Moulke aus. Anstandsbesuche – und das nach seinem unmöglichen Benehmen in New York. So etwas hab ich mein Leben lang noch nicht erlebt. Jeeves, haben Sie in Ihrem Leben schon dergleichen erlebt?»

«Ich muß gestehen, angesichts der Umstände hat seine Ankunft einiges Erstaunen in mir wachgerufen.»

«Das glaube ich Ihnen aufs Wort. So etwas! Ja, Herr im Himmel! Ja, grundgütiger Gott! Dieser Mensch hat eine Hornhaut wie ein Nashorn.»

Wenn Sie erst die ganze Geschichte kennen, werden Sie einsehen, daß meine Erregung durchaus am Platze war. Einen Moment, ich will mir nur die Tatsachen noch einmal vergegenwärtigen und in die rechte Ordnung bringen. Also:

Es war etwa vor drei Monaten, als ich eine gewisse Unruhe bei meiner Tante Agatha bemerkte, und umsichtig, wie ich bin, machte ich mit ihr einen kleinen Abstecher nach New York, damit sie mal richtig Dampf ablassen konnte. Schon in der ersten Woche lernte ich anläßlich eines Hotelfests im Sherry-Netherland Pauline Stoker kennen.

Sie traf mich mitten ins Herz. Ihre Schönheit berauschte mich wie schwerer Wein.

Ich weiß noch, wie ich damals bei meiner Rückkehr in die Wohnung gleich nach Jeeves rief. «Jeeves, wer war der Kerl, der auf irgendwas guckte und sich dabei vorkam wie irgend jemand, der auf irgendwas guckte? Ich hab das mal in der Schule gelernt, aber es ist mir entfallen.»

«Ich nehme an, die Persönlichkeit, auf die Sie Bezug nehmen, Sir, ist der Dichter Keats. Als er zum ersten Mal Chapmans Homer las, verglich er seine aufwallenden Gefühle mit denen des kühnen Cortez, als dieser mit Adleraugen auf den Stillen Ozean starrte.»

«Stiller Ozean?»

«Jawohl, Sir. Und seine Mannen, über der Bucht von Darien, schauten schweigend einander an in wilder Erwartung.»

«Natürlich, jetzt fällt es mir wieder ein. Und genauso fühlte ich mich heute nachmittag, als ich Miss Pauline Stoker traf. Plätten Sie meine Hose besonders sorgfältig heute abend, Jeeves, ich gehe nämlich mit ihr aus.»

Ich war schon immer der Meinung, daß man gerade in New York in Herzensangelegenheiten schneller den Kopf verliert als irgendwo anders. Es hat wohl irgend etwas mit der dortigen Luft zu tun. Zwei Wochen später machte ich Miss Stoker einen Antrag, und sie nahm ihn an. So weit, so gut. Aber das dicke Ende kommt nach. Noch keine achtundvierzig Stunden später hatte jemand eine Menge Sand ins Getriebe gefeuert, und alles war aus.

Und die Hand, die den Sand geschmissen hatte, war die Hand von Sir Roderick Glossop.

In meinen Memoiren habe ich, wie Sie sich erinnern, schon oftmals Gelegenheit gehabt, auf diese alte Giftspritze zurückzukommen. Ein glatzköpfiger Widerling mit buschigen Brauen, vorgeblich ein Nervenspezialist, doch in Wirklichkeit, wie jeder weiß, nichts weiter als ein viel zu teurer Irrenarzt, der mir seit Jahren in die Quere kommt, was jedesmal Konsequenzen von ungeheurer Tragweite hat. Und wie es der Zufall wollte, weilte er in New York, als unsere Verlobungsanzeige in den Zeitungen erschien.

Der Anlaß seines Aufenthalts dort war eine seiner Visiten bei George, einem Vetter zweiten Grades von J. Washburn Stoker. Dieser George hatte sein Leben lang Witwen und Waisen übers Ohr gehauen und war aus diesen Anstrengungen offenbar geschwächt hervorgegangen. Er pflegte wirre Reden zu führen und hatte den Drang, auf den Händen zu gehen. Seit einigen Jahren war er Sir Rodericks Patient, und dieser suchte ihn in gewissen Abständen in New York auf, um nach ihm zu sehen. Diesmal war er nun gerade zur rechten Zeit gekommen, um an seinem Frühstücksei vorbei die Nachricht zu lesen, daß Bertram Wooster und Pauline Stoker in den Ehestand zu treten gedachten. Soweit ich das beurteilen kann, war der Kerl schon am Telefon, um den Vater der Braut anzurufen, bevor er sich noch das Eigelb vom Kinn gewischt hatte.

Ich habe natürlich keine Ahnung, was er J. Washburn über mich erzählt hat. Aber ich könnte mir vorstellen, was er gesagt hat, daß ich nämlich einmal mit seiner Tochter Honoria verlobt gewesen sei und daß er jedoch die Verbindung unterbunden habe aufgrund seiner Auffassung, daß ich plemplem sei bis ins Mark. Ganz sicher ist er auf den Zwischenfall mit den Katzen und Fischen in meinem Schlafzimmer zu sprechen gekommen, vielleicht auch auf die Sache mit dem gestohlenen Hut und meine Eigenart, Regenrinnen hinunterzurutschen, und womöglich hat er sich das unsägliche Mißgeschick mit der leckenden Wärmflasche bei Lady Wickham bis zuletzt aufgehoben.

Da er nicht nur J. Washburns Freund war, sondern zudem ein Mann, dem J. W. blind vertraute, muß ich annehmen, daß letzterer leicht von meiner Unwürdigkeit zu überzeugen war. Jedenfalls wurde ich, wie schon gesagt, kaum achtundvierzig Stunden nach dem feierlichen Angelöbnis dahingehend belehrt, daß sich die Neuanschaffung einer karierten Hose und einer Gardenie erübrige, da die Verbindung gelöst sei.

Und just dieser Mensch besaß die ungeheuerliche Kaltschnäuzigkeit, an Woosters Tür zu klopfen. Da frag ich Sie doch!

Ich beschloß, sehr abweisend zu sein.

Ich spielte noch Banjolele, als er kam. Wer Bertram Wooster besser kennt, der weiß, daß er von leidenschaftlichen Gefühlen schnell und heftig ergriffen wird und sich im Banne derselben in eine fühllose Maschine verwandelt, die konsequent und zielgerichtet funktioniert. So war es auch mit meinem Banjolele-Spiel. Seit der Nacht im Alhambra, wo die unvergleichliche Virtuosität von Ben Bloom und seinen Sixteen Baltimore Buddies den heißen Wunsch in mir entflammt hatte, dieses Instrument zu beherrschen, war nicht ein Tag vergangen, an dem ich nicht mehrere Stunden lang auf das emsigste geübt hätte. Ganz der Muse hingegeben, zupfte ich die Saiten, als die Tür sich öffnete und Jeeves ebendiesen miesen Zwangsjackenschwenker hereinschob, von dem gerade die Rede war.

In der Zwischenzeit aber, seit ich erfahren hatte, daß dieser Mensch mich zu sprechen wünsche, war mir einiges durch den Kopf gegangen. Daß er überhaupt herkam, war eigentlich nur auf eine Sinnesänderung zurückzuführen; ja, wahrscheinlich war er zur Einsicht gelangt, daß nun eine Entschuldigung für sein Benehmen fällig sei. Infolgedessen war es daher ein etwas gemilderter Bertram Wooster, der sich zur Begrüßung erhob.

«Ah, Sir Roderick,» sagte ich, «guten Morgen.»

Nichts hätte verbindlicher klingen können als diese meine Worte. Wer aber beschreibt mein Erstaunen, als mein Gruß mit einem schieren Grunzen erwidert wurde, noch dazu von einem unmißverständlich bösartigen Grunzen. Ich mußte einsehen, daß ich die Situation verkannt hatte. Hatte mich völlig vergaloppiert. Kein bußfertiger Ehrenmann stand hier vor mir. Blanker Abscheu war in seinen Augen zu lesen, und er starrte mich an, als wäre ich der Erreger der Dementia praecox.

Nun gut, wenn er es so haben wollte, na schön, kann ich nur sagen, und meine Herzlichkeit ließ merklich nach. Kalt und würdevoll richtete ich mich empor, zugleich eine Augenbraue hebend. Ich war gerade dabei, die Floskel «Welchem-Umstand-verdanke-ich-usw.» lässig ins Spiel zu bringen, als er mir das Wort abschnitt.

«Man müßte Sie für geistesgestört erklären!»

«Wie bitte?»

«Sie sind ja gemeingefährlich. Seit Wochen schon machen Sie anscheinend Ihren Nachbarn das Leben zur Hölle mit Ihrem schauerlichen Instrument. Ich sehe, Sie haben es in der Hand. Wie können Sie es wagen, dieses Ding in einem anständigen Wohnblock zu betätigen. Urlaute der Hölle!»

Ich, ganz gefaßt und hoheitsvoll: «Sagten Sie ‹Urlaute der Hölle›?»

«Das sagte ich.»

«So? Dann will ich Ihnen mal sagen, was ein Mensch, der keine Musik in sich hat...» Ich schritt zur Tür. «Jeeves», rief ich in den Flur, «was hat Shakespeare noch gesagt, was einem Menschen, der keine Musik in sich hat, zuzutrauen ist?»

«Verrat, Täuschung und Raub, Sir.»

«Danke sehr, Jeeves. Verrat, Täuschung und Raub ist ihm zuzutrauen», sagte ich, als ich ins Zimmer zurücktrat.

Er tänzelte vor mir her.

«Sind Sie sich im klaren, daß die Mieterin unter Ihnen, Mrs. Tinkler-Moulke, eine meiner Patientinnen ist? Sie ist hochgradig erregt, und ich mußte ihr ein Sedativum verabreichen.»

Ich erhob eine Hand. «Verschonen Sie mich mit Ihrem Anstaltsjargon», sagte ich abweisend. «Darf ich nun meinerseits fragen, ob Sie sich im klaren sind, daß Mrs. Tinkler-Moulke einen Spitz besitzt?»

«Faseln Sie nicht!»

«Ich fasele nicht. Das Tier jault den ganzen Tag und oft genug bis tief in die Nacht. Da hat also diese Mrs. Tinkler-Moulke die Stirn, sich über mein Banjolele zu beschweren, was? Ha! Soll sie sich zuerst mal den Spitz aus dem eigenen Auge ziehen», sagte ich bibelkennerisch.

Der Mann litt, man sah es ihm an.

«Ich bin nicht hier, um über Hunde zu sprechen. Ich wünsche von Ihnen die ausdrückliche Versicherung, daß Sie auf der Stelle aufhören, diese unglückliche Frau zu peinigen.»

Ich schüttelte den Kopf. «Es betrübt mich, daß sie, musikalisch gesehen, so unempfindlich ist wie Stein, aber meine Kunst geht vor.»

«Ist das Ihr letztes Wort?»

«Dies ist mein letztes Wort!»

«Nun gut. Sie werden noch von uns hören.»

«Mrs. Tinkler-Moulke wird nun auch von uns noch etwas hören», erwiderte ich und schwenkte mein Banjolele.

Ich drückte auf den Summer. «Jeeves», sagte ich, «bitte begleiten Sie Sir R. Glossop hinaus.»

Ich muß gestehen, ich war recht zufrieden mit mir, wie ich bei dieser Kraftprobe meinen Mann gestanden hatte. Es gab nämlich einmal eine Zeit, müssen Sie wissen, da wäre ich beim plötzlichen Auftauchen des alten Glossop in meinem Wohnzimmer wie ein Kaninchen gleich hinter die nächste Deckung gesprungen. Doch seit ich meine Feuerprobe bestanden hatte, erfüllte mich sein Anblick nicht mehr mit namenlosem Entsetzen, und in bester Laune spielte ich nun selbstzufrieden vor mich hin: ‹Singin' in the Rain›, ‹Goodnight Sweetheart›, ‹My Love Parade›, und ‹Spring ist here›. Dann intonierte ich dieses wunderbare Lied ‹Eine Hupe hat mein Auto, und die Hupe macht tut-tut›, und ich war noch nicht ganz am Ende damit, als das Telefon klingelte.

Ich ging zu dem Apparat, hob ab und lauschte. Und während ich lauschte, wurde mein Gesicht hart. Wie aus Bronze gegossen.

«Nun gut, Mr. Manglehoffer», sagte ich kalt, «Sie können Mrs. Tinkler-Moulke und Konsorten sagen, ich hätte mich für letzteres entschieden.»

Ich klingelte. «Jeeves», sagte ich, «es hat ein klein bißchen Ärger gegeben.»

«Tatsächlich, Sir?»

«Die Schlange der Mißgunst erhebt ihr giftiges Haupt in Berkeley Mansions. Es ermangelt diesem Hause der Geist des Geben-und-nehmen-Könnens und die nachbarliche Zuwendung. Ich habe gerade mit dem Hausverwalter gesprochen, und er hat mir ein Ultimatum gestellt. Entweder hänge ich mein Banjolele an den Nagel, oder ich muß ausziehen.»

«Tatsächlich, Sir?»

«Wie es scheint, sind verschiedene Beschwerden eingegangen. Von der ehrenwerten Mrs. Tinkler-Moulke von C 6, von Oberstleutnant J. J. Bustard von B 5 und von Sir Everard und Lady Blennerhassett von B 7. Na schön. Sei's drum. Es läßt mich kalt. Zum Glück sind wir diese Tinkler-Moulkes, diese Bustards und Blennerhassetts bald los. Ich scheide ohne Schmerz.»

«Sie erwägen den Umzug, Sir?»

Meine Augenbrauen stiegen in die Höhe.

«Sie haben doch bestimmt keine Sekunde daran zweifeln können, Jeeves, daß etwas anderes überhaupt nicht in Frage kommt.»

«Ich fürchte aber, Sie werden anderenorts ähnlicher Feindseligkeit begegnen, Sir.»

«Nicht dort, wo ich hingehe. Ich habe die Absicht, mich aufs Land zurückzuziehen, und in der Einsamkeit, in einem weltabgeschiedenen Winkelchen, werde ich sicher eine Hütte finden, wo ich meine Studien in Ruhe fortsetzen kann.»

«Eine Hütte, Sir?»

«Eine Hütte, Jeeves. Ein Häuschen. Vorzugsweise mit Geißblatt überwachsen.» Sekunden später hätten Sie mich mit einem Zahnstocher zu Boden strecken können. Denn nach einer kleinen Pause hüstelte Jeeves, mein Jeeves, den ich sozusagen an meinem Busen genährt habe, wer weiß, wie viele Jahre lang, jedenfalls drang aus seinem Munde folgendes unfaßbare Wort: «Ich fürchte, in diesem Falle muß ich kündigen.»

Ein eisiges Schweigen folgte. Ich starrte diesen Menschen an.

«Jeeves», sagte ich in einer Verfassung, als hätte mich der Donner gerührt, «habe ich Sie wohl recht verstanden?»

«Jawohl, Sir.»

«Sie ziehen tatsächlich in Erwägung, mich zu verlassen?»

«Nur mit dem größten Widerstreben, Sir. Wenn es jedoch Ihre Absicht ist, dieses Instrument in der Enge eines Landhäuschens zu spielen...»

Ich richtete mich empor. «Sie sagen ‹dieses Instrument›, Jeeves, und Sie sagen es in einem unangenehmen, ja geradezu abschätzigen Ton. Soll ich das so verstehen, daß Ihnen mein Banjolele mißfällt?»

«Das ist richtig, Sir.»

«Sie haben es bis jetzt sehr gut ertragen.»

«Mit großer Mühe, Sir.»

«Dann muß ich Ihnen sagen, daß ganz andere Leute als Sie ganz andere Sachen als Banjoleles ausgehalten haben. Wußten Sie, daß ein gewisser Bulgare namens Elia Gospodinoff vierundzwanzig Stunden lang Dudelsack gespielt hat, ohne abzusetzen? Ripley bezeugt das in seinem ‹Unglaublich, aber wahr›.»

«Tatsächlich, Sir?»

«Ja glauben Sie denn, Gospodinoffs Betreuer hätte daraufhin alles hingeworfen? Lachhaft. Da sind die Bulgaren aus härterem Holz geschnitzt. Ich bin sogar überzeugt, er stand dem jungen Meister im Kampf um den Rekord Mitteleuropas von Anfang an bei, und ganz sicher war er immer mit Eisbeuteln und anderen Stärkungsmitteln eifrig zugange. Etwas mehr Bulgarengeist bitte, Jeeves.»

«Nein, Sir. Ich habe in dieser Sache eine Stellung bezogen, und davon will ich nicht abgehen.»

«Aber Sie geben Ihre Stellung ja gerade auf.»

«Ich wollte sagen, Sir: Hier stehe ich und kann nicht anders.»

«Oh!» Ich stand da und grübelte eine Weile. «Sie meinen das im Ernst, Jeeves?»

«Jawohl, Sir.»

«Und Sie sind entschlossen?»

«Jawohl, Sir. Wenn Sie darauf beharren, weiter auf diesem Instrument spielen zu wollen, bleibt mir keine andere Wahl.»

Da kochte das Wooster-Blut über. Dank der Gunst der Umstände hatte sich dieser Bursche im Lauf der vergangenen Jahre eine Stellung zurechtgezimmert, die man zu Recht als Herrschaft eines Haushaltstyrannen bezeichnen könnte. Doch davon abgesehen – wenn man die schieren Fakten betrachtet, was ist denn dann dieser Jeeves? Ein Diener. Ein bezahlter Domestik. Ein Mann kann sich nicht auf die Dauer fortwährend dem Willen seines Dieners unterwerfen. Da kommt ein Augenblick, an dem sich dieser Mann mit Stolz daran erinnert, daß seine Vorväter sich mannhaft in der Schlacht von Crecy geschlagen hatten und daß es Zeit ist durchzugreifen. Dieser Augenblick war jetzt gekommen.

«Dann gehen Sie in drei Teufels Namen.»

«Sehr wohl, Sir.»

2

Chuffy

Ich muß gestehen, eine düstere Stimmung umfing mich, als ich mir eine halbe Stunde später Stock, Hut und meine zitronengelben Handschuhe zusammensuchte und auf die Straßen Londons hinausschritt. Ich versagte mir, an eine Zukunft ohne Jeeves zu denken, wurde aber auch nicht schwach. Anflüge von Nachgiebigkeit wies ich von mir. Als ich zum Piccadilly einbog, war ich eine Einheit aus loderndem Feuer und gehärtetem Stahl, und einen halben Augenblick später wäre ich bestimmt schnaubend, wenn nicht gar brüllend in den uralten Schlachtruf der Woosters ausgebrochen, hätte sich nicht am Horizont eine vertraute Gestalt abgezeichnet.

Dieselbe entpuppte sich als ein Spielgefährte aus Kindheitstagen, als fünfter Baron Chuffnell, ebenjener alte Knabe, dessen Tante Myrtle ich, wie erinnerlich, den Abend zuvor im traulichen Geplauder mit diesem Höllenhund Glossop gesichtet hatte.

Sein Anblick brachte mir wieder zu Bewußtsein, daß ich ja auf dem Immobilienmarkt neuerdings ein ernstzunehmender Faktor war und daß hier just der richtige Vermittler für Landhäuschen stand.

Hab ich Ihnen eigentlich schon einmal etwas über Chuffy erzählt? Unterbrechen Sie mich, wenn ja. Ich kenne diesen Haldodri praktisch schon, seit ich auf der Welt bin. Wir waren auch zusammen in Eton und Oxford. In letzter Zeit haben wir uns allerdings nicht allzu häufig gesehen, denn die meiste Zeit verbringt er in Chuffnell Regis an der Küste von Somersetshire, wo er ein riesiges Anwesen besitzt mit einem Haus von rund hundertfünfzig Zimmern und Meilen von sanft gewelltem, parkartigem Land.

Nun sollten Sie sich aufgrund dieser Umfeldbeschreibung nicht zu der Vorstellung hinreißen lassen, dieser mein Busenfreund sei besonders betucht. Im Gegenteil, der arme Junge sitzt ziemlich auf dem trockenen wie die meisten, die Land besitzen. Er bleibt nur deswegen in Chuffnell Hall, weil er dort festsitzt und es sich nicht leisten könnte, irgendwo anders zu wohnen. Käme jemand, der ihm seinen Besitz abkaufen wollte, er fiele ihm glatt um den Hals. Aber wer will denn heutzutage so ein Monstrum von Haus? Er kann es nicht einmal vermieten. Infolgedessen klebt er die meiste Zeit dort fest und hat keinen Menschen, mit dem er sprechen könnte, ausgenommen den dortigen Landarzt, den Pfarrer und seine Tante Myrtle samt zwölfjährigem Sohn Seabury, die beide im Witwenhaus im Park wohnen. Mit einem Wort: eine ziemlich karge Existenz für einen vielversprechenden Jüngling, von dem einst jeder auf der Universität annahm, er werde einmal die Puppen tanzen lassen.

Chuffy ist gleichfalls Besitzer der Ortschaft Chuffnell Regis, aber das bringt ihm auch nichts ein. Die Grundsteuern, Reparaturen und weiß der Himmel, was noch für Ausgaben, fressen all das auf, was er an Mieten einnimmt, und somit ist das Ganze eine einzige Pleite. Doch immerhin verfügt er als Grundbesitzer, der er nun einmal ist, zweifellos über Dutzende von Häuschen und ist bestimmt heilfroh, wenn er eines davon einem so vertrauenswürdigen Mieter wie mir überlassen kann.

«Du bist genau der Mann, den ich suche», sagte ich also nach dem üblichen Halli-Hallo. «Komm mit in den Drones Club, da essen wir zusammen. Ich kann dir ein kleines Geschäftchen verschaffen.»

Er schüttelte den Kopf, fast wehmütig, wie mir schien. «Würd ich gern, Bertie, aber ich muß in fünf Minuten im Carlton sein. Bin da mit einem Mann zum Essen verabredet.»

«Laß ihn sausen.»

«Geht nicht.»

«Also dann bring ihn mit, und wir essen zu dritt.»

Er lächelte matt. «Das hättest du sicher nicht so gern. Der Mann ist Sir Roderick Glossop.»

Zweifellos traten mir da die Augen aus den Höhlen. Das ist immer ein Nackenschlag, wenn man gerade Gevatter A losgeworden ist und trifft Gevatter B, und Gevatter B bringt Gevatter A unbarmherzig wieder ins Gespräch.

«Sir Roderick Glossop!»

«Ja.»

«Ich hab gar nicht gewußt, daß du ihn persönlich kennst.»

«Kenn ihn auch nicht sehr gut. Hab ihn nur ein paarmal getroffen. Ist dick mit meiner Tante Myrtle befreundet.»

«Aha! Daher also. Ich habe deine Tante gestern abend mit ihm essen sehen.»

«Also komm mit ins Carlton, dann siehst du mich jetzt mit ihm essen.»

«Chuffy, alter Freund, ich frage dich: Ist das klug gehandelt? Ist das weise? Mit diesem Mann das Brot zu brechen bringt Unheil. Glaube mir. Ich spreche aus Erfahrung.»

«Das mag ja sein, aber ich muß das durchstehen. Gestern kam ein Telegramm von ihm, er wolle mich sofort sprechen, und ich habe die leise Hoffnung, daß er Chuffnell Hall den Sommer über mietet oder einen möglichen Mieter kennt. Er würde mir ja nicht telegrafieren, wenn da nicht etwas im Busch ware. Nein, Bertie, da muß ich dranbleiben. Aber ich werde dir etwas sagen. Morgen abend gehe ich mit dir essen.»

Das hätte ich natürlich mit Wonne gemacht, aber unter den gegebenen Umständen mußte ich absagen. Ich hatte meine Entschlüsse gefaßt, meine Vorbereitungen getroffen, und Änderungen waren da nicht mehr möglich.

«Tut mir leid, Chuffy. Morgen verlasse ich London.»

«Wie denn das?»

«Meine Hausverwaltung hat mich vor die Wahl gestellt, entweder sofort auszuziehen oder mein Banjolele aufzugeben. Ich habe mich für ersteres entschieden. Ich möchte mir irgendein Häuschen auf dem Lande mieten, und daran hatte ich gedacht, als ich dir ein Geschäftchen vermitteln wollte. Kann ich ein kleines Landhaus von dir bekommen?»

«Ich hab ein halbes Dutzend. Such dir eines aus.»

«Es muß ruhig und abgelegen sein, ich will nämlich ziemlich oft auf meinem Banjolele üben.»

«Ich hab genau den Schuppen für dich. Am Rande des Hafens und kein Nachbar weit und breit, mit Ausnahme von Polizeisergeant Voules, und der spielt Harmonium. Vielleicht macht ihr ein Duo auf.»

«Na wunderbar.»

«Und dieses Jahr gastiert eine Schwarzen-Truppe da unten, die macht Musik. Vielleicht kannst du von denen was lernen.»

«Chuffy, das klingt himmlisch. Da können wir uns auch endlich mal öfter sehen.»

«Komm mir bloß nicht mit deinem verdammten Banjolele ins Haus.»

«Keine Sorge, alter Freund. Aber ich werde öfter mal bei dir mittags reinplatzen, um mit dir zu essen.»

«Oh, ich danke dir.»

«Keine Ursache.»

«Was sagt eigentlich Jeeves dazu? Ich hätte nie gedacht, daß es ihn aufs Land zieht.»

Ich straffte mich. «Jeeves hat überhaupt nichts zu sagen, weder in dieser noch in irgendeiner anderen Angelegenheit. Wir sind geschiedene Leute.»

«Was?»

Ich hatte schon geahnt, daß ihn diese Neuigkeit umwerfen würde. «Ja,» bestätigte ich, «unsere Wege haben sich getrennt. Hat dieser Mensch doch die unerhörte Ruchlosigkeit besessen, mir ins Gesicht zu sagen, wenn ich nicht von meinem Banjolele ließe, würde er gehen. Ich habe seine Demission angenommen.»

«Du hast ihn wirklich ziehen lassen?»

«Du sagst es.»

«Unglaublich.»

Ich wedelte lässig mit der Hand. «So etwas kann passieren», sagte ich. «Ich kann nicht so tun, als wäre ich hoch erfreut, aber es wirft mich auch nicht um. Meine Selbstachtung verbot es mir, auf seine Bedingungen einzugehen. Wir Woosters sind geduldig, aber man darf unsere Geduld nicht mißbrauchen. ‹Also schön,

Jeeves›, habe ich gesagt, ‹so sei es. Ich werde Ihren weiteren Werdegang mit großem Interesse verfolgen.› Und damit hatte es sich.»

Wir gingen schweigend eine Weile nebeneinander her.

«Also dann hast du dich von Jeeves getrennt?» fragte Chuffy versonnen. «Na ja. Na ja. Hast du was dagegen, wenn ich mal reinschaue und ihm auf Wiedersehen sage?»

«Aber keineswegs.»

«Wäre doch eine hübsche Geste.»

«Genau.»

«Ich habe immer seinen Verstand bewundert.»

«Na, und ich erst.»

«Also dann werde ich nach dem Mittagessen mal rüberkommen.»

«Immer der Markierung nach», sagte ich leichten Sinnes und sogar etwas unbedacht. Nach der Trennung von Jeeves hatte ich nun das Gefühl, ich wäre auf eine Bombe getreten und gerade dabei, mich für eine freudlose Welt mühsam wieder zusammenzusetzen. Doch wir Woosters wissen den Stürmen des Schicksals zu trotzen.

Ich speiste im Drones Club und verbrachte dort den Nachmittag. Chuffys Bemerkung, daß in Chuffnell Regis eine Schwarzen-Kapelle gastierte, hatte die Waagschale endgültig zugunsten dieser Gegend gesenkt. Daß ich da wie zufällig mit diesen Profis zusammentreffen und vielleicht von ihrem Banjospieler ein paar gute Tips hinsichtlich Fingersatz und Technik mitbekommen könnte, ließ mich mit Fassung die schreckliche Aussicht ertragen, daß ich vermutlich just auf dem gleichen Gelände die würdige Witwe Lady Chuffnell samt Sprößling Seabury häufiger zu Gesicht bekäme. Ich habe oft in Gedanken mit Chuffy gelitten, wenn ich mir vorstellte, wie diese beiden Eiterbeulen in Menschengestalt bei ihm von Zeit zu Zeit aufkreuzten. Und wenn ich das sage, habe ich vor allem unbeirrt den kleinen Seabury im Auge, denn den hätte man schon bei der Geburt schlichtweg erwürgen sollen. Mir fehlt zwar der schlüssige Beweis, aber ich bin ziemlich sicher, daß er es war, der mir bei meinem letzten Aufenthalt in Chuffnell Hall die Eidechse ins Bett geschmuggelt hatte.

Aber wie gesagt war ich nun gerüstet, um dieses Paar zu ertragen angesichts der Chance, mit einem wirklich hochkarätigen Banjospieler in Verbindung zu treten, denn viele dieser fahrenden schwarzen Musikanten können ja in die Saiten greifen wie der Teufel. Es war jedoch nicht auf das Eiterpaar zurückzuführen, daß eine düstere Stimmung sich meines Gemütes bemächtigte, als ich zurück in die Wohnung ging, um mich zum Abendessen umzuziehen.

Nein, nein. Wir Woosters sind immer ehrlich zu uns selbst. Was auf mir lastete, war die Vorstellung, daß Jeeves aus meinem Leben verschwinden würde. Nie hatte es jemanden wie Jeeves gegeben, dachte ich, als ich finster in meinen Smoking stieg, und nie würde es seinesgleichen wieder geben. Ein starkes, aber nicht unmännliches Gefühl wallte in mir auf; plötzlich spürte ich den Biß des Gewissens. Als ich dann fertig angezogen vor dem Spiegel stand und meinen Blick über das makellos gebügelte Jackett und die perfekt geplättete Hose gleiten ließ, traf ich eine schnelle Entscheidung. Unverzüglich ging ich ins Wohnzimmer und klingelte.

«Jeeves», sagte ich, «auf ein Wort.»

«Ja, Sir?»

«Jeeves», sagte ich, «um noch mal auf unser Gespräch heute morgen zurückzukommen.»

«Ja, Sir?»

«Jeeves», sagte ich, «ich habe nachgedacht. Ich bin zu dem Schluß gekommen, daß wir beide vielleicht etwas übereilt gehandelt haben. Vergessen wir, was war. Sie können bleiben.»

«Das ist sehr liebenswürdig von Ihnen, Sir, aber ... beabsichtigen Sie immer noch, Ihre musikalischen Studien fortzusetzen?»

Ich erstarrte. «Ja, Jeeves, das ist meine Absicht.»

«Dann allerdings, fürchte ich ...»

Das genügte. Ich nickte sehr von oben herab.

«Gut, Jeeves. Das ist alles. Sie werden natürlich ein erstklassiges Zeugnis bekommen.»

«Vielen Dank, Sir. Das ist nicht nötig. Ich habe heute nachmittag meine neue Stellung bei Lord Chuffnell angetreten.»

Ich stutzte. «Hat sich Chuffy heute nachmittag hier eingeschlichen, um Sie dingfest zu machen?»

«Jawohl, Sir. In etwa einer Woche begleite ich ihn nach Chuffnell Regis.»

«Ach, tatsächlich? Dann interessiert es Sie vielleicht, daß ich mich meinerseits morgen dorthin begebe.»

«Tatsächlich, Sir?»

«Ja. Ich habe da ein Häuschen gemietet. Bei Philippi sehen wir uns wieder, Jeeves.»

«Jawohl, Sir.»

«Heißt doch Philippi, oder?»

«Philippi ist korrekt, Sir.»

«Na schön, Jeeves.»

«Sehr wohl, Sir.»

Dies war also die Abfolge der Geschehnisse, die dazu führte, daß Bertram Wooster am Morgen des 15. Juni vor der Tür des Hauses «Zum Seeblick» in Chuffnell Regis stand und gedankenvoll durch den wohlduftenden Rauch einer Zigarette hindurch die Landschaft in Augenschein nahm.

3

Die Vergangenheit holt Bertram Wooster ein

Also je länger ich lebe, um so mehr komme ich dahinter, wie wichtig es ist, selber zu wissen, was man will. Das ist überhaupt der Witz, daß man sich nicht von Freunden beschwatzen läßt, die immer denken, daß sie alles besser wissen. Als ich an meinem letzten Tag in der Metropole im Drones Club fallenließ, daß ich mich nun für unbestimmte Zeit in die Einsamkeit zurückziehe, bat mich jeder fast auf den Knien, um nicht zu sagen mit Tränen in den Augen, doch um alles in der Welt von diesem Irrwitz abzulassen. Ich käme vor Langeweile um, meinten sie.

Doch ich war meinen Plänen gefolgt, und an meinem fünften Tag hier erfreute ich mich bester Laune und bereute nichts. Die Sonne schien. Der Himmel war blau. London schien in weiter Ferne – was es auch tatsächlich war. Ich übertreibe sicher nicht, wenn ich behaupte, daß das Gefühl eines tiefen Friedens mich umfing.

Was ich in so einer Geschichte nie weiß, das ist, wieviel Beschreibung der Umwelt erwartet wird. Ich habe darüber auch schon ein paar Schreiberlinge, die ich kenne, befragt, aber die sagten alle etwas anderes. Da war einer – ich traf ihn auf einer Cocktailparty in Bloomsbury –, der meinte, beschreiben müsse man so etwas wie Spülbecken, muffige Schlafzimmer und jede Art von Verwahrlosung, bloß nicht die Schönheiten der Natur. Andererseits erzählte mir Freddie Oaker vom Drones Club, der unter dem Pseudonym Alicia Seymour innige Liebesgeschichten für Illustrierte verfaßt, er schätze, daß er schon allein an den blühenden Wiesen im Frühling mindestens hundert Pfund im Jahr verdiene.

Ich persönlich habe immer vor ausführlichen Beschreibungen

des Terrains Abstand genommen und fasse mich infolgedessen kurz. Als ich an jenem Morgen also dort stand, ruhten meine Augen auf Folgendem:

Vor mir lag ein hübsches kleines Gärtchen mit einem Baum, einem Busch, ein paar Blumenbeeten, einem Teich mit Lilien und der Statue eines nackten Knaben, der schon ein Bäuchlein vorwies, und einer Hecke zur Rechten. Über diese Hecke hinweg schwatzte Brinkley, mein neuer Betreuer, mit unserem Nachbarn, Polizeisergeant Voules, der offenbar mal herübergeschaut hatte in der Hoffnung, ein paar Eier zu verkaufen.

Geradeaus vor mir verlief eine andere Hecke, die das Gartentor einrahmte, und über diese Hecke erspähte man das friedvolle Gewässer des Hafens, der mehr oder weniger genauso aussah wie jeder Hafen auf der Welt, mit dem Unterschied allerdings, daß wohl in der Nacht eine kolossale Jacht eingelaufen war und nun dort vor Anker lag. Von allen Dingen, die in meinem Blickfeld lagen, war es dieses Schmuckstück, das mein Wohlgefallen fand. Schneeweiß und fast so groß wie ein Linienschiff, verlieh es diesem Gestade Akzent und Charakter.

So also war nun mein Panorama beschaffen. Denken Sie sich noch ein Kätzchen hinzu, das eine Schnecke auf dem Gartenpfad beschnüffelt, und meine Wenigkeit an der Tür mit einer Zigarette zwischen den Lippen, dann sind Sie völlig im Bild.

Falsch. Das Bild ist nicht ganz vollständig, denn ich hatte den alten Zweisitzer auf der Straße ausgelassen, von dem ich ohnehin nur das Dach sehen konnte. In diesem Augenblick zerriß ein lautes Hupen die sommerliche Stille, und ich schoß raketengleich zum Gartentor, vor Angst, ein Dämon in Menschengestalt könnte mir vielleicht den Autolack zerkratzen. Aber am Ziel angekommen, fand ich nur einen kleinen Jungen am Lenkrad vor, der gedankenverloren auf den Gummiball der Hupe drückte, und ich holte gerade aus, um ihm eine überzuziehen, als ich Chuffys Cousin Seabury erkannte und meine Hand mitten in der Bewegung abfing.

«Hallo», sagte er.

«Nanu», erwiderte ich.

Ich ließ Zurückhaltung erkennen. Die Eidechse in meinem Bett schwänzelte noch durch meine Erinnerung. Ich weiß nicht, ob Sie je, freudig des Schlafs gewärtig, zwischen die Laken gehüpft sind und plötzlich eine unvorhergesehene Eidechse in Ihrem linken Pyjamabein gespürt haben. Ich kann nur sagen, so eine Erfahrung prägt einen Menschen. Ich hatte zwar, wie schon erwähnt, keinen Beweis im juristischen Sinne, doch mein Verdacht, daß dieser Rotzlöffel die gottlose Tat verbrochen hatte, beruhte auf einer an Sicherheit grenzenden Wahrscheinlichkeit. So waren also nicht nur meine Worte von eisiger Kälte, sondern auch meine Blicke.

Das schien ihn nicht zu erschüttern. Er betrachtete mich weiterhin mit dieser anmaßenden Hochnäsigkeit, mit der er sich die Sympathien aller Rechtschaffenen verscherzt hatte. Er war ein kleinwüchsiges, sommersprossiges Kerlchen mit Segelohren, und er hatte eine Art, einen anzusehen, als wäre man etwas, in das er bei einer Tour durch die Elendsviertel hineingetreten war. In meinem Verbrecheralbum widerwärtiger Bürschlein käme er wahrscheinlich an dritter Stelle – nicht ganz so übel wie Tante Agathas Sohn Klein Thomas und Mr. Blumenfelds Sprößling, aber weit vor dem kleinen Sebastian Moon, Tante Dahlias Bonzo und dem ganzen verkommenen übrigen Haufen.

Eine Weile blickte er mich an, als fände er, ich hätte mich seit unserer letzten Begegnung sehr zu meinem Nachteil verändert. Dann sagte er: «Sie sollen zum Mittagessen kommen.»

«Ist Chuffy zurück?»

«Ja.»

Nun ja, wenn Chuffy wieder hier war, konnte er natürlich mit mir rechnen. Ich rief Brinkley über die Hecke zu, daß ich über Mittag abwesend sein würde, kletterte in den Wagen, und wir fuhren ab.

«Wann ist er zurückgekommen?»

«Gestern abend.»

«Essen wir allein zusammen?»

«Nein.»

«Wer kommt denn noch?»

«Mutter und ich und ein paar Leute.»

«Eine richtige Gesellschaft? Da gehe ich am besten wieder zurück und ziehe mich um.»

«Nein.»

«Meinst du, der Anzug hier geht?»

«Das meine ich nicht. Der sieht aus, als hätten Sie damit dreimal im Wald geschlafen. Aber wir haben keine Zeit.»

Da das nun geklärt war, hüllte er sich in Schweigen. Ein stilles, versonnenes Kind. Nach einer Weile hob er das Schweigen auf und vertraute mir die letzten Lokalnachrichten an.

«Wir wohnen jetzt in Chuffnell Hall, Mutter und ich.»

«Was?»

«Ja. Im Witwenhaus, da riecht's.»

«Obwohl du jetzt draußen bist?» fragte ich auf meine feine spöttische Art.

Er war nicht davon angetan. «Sehr witzig. Wenn Sie's wirklich wissen wollen, ich glaube, es sind meine Mäuse.»

«Deine was?»

«Ich habe angefangen, Mäuse und kleine Hunde zu züchten. Das sind natürlich kleine Stinker», fügte er leidenschaftslos hinzu. «Aber Mutter glaubt, es sind die Abflußrohre. Geben Sie mir fünf Shilling?»

Ich war außerstande, seinen Gedankensprüngen zu folgen. Bei solch wirren Gesprächen bekommt man so ein ungutes Gefühl wie manchmal in zusammenhanglosen Träumen.

«Fünf Shilling?»

«Fünf Shilling!»

«Was meinst du mit fünf Shilling?»

«Na was sonst als fünf Shilling?»

«Ja gut, aber ich möchte mal wissen, wie wir plötzlich auf fünf Shilling kommen. Eben war noch die Rede von Mäusen, und auf einmal führst du ins Mäusethema ein neues Motiv ein.»

«Ich will fünf Shilling!»

«Nun gut, einmal abgesehen davon, daß du sicher den Wunsch hast, diese Summe zu besitzen, warum zum Teufel soll ich sie dir geben?»

«Zum Schutz.»

«Was?»

«Ich schütze Sie.»

«Wovor?»

«Werden schon sehen.»

«Aus mir holst du keine fünf Shilling raus.»

«Na schön.» Eine Weile blieb er still. «Da kann einem manches passieren, wenn man seine Schutzgebühr nicht ausspuckt», sagte er träumerisch.

Mit diesem geheimnisvollen Ausklang des Gesprächs waren wir angekommen. Wir fuhren die Auffahrt empor, und auf der Treppe von Chuffnell Hall sah ich Chuffy stehen. Ich hielt an und stieg aus.

«Hallo, Bertie», sagte Chuffy.

«Willkommen in Chuffnell Hall», gab ich zurück und blickte mich um. Der Junge war verschwunden. «Sag mal, Chuffy», äußerte ich, «der Bankert da, Jung Seabury. Was ist mit dem los?»

«Was soll mit ihm los sein?»

«Also wenn du mich fragst, ich würde sagen, der spinnt. Der wollte mich doch gerade um fünf Shilling erleichtern und quatscht mir was vor von Schutzgebühr.»

Chuffy lachte herzlich. Er war braun gebrannt, ein Bild strotzender Gesundheit. «Ach so. Das ist seine neueste Masche.»

«Was heißt das?»

«Der sieht dauernd Krimis im Kino.»

«Die Masche heißt also organisierte Erpressung.»

«Ja, ja. Lachst dich tot. Läuft dauernd herum und sammelt Schutzgelder, die Sätze gestaffelt je nach dem, was einer hat. Macht ein blendendes Geschäft. Ein pfiffiges Kerlchen. An deiner Stelle würde ich zahlen. Ich hab auch gezahlt.»

Ich war schockiert. Nicht so sehr über die neue Erfahrung, daß dieses durch und durch verdorbene Kind einen weiteren Beweis seiner krankhaften Phantasie geliefert hatte, sondern darüber, daß Chuffy sich so unbekümmert belustigt und duldsam zeigte. Ich beäugte ihn scharf. Vom ersten Moment an hatte ich mich heute über sein seltsames Benehmen verwundert. Wenn man ihn sonst trifft, grübelt er normalerweise über seine finanzielle Situation und neigt dazu, einen mit glanzlosen Augen und sorgenzerfurchter Stirn anzusehen wie ein trauriger Hund. So hatte ich ihn noch vor fünf Tagen in London gesehen. Was, zum Kuckuck, war der Anlaß, daß er jetzt so hemmungslos strahlte und nicht einmal davor zurückschreckte, von dem kleinen Seabury in einem Ton zu sprechen, der ein gefährliches Maß an Nachsicht, sogar Zuneigung verriet. Hier war ein Geheimnis verborgen, und ich beschloß, den Säuretest anzuwenden.

«Wie geht's denn deiner Tante Myrtle?»

«Prächtig.»

«Wohnt jetzt in Chuffnell Hall, wie ich höre.»

«Ja.»

«Für immer?»

«Ja, sicher.»

Das reichte. Ich muß hierzu erklären, daß es gerade die Haltung seiner Tante ihm gegenüber war, die dem armen, alten Chuffy das Leben so verbitterte. Sie hat nämlich die Sache mit der Erbfolge nie verwinden können. Sie müssen wissen, Seabury war nicht der Sohn von Chuffys verstorbenem Onkel, dem vierten Baron Chuffnell, sondern etwas, was sich Lady Chuffnell gewissermaßen unterwegs eingefangen hatte, um genau zu sein im Laufe einer früheren Ehe. Das aber hatte zur Folge, daß der Onkel im Sinne des Adelskalenders ohne Nachkommen war, und wer da kein direkter und offiziell anerkannter Nachkomme ist, der hat das Nachsehen. Als dann der Augenblick gekommen war, da der vierte Baron den Kuckuck nicht mehr schreien hörte, strich Chuffy als rechtmäßiger Erbe infolgedessen Titel und Land ein. Alles ordnungsgemäß und völlig legal, aber versuche mal einer, so etwas einem Frauenzimmer klarzumachen. Die Hinterbliebene strahlte jedenfalls so eine Art Permafrost aus, wenn man Chuffy Glauben schenken darf, und oft umklammerte sie Seabury mit beiden Armen und starrte Chuffy vorwurfsvoll an, als hätte sie ihn gerade ertappt, wie er Mutter und Kind das Fell über die Ohren ziehen wollte. Da fiel kein Wort,

Sie wissen schon, was ich meine, sie zeigte nur durch ihre Haltung, daß sie sich als Opfer einer ungeheuren Schurkerei empfand.

Im Endeffekt war es nun so, daß Chuffy die ehrwürdige Witwe Lady Chuffnell nicht unbedingt zu seinen innigst geliebten Herzensfreundinnen zählte. Sie verkehrten gewissermaßen auf gespanntem Fuße miteinander, aber auf was ich hinauswill, ist nämlich, daß normalerweise, wenn nur ihr Name genannt wird, ein schmerzlicher Ausdruck Chuffys sonst so kühn geschnittenes Gesicht überzieht, wobei er heftig zusammenzuckt, als hätte man den Finger tief in eine alte Wunde gebohrt.

Doch nun lächelte dieser Mensch sogar. Selbst meine Bemerkung über ihren Einzug in Chuffnell Hall hatte keinen Mißton in ihm zum Klingen gebracht. Unleugbar gab es hier Geheimnisse. Hier wurde Bertram etwas vorenthalten.

Ich ging jetzt einfach frontal auf ihn los.

«Chuffy», fragte ich, «was bedeutet dies?»

«Was bedeutet was?»

«Diese verdammte Heiterkeit. Mir machst du nichts vor. Nicht mir, dem alten Falkenauge Wooster. Komm rüber damit, mein Junge, irgendwas ist hier faul. Wo kommt dein unmenschlicher Frohsinn her?»

Er zögerte. Er sah mich aus zusammengekniffenen Augen an. «Kannst du ein Geheimnis für dich behalten, Bertie?»

«Nein.»

«Na ja, ist auch egal. In ein, zwei Tagen steht es sowieso in der ‹Morning Post›. Bertie», sagte Chuffy mit bebend unterdrückter Stimme, «weißt du was? Ich werde Tante Myrtle noch in diesem Sommer los.»

«Heißt das etwa, jemand will sie heiraten?»

«Genau das.»

«Wer ist dieser Kretin?»

«Dein alter Freund. Sir Roderick Glossop.»

Ich stand wie vom Blitz getroffen.

«Was?»

«Ja, ich war genauso überrascht.»

«Aber der alte Glossop kann doch unmöglich an Heirat denken?»

«Warum nicht? Er ist schon über zwei Jahre Witwer.»

«Na klar, natürlich kann man irgendwelche Gründe erfinden. Aber Orangenblüten und Hochzeitskuchen, das paßt doch irgendwie gar nicht zu ihm.»

«Was willst du machen? So ist es aber.»

«Also da bin ich baff.»

«Das kannst du sein.»

«Aber immerhin, Chuffy, alter Freund, es hat ja sein Gutes. Klein Seabury bekommt jetzt einen gestrengen und nervtötenden Stiefvater, und der alte Glossop wird genau mit dem Stiefsohn gesegnet, den ich ihm gewünscht hätte. Das mußte ja mal so kommen, und sie haben's beide redlich verdient. Aber nun stell dir mal vor, wie dämlich so ein Weib sein kann, sein Los zu teilen. Welch weiblicher Heldenmut.»

«Ich glaube, der Heldenmut ist auf beiden Seiten. Sagen wir mal fifty-fifty. Aber der Glossop hat auch seine guten Seiten, Bertie.»

Das konnte ich nicht hinnehmen. Das schien mir ziemlich zuchtlos dahergeredet.

«Jetzt gehst du aber zuweit, alter Freund. Zugegeben, er befreit dich von Tante Myrtle.»

«Und von Seabury.»

«Und von Seabury. Aber deswegen kannst du dich doch nicht so weit vergessen und behaupten, daß an diesem Schauerbock auch nur ein gutes Haar ist. Denk doch einmal an all die Geschichten, die ich dir immer von ihm erzählt habe. Sie zeigen ihn in keinem guten Licht.»

«Na, also mir tut er jedenfalls etwas Gutes an. Weißt du, warum er mich in London so dringend zu sehen wünschte?»

«Na?»

«Er hat einen Amerikaner an der Hand, dem er vielleicht Chuffnell Hall verkaufen kann.»

«Tatsächlich?»

«Tatsächlich, Mann. Wenn alles gutgeht, werde ich endlich

diesen gräßlichen Schuppen los und hab etwas Geld in der Tasche. Und das habe ich dann alles dem lieben Onkel Roderick zu verdanken, wie ich ihn jetzt gern bei mir nenne. Du wirst dir also bitte in Zukunft alle abfälligen Äußerungen über den guten Mann verkneifen, Bertie, und insbesondere wirst du ihn nicht mit Jung Seabury in einem Atemzug nennen. Du mußt jetzt mir zuliebe lernen, Onkel Roddie ins Herz zu schließen.»

Ich schüttelte den Kopf. «Nein, Chuffy, ich habe hier eine Stellung bezogen, und ich kann nicht davon abgehen.»

«Ach, dann geh zum Teufel», sagte Chuffy wohlgelaunt. «Für mich ist er ein Lebensretter.»

«Ja, bist du denn sicher, daß das auch alles klappt? Was will denn dieser Ami-Knabe mit einem Palast von dieser Größe?»

«Och, das ist einfach. Er ist ein dicker Freund vom alten Glossop, und es ist geplant, daß er das Geld auf den Tisch blättert und Glossop das Haus als eine Art Country-Club für seine Nervenkranken führt.»

«Warum mietet Glossop es nicht einfach?»

«Du dumme Nuß, was glaubst du denn, wie das da drinnen aussieht? Du redest, als ob du die Tür aufmachen und einfach reingehen kannst. Mein lieber Mann, das ist völlig heruntergekommen. Die meisten Zimmer sind seit vierzig Jahren nicht mehr benutzt worden. Um das einigermaßen wieder herzurichten, müßtest du mindestens fünfzehntausend Pfund reinstecken. Und noch mehr. Außerdem neue Möbel, Installationen und pipapo. Wenn mir das nicht ein Millionär wie der da abnimmt, bleib ich bis ans Ende meines Lebens darauf sitzen.»

«Oh, er ist also Millionär?»

«Ja, das ist authentisch. Und ich bange nur darum, daß endlich seine Unterschrift unter dem Vertrag steht. Jedenfalls kommt er heute zum Mittagessen, und es wird ein exquisites Mahl sein. Nach einem guten Essen kann er doch gar nicht anders als milde gestimmt und nachgiebig sein, oder?»

«Wenn er nicht an Verdauungsstörungen leidet. Haben ja die meisten Millionäre in Amerika. Dein Mann ist wahrscheinlich einer von denen, die gerade noch ein Glas Milch und einen Hundekuchen runterbringen.»

Chuffy lachte fröhlich.

«Der nicht. Nicht der alte Stoker.» Plötzlich fing er an herumzuhopsen wie ein Lämmlein im Lenz. «Hallo-allo-allo!»

Ein Wagen war vorgefahren, dem jetzt die Fahrgäste entquollen.

Fahrgast Nr. 1 war J. Washburn Stoker. Fahrgast Nr. 2 war seine Tochter Pauline. Fahrgast Nr. 3 war sein junger Sohn Dwight. Und Fahrgast Nr. 4 war Sir Roderick Glossop.

4

Das Dilemma der Pauline Stoker

Ich muß sagen, in diesem Augenblick war ich der Schauplatz großer Turbulenzen. So ein Nackenschlag hatte mich seit vielen Jahren nicht mehr gefällt. Diesen Gestalten einer überlebten Vergangenheit in London zu begegnen wäre schon schlimm genug gewesen. Aber hier und jetzt in diese Bande hineinzugeraten mit der Aussicht, ihr bei einem längeren Mahl Gesellschaft leisten zu müssen, war bedeutend schlimmer. Ich lüftete das Ding auf meinem Kopf, so zierlich und elegant ich es irgend vermochte, aber die Verlegenheit hatte mein Gesicht rot anlaufen lassen, und ich schnappte nach Luft wie ein gestrandeter Rochen.

Chuffy, ganz der geehrte Gastgeber, schäumte über vor Freude. «Hallo-allo-allo! Da sind Sie ja alle. Wie geht es Ihnen, Mr. Stoker? Wie geht es Ihnen, Sir Roderick? Hallo, Dwight. Oh... guten Morgen, Miss Stoker. Darf ich Ihnen meinen alten Freund Bertie Wooster vorstellen? Mr. Stoker – mein Freund Bertram Wooster. Dwight – mein Freund Bertram Wooster. Miss Stoker – mein Freund Bertram Wooster. Sir Roderick Glossop – mein Freund... Nanu, Sie kennen sich schon alle?»

Ich war noch immer wie in Trance. Sie werden mir zugestehen, bei einem solchen Donnerschlag wäre wohl jeder in die Knie gegangen. Ich musterte die ganze Sippschaft. Der alte Stoker sah mich finster an. Der alte Glossop sah mich finster an. Der junge Dwight starrte mich an. Nur Pauline schien die Peinlichkeit der Situation nicht zu bemerken. Sie war so kühl wie eine Auster in offener Schale und so munter wie ein Frühlingslüftchen. Es war, als wären wir hier verabredet gewesen. Während aber Bertram gerade noch versuchsweise einen matten Piepser von sich gab, hüpfte sie, übersprudelnd vor guter Laune, zu mir und ergriff die gute warme Wooster-Hand.

«Na so was, na so was. Der alte Colonel Wooster leibhaftig. Na so was, dich hier zu treffen, Bertie. Ich habe dich in London angerufen, aber man sagte mir, du seiest verzogen.»

«Ja, ich bin jetzt hier.»

«Das sehe ich, mein kleines Sonnenscheinchen. Na so was, das ist ja ein richtiger Glückstag für mich. Gut siehst du aus, Bertie. Findest du nicht auch, Vater, daß er fabelhaft aussieht?»

Der alte Stoker schien der Rolle, den Anbeter männlicher Schönheit zu spielen, ziemlich abweisend gegenüberzustehen. Er machte ein Geräusch wie ein ausgewachsenes Schwein, das gerade einen halben Kohlkopf verzehrt, weigerte sich aber, sich darüber hinaus festzulegen. Dwight, ein ernstes Kind, nahm mich schweigend in sich auf. Sir Roderick hatte im Gesicht eine ungesunde Lilafärbung angenommen, die indes jetzt schon etwas im Abklingen begriffen war, dennoch aber hatte er das Aussehen eines Menschen, dessen edelste Gefühle soeben mit Füßen getreten worden sind.

In diesem Augenblick trat jedoch die würdige Witwe Lady Chuffnell auf. Sie war eine dieser machtvollen Frauen, die aussehen wie die weibliche Version des kommandierenden Jagdleiters, und mit gelassener Autorität meisterte sie die brisante Situation. Bevor wir's uns versahen, standen Chuffy und ich allein da; alle anderen waren ins Haus gegangen. Er starrte mich mit einem merkwürdigen Ausdruck an und biß auf seiner Unterlippe herum.

«Wußte gar nicht, daß du diese Leute kennst, Bertie.»

«Ich habe sie in New York getroffen.»

«Warst du da auch mit Miss Stoker zusammen?»

«Manchmal.»

«Nur manchmal?»

«Wirklich nur ganz selten.»

«Sie tat aber sehr herzlich.»

«Aber nicht doch. War ganz normal.»

«Normal? Man könnte glauben, Ihr wärt ein Herz und eine Seele.»

«Aber nein. Das ist rein kameradschaftlich. So ist sie zu jedem.»

«Ach ja?»

«Bestimmt. Warmherzige Person, verstehst du?»

«Sie ist eine entzückende, offenherzige, großzügige und ganz natürliche Frau, findest du nicht auch?»

«Aber absolut.»

«Ein bildschönes Mädchen, Bertie.»

«Aber durchaus.»

«Und so reizend.»

«Aber ganz ohne Zweifel.»

«Und so charmant.»

«Aber sicher.»

«Ich war in London oft mit ihr zusammen.»

«Ach ja?»

«Wir waren im Zoo und bei Madame Tussaud.»

«Ach ja. Was glaubst du denn, was sie von dem ganzen Hauskauf hält?»

«Sie ist offenbar dafür.»

«Sag mal, Freundchen», bemerkte ich, um ihn endlich vom Thema Pauline abzulenken. «Wie sind denn die Aussichten?»

Seine Stirn zerklüftete sich. «Manchmal gut. Manchmal nicht so gut.»

«Verstehe.»

«Unsicher, alles, verstehst du?»

«Verstehe.»

«Dieser Bursche da, der alte Stoker, macht mich nervös. Im allgemeinen ist er ganz freundlich, aber ich werde das Gefühl nicht los, er könnte jeden Moment einen Koller bekommen und alles kurz und klein schlagen. Sag mal, gibt es bei ihm spezielle Themen, die man besser vermeidet?»

«Was meinst du mit speziellen Themen?»

«Ach, du weißt doch, wie das mit Leuten ist, die man nicht kennt. Da sagst du, was für 'n schöner Tag ist das heute, und da sitzt einer, der wird kreidebleich und knirscht mit den Zähnen, weil du ihn gerade daran erinnert hast, was für 'n schöner Tag das war, als seine Frau mit dem Chauffeur abgehauen ist.»

Ich erwog das in meinem Sinn.

«Also wenn ich du wäre», sagte ich, «ich würde nicht zuviel

auf dem Thema B. Wooster herumreiten. Nehmen wir mal an, es fällt dir ein, mich zu loben und zu rühmen…»

«Das fällt mir nicht ein.»

«Ja, das läßt du am besten sein. Er mag mich nicht.»

«Warum?»

«Einer dieser Fälle von unerklärlicher Abneigung. Und deswegen, alter Freund, wenn's dir nichts ausmacht, wäre es vielleicht besser, ich hielte mich etwas fern von dem Haufen da drinnen. Du kannst ja deiner Tante sagen, ich hätte Kopfweh.»

«Na, wenn dein Anblick ihn wirklich rasend macht… Was hat er denn gegen dich?»

«Keine Ahnung.»

«Jedenfalls gut, daß du es mir erzählt hast. Dann hau jetzt mal schön ab.»

«Mach ich.»

«Ich glaube, ich muß jetzt auch reingehen.»

Er lief ins Haus, und ich ging auf dem Kiesweg ein paarmal auf und ab. Ich war froh, allein zu sein. Ich wollte mir das noch mal in Ruhe vergegenwärtigen, wie das Thema Pauline Stoker auf ihn gewirkt hatte.

Hätten Sie nicht Lust zu einer kleinen Rückblende? Vielleicht können Sie Ihr geistiges Auge kurz auf jenem Teil des Gesprächs verweilen lassen, der mit dem Mädchen zu tun hat.

Fällt Ihnen dabei nichts auf?

Gar nichts?

Nun ja, um die Bedeutung des Geschehens in seiner ganzen Tiefe zu erfassen, hätten Sie natürlich an Ort und Stelle sein müssen, um es zu beobachten. Ich bin ein Mensch, der in Gesichtern lesen kann, und das von Chuffy sprach Bände. Nicht nur glich sein Gesichtsausdruck, als von Pauline die Rede war, dem eines ausgestopften Frosches, der vor seinem Ableben noch eine himmlische Vision gehabt haben mußte, nein, auch seine Wangen waren in schönstem Karmin eingefärbt. Die Spitze seiner Nase hatte gebebt, und seine ganze Verlegenheit kam in seiner linkischen Haltung zum Ausdruck. Dies alles zusammen brachte mich zu der Erkenntnis, daß Gott Amor den alten Schulkameraden kräftig am Schlafittchen gepackt hatte. Schnelle Arbeit, wenn man bedenkt, daß Chuffy den geliebten Gegenstand erst seit wenigen Tagen kannte. Aber so ist Chuffy. Ein Heißblut, das mit Ungestüm jähen Regungen folgt. Zeigen Sie ihm ein Mädchen, und er macht alles übrige.

Na schön, wenn das so war, mir sollte es recht sein. Ein Neidhammel ist Bertram nie gewesen. Von mir aus konnte Pauline Stoker losziehen, mit wem sie Lust hatte, und bekäme vom abgelegten Freier ein herzlich gemeintes «Na, nu mal ran» noch mit auf den Weg. Sie wissen ja, wie das ist, wenn man solche Affären kalten Blutes betrachtet. Eine Zeitlang das gebrochene Herz, und, schwupp, kommt schon die tröstliche Einsicht, daß man gerade noch mit heiler Haut davongekommen ist. Natürlich war nicht zu leugnen, daß Pauline eines der schönsten Mädchen war, das ich je gesehen hatte, doch von dem wilden Feuer, das mich entflammt und dazu getrieben hatte, ihr mein Herz zu Füßen zu legen, war kein Fünkchen mehr lebendig.

Bei gründlicher Analyse der Tatbestände kam ich zu dem Schluß, die gewandelte Perspektive sei darauf zurückzuführen, daß sie so furchterregend dynamisch war. Pauline Stoker, ohne Zweifel eine Augenweide, litt unter einem schweren psychischen Defekt, den sie mit so manchen anderen jungen Frauen teilte, die darauf beharren, daß man vor dem Frühstück eine Meile schwimmt, und die einen, kaum daß man sich nach dem Lunch zu einem gemütlichen Nickerchen niedergelassen hat, für muntere fünf Sätze Tennis aus dem Hause jagen. Nun, da es mir wie Schuppen von den Augen gefallen war, erkannte ich mit überirdischer Klarheit, was von einer eventuellen Mrs. B. Wooster zu erwarten sein mußte, nämlich eine ausgeglichene und heitere Gemütsart, die Fähigkeit, geniale Züge am unmittelbaren Mitmenschen zu bewundern, und die Bereitschaft, die Genüsse dieser Welt in sitzender oder jedenfalls ruhiger Lebensweise zu genießen.

Für Chuffy allerdings käme so etwas nie in Frage, denn er ist ja selbst ein kleiner Dynamiker. Er reitet, schwimmt, schießt, hetzt Füchse mit lautem Geschrei und ist dauernd geschäftig mit irgend etwas zugange. Er und diese P. Stoker würden das ideale Paar abgeben, und wenn es etwas gäbe, um die Sache ein wenig anzustupsen, dann wäre ich uneingeschränkt dazu bereit.

Als ich nun in diesem Augenblick Pauline aus dem Hause kommen und zielstrebig auf mich zusteuern sah, ganz offenbar mit der Absicht, Gedanken auszutauschen, alte Fäden wiederaufzunehmen und weiß der Kuckuck was sonst noch, da nahm ich nicht Reißaus, sondern grüßte sie mit einem fröhlichen «Halli-Hallo» und ließ mich von ihr auf einen Pfad schieben, der stracks in die Rhododendren führte.

Das soll Ihnen nur zeigen, was ein Wooster alles auf sich nimmt, wenn es gilt, einem Freunde zu helfen; denn im Grunde wollte ich eines auf keinen Fall, nämlich mit diesem Mädchen allein im Gebüsch verweilen. Den ersten Schreck des Wiedersehens hatte ich hinter mir, aber bei der Aussicht auf ein vielleicht sehr freimütiges Gespräch war ich immer noch weit davon entfernt, in Wonnerufe auszubrechen. Als wir uns das letzte Mal getroffen hatten, waren wir noch ein verlobtes Paar gewesen, aber nun war unsere Beziehung durch einen Brief restlos gelöst worden, und deshalb wußte ich nicht recht, welche Töne ich anschlagen sollte.

Der Gedanke jedoch, ich könnte für den alten Chuffy vielleicht ein Wort einlegen, stärkte mich seelisch für diese Prüfung. Wir ließen uns auf einer Bank nieder und gingen gleich zur Tagesordnung über.

«Was für ein aberwitzig seltsames Zusammentreffen, Bertie», begann sie. «Was tust du in diesen Breitengraden?»

«Ich habe mich vorübergehend hierher zurückgezogen», antwortete ich, insgeheim sehr zufrieden darüber, daß das Gespräch mit einem quasi leidenschaftslosen Ton eröffnet wurde. «Ich brauchte einen abgelegenen Ort, um in Ruhe mein Banjolele spielen zu können, und da habe ich mir hier ein Häuschen genommen.»

«Was für ein Häuschen?»

«Ich hab ein Häuschen am Hafen.»

«Du warst sicher überrascht, als du uns alle gesehen hast.»

«Allerdings.»

«Mehr überrascht als erfreut, was?»

«Na hör mal, mein liebes Mädchen, ich freue mich immer, wenn ich dich sehe, aber wenn da dein Vater mit dem alten Glossop im Gefolge auftaucht...»

«Ist nicht gerade einer deiner größten Bewunderer, Sir Roderick, wie? Übrigens, Bertie, stimmt das, daß du wirklich Katzen im Schlafzimmer hast?»

Etwas verhärtete sich in mir. «Es hat einmal Katzen in meinem Schlafzimmer gegeben, aber der Zwischenfall, auf den du Bezug nimmst, läßt sich bei genauerer Betrachtung...»

«Gut, gut. Schon erledigt. Ich verzichte aufs Protokoll. Aber du hättest Vaters Gesicht sehen sollen, als er davon hörte. Apropos Vaters Gesicht, ich würde ja lachen, wenn ich's jetzt sehen könnte.»

Dem konnte ich nicht folgen. Der Himmel weiß, ich lache so gern wie irgendeiner, aber das Gesicht von J. Washburn Stoker hat mir bis jetzt noch nicht einmal ein Lächeln entlocken können. Dieser Typ hat mich immer an einen Piraten in der Karibik erinnert, einen vierschrötigen Miesnick mit stechenden Augen. Nicht nur, daß mir jedwedes Lachen im Halse stecken blieb, wenn ich seiner ansichtig wurde, in seiner Gegenwart fühlte ich mich immer unweigerlich so, als wäre mir gerade das Rückgrat abhanden gekommen.

«Ich meine, wenn er jetzt hier um die Ecke käme und sähe, wie wir die Köpfe zusammenstecken. Er glaubt ganz fest, daß ich noch für dich schwärme.»

«Das kann doch nicht wahr sein.»

«Doch, wirklich.»

«Aber hör mal...»

«Im Ernst, er ist davon überzeugt. Er betrachtet sich als sittenstrengen, viktorianischen Vater, der die jungen Liebenden mit eiserner Hand getrennt hat und nun unerhört wachsam bleiben muß, damit sie nicht auf Schleichwegen wieder zusammenkommen. Hat keine Ahnung, der arme Mann, daß du nie im Leben so glücklich warst wie damals, als du meinen Brief bekommen hattest.»

«Aber hör mal...»

«Sei ehrlich, Bertie. Ich weiß doch, du warst außer dir vor Freude.»

«So würde ich das nicht sagen.»

«Mußt du auch nicht. Mutter weiß es.»

«Aber nun hör mal auf. Ich wünschte, du würdest nicht so reden. Ich habe dich glühend verehrt und dir immer meine Hochachtung bezeigt.»

«Was hast du? Woher hast du denn diese albernen Ausdrücke?»

«Von Jeeves, nehme ich an. Die meisten wenigstens. Von meinem ehemaligen Diener. Er hatte einen beispiellosen Wortschatz.»

«Was heißt ‹ehemalig›? Was heißt ‹hatte›? Ist er tot?»

«Er hat mich verlassen. Er wollte nicht, daß ich mein Banjolele spiele. Es gab einen Wortwechsel. Jetzt ist er bei Chuffy.»

«Bei wem?»

«Lord Chuffnell.»

«Oh!»

Eine Pause entstand. Einen Augenblick lang lauschte sie einem Vogelpaar, das auf einem Baum in der Nähe einen heftigen Wortwechsel hatte.

«Kennst du Lord Chuffnell schon lange?» fragte sie.

«Kann man sagen.»

«Enger befreundet?»

«Busenfreund ist das Wort.»

«Sehr gut. Das hatte ich gehofft. Ich wollte mit dir über ihn sprechen. Ich kann dir doch vertrauen, Bertie, nicht wahr?»

«Selbstverständlich.»

«Ich hab's gewußt. Das ist das Schöne, wenn man mal mit einem Mann verlobt war. Wenn alles aus ist, empfindet man so geschwisterlich.»

«Wieso? Was sagen denn deine Geschwister dazu?»

«Ich meine, ich empfinde jetzt wie eine Schwester.»

«Du? Willst du vielleicht sagen, du betrachtest mich als einen Bruder?»

«Du bist ja so schnell von Begriff. Und jetzt will ich, daß du wirklich wie ein guter Bruder zu mir bist. Erzähle mir von Marmaduke.»

«Den kenn ich gar nicht.»

«Lord Chuffnell, Dummkopf.»

«Heißt der Marmaduke? Na so etwas. Wie wahr ist doch das Wort: Der Mensch kennt vieles, doch den Menschen nicht. Was? Marmaduke!» sagte ich, herzlich lachend. «Ich weiß noch, in der Schule hat er immer Ausflüchte gemacht.»

Sie schien ein wenig unwirsch. «Es ist ein sehr schöner Name.»

Ich warf ihr einen meiner schnellen, scharfen Seitenblicke zu. Das war ja höchst bedeutsam. Kein Mensch würde leichtfertig und ohne guten Grund verlauten lassen, Marmaduke sei ein schöner Name. Und richtig, die Augen leuchteten, in zartem Rosa schimmerte die Haut.

«Sieh mal an!» rief ich aus. «Sieh mal an, sieh mal an. Na sieh mal einer an!»

Sie nahm eine trotzige Haltung ein. «Na gut», sagte sie. «Du Sherlock-Holmes-Verschnitt. Ich hab nichts zu verbergen. Ich hätte es dir sowieso erzählt.»

«Du liebst den... hahah! Entschuldige bitte... diesen Marmaduke?»

«Ich bin verrückt nach ihm.»

«Gut! Aber wenn das stimmt...»

«Findest du es nicht umwerfend, wie sich sein Haar im Nakken zart-lockig kräuselt?»

«Ich habe Besseres zu tun, als hinter Chuffy herzulaufen und auf seinen Nacken zu starren. Was ich sagen wollte, war: Wenn das stimmt, was du sagst, dann habe ich dir Freude zu verkünden. Frohsinn erwartet dich. Ich bin ein guter Beobachter, und als bei dem armen Jungen jäh eine auffallende Glotzäugigkeit zutage trat, kaum daß das Gespräch in deine Richtung trieb, da wußte ich, daß er dir mit Haut und Haar verfallen ist.»

Ungeduldig zuckte sie die Achseln und kickte verdrießlich mit ihrem hübschen Füßchen nach einem Ohrwurm, der gerade des Weges kam.

«Das weiß ich, du Dilldapp. Glaubst du, ein Mädchen merkt so etwas nicht?»

Nun war ich gänzlich verdattert. «Na, wenn er dich liebt und du liebst ihn, dann begreife ich nicht, worüber du jammerst.»

«Kannst du das nicht verstehen? Er ist ganz offenbar verknallt in mich, gibt aber keinen Muckser von sich.»

«Er sagt nichts?»

«Keinen Ton.»

«Was erwartest du? Du mußt doch einsehen, daß es da gewisse Gesetze der Schicklichkeit gibt. Man muß in solchen delikaten Fällen das Dekorum wahren. Natürlich kann er noch nichts sagen. Ja, Himmel noch einmal, laß doch dem Mann etwas Zeit. Ihr kennt euch doch erst seit fünf Tagen.»

«Manchmal denk ich, er war König in Babylon, als ich eine Christensklavin war.»

«Wie kommst du denn darauf?»

«Na, es kommt mir halt so vor.»

«Ich hab da gewisse Zweifel, aber das mußt du selber wissen. Jedenfalls, was soll ich nun dabei tun?»

«Du bist doch sein Freund. Du könntest ihm ja mal einen Tip geben. Könntest ihm ja sagen, er braucht keine kalten Füße zu kriegen...»

«Das hat mit seinen Füßen nichts zu tun. Es ist eine Frage der Delikatesse. Wie ich dir gerade begreiflich zu machen suchte, haben wir Männer in diesen Sachen unsere Anstandsregeln. Wir verlieben uns vielleicht Hals über Kopf, aber danach erachten wir es für ehrenvoll, uns ein Weilchen sittsam zurückzuhalten. Wir sind die vollendeten Kavaliere, durchdrungen von dem noblen Gefühl, daß es sich nicht ziemt, ohne Umschweife auf ein Mädchen loszustürzen wie jemand, der wegen einer Erbsensuppe die Bahnhofswirtschaft stürmt. Im Gegenteil...»

«Ich hab noch nie so einen Quatsch gehört. Du wolltest mich ja schon heiraten, da kanntest du mich kaum zwei Wochen.»

«Das ist was anderes. Da standest du ja auch einem der wilden Woosters vis-à-vis.»

«Also ich sehe da keinen...»

«Doch», sagte ich. «Aber sprich weiter. Du hast unser Ohr.»

Aber sie schaute an mir vorbei auf irgend etwas südöstlich hinter mir, und als ich mich umwandte, gewahrte ich Gesellschaft. Hinter mir stand in respektvollster Höflichkeit, während das Sonnenlicht sein feingeschnittenes Gesicht umspielte, Jeeves.

5

Bertie nimmt die Sache in die Hand

Ich nickte ihm leutselig zu. Wir hatten zwar unsere geschäftliche Beziehung gelöst, doch ein Wooster bleibt immer von heiterer Gelassenheit.

«Ah ja, Jeeves.»

«Guten Tag, Sir.»

Pauline schien interessiert. «Ist das Jeeves?»

«Persönlich.»

«Also, Sie mögen Mr. Woosters Banjolele nicht?»

«So ist es.»

In dieser heiklen Angelegenheit wünschte ich keine Diskussion, und es mag sein, daß ich mich deswegen etwas kurz angebunden zeigte. «Also, Jeeves? Um was geht es?»

«Mr. Stoker, Sir. Er forscht nach dem jetzigen Aufenthaltsort von Miss Stoker.»

Nun ja, da gibt es natürlich immer die alte Ausrede von dem Gang zu dem Ort, wo die Damen sich pudern usw., aber das schien mir nun dafür weder die Zeit noch der Ort zu sein. Ich drehte mich zu dem Mädchen, um es ebenso huldvoll wie höflich aus dem Gespräch zu entlassen.

«Am besten schiebst du jetzt ab.»

«Glaube ich auch. Vergiß nicht, was ich dir gesagt habe.»

«Ich werde mich», versicherte ich ihr, «dieser Angelegenheit mit der gebotenen Sorgfalt widmen.»

Sie machte sich davon, und Jeeves und ich waren nun allein in der Einsamkeit der Rhododendronbüsche. Ich zündete mir lässig eine Zigarette an.

«Na, Jeeves?»

«Sir?»

«So trifft man sich wieder, was?»

«Jawohl, Sir.»

«Philippi, wie?»

«Jawohl, Sir.»

«Ich hoffe, es läuft alles glatt mit Chuffy?»

«Alles fügt sich vortrefflich, Sir. Darf ich meinerseits hoffen, daß Sie mit Ihrem neuen Betreuer zufrieden sind?»

«Oh, völlig. Tadellos, der Mann.»

«Ich bin außerordentlich erfreut, das zu hören, Sir.»

Eine Pause entstand. Dann sagte ich: «Eh ... Jeeves.»

Das ist doch wie verhext. Ich hatte eigentlich nur vorgehabt, nach dem Austausch der üblichen Artigkeiten locker zu nicken und zu entschreiten. Aber es ist unglaublich schwer, sich der Gewohnheit vieler Jahre zu entziehen. Ich will damit sagen, hier stand ich, und da stand Jeeves, aber ich stand hier mit einem Problem belastet, das zu der Art von Problemen gehörte, bei der ich grundsätzlich früher seinen Rat einzuholen pflegte, und irgendwie stand ich hier wie festgenagelt. Anstatt nun reserviert und Abstand wahrend mit einer winzigen Neigung des Kopfes den Schauplatz würdig zu verlassen, so wie ich es beabsichtigt hatte, fühlte ich mich wie unter Zwang dazu gedrängt, ihn zu konsultieren, als hätte es nie eine Mißhelligkeit zwischen uns gegeben.

«Eh ... Jeeves», sagte ich.

«Sir?»

«Wenn Sie einen Moment Zeit hätten, würde ich ganz gern etwas mit Ihnen erörtern.»

«Gewiß, Sir.»

«Ich möchte einmal Ihre Ansichten hören. Es geht um den alten Chuffy.»

«Sehr wohl, Sir.»

Sein Gesicht hatte den ruhigen Ausdruck gesammelter Intelligenz in Verbindung mit dem Vasalleneifer, dem Lehnsherrn gefällig zu sein. Ich kannte diesen Ausdruck und zögerte deshalb nicht länger.

«Sie werden mir sicher zustimmen, daß man für den fünften Baron etwas unternehmen sollte, oder irre ich mich da?»

«Ich bitte um Verzeihung, Sir?»

Jetzt wurde ich ungeduldig mit diesem... mit diesem... mir fehlt jetzt das Wort. «Ach, hören Sie auf, Jeeves. Sie wissen genau, was ich meine. Etwas weniger Klosterschule, wenn ich bitten darf, und etwas mehr Jeanne d'Arc in der Schlacht von Patmos...»

«Patay, Sir.»

«Was?»

«Die Schlacht von Patay, Sir.»

«Patay? Natürlich. Aber trotzdem – erzählen Sie mir nicht, Jeeves, daß Sie eine Woche lang in seinen Diensten waren, ohne Beobachtungen zu machen und Schlüsse zu ziehen.»

«Vermute ich richtig, Sir, daß Sie auf die Gefühle seiner Lordschaft für Miss Stoker Bezug nehmen?»

«Sie vermuten richtig.»

«Es ist mir natürlich nicht entgangen, Sir, daß seine Lordschaft gegenüber der jungen Lady Empfindungen hegt, die von tieferer und wärmerer Natur sind, als gemeinhin bei gewöhnlichen Freundschaften vorauszusetzen ist.»

«Fänden Sie es übertrieben, wenn ich sagte, er ist in sie verknallt?»

«Keineswegs, Sir. Dieser Ausdruck dürfte in etwa den Tatsachen entsprechen.»

«Sehr gut. Doch wohlgemerkt, Jeeves, sie liebt ihn auch.»

«Tatsächlich, Sir?»

«Sie hat mir das in aller Deutlichkeit klargemacht, bevor Sie hier aufgetaucht sind. Sie hat mir gestanden, sie sei bis über beide Ohren in den Mann vernarrt. Völlig durcheinander, das arme Ding. Außer sich, die kleine Maus. Dank weiblicher Intuition hat sie seine Heimlichtuerei durchschaut. Jeeves, sie erkennt das Gefunkel der Liebe in seinem Auge, und sie ist hingerissen davon. Aber was sie jetzt quält, ist, daß er ihr seine Liebe nicht gesteht, sich verbirgt, gewissermaßen, gleich dem... gleich was, Jeeves?»

«Dem Würmchen in der Knospe gleich, das sich an der damastenen Blütenwange labt, Sir.»

«Damasten? Sind Sie sicher, Jeeves?»

«Jawohl, Sir.»

«Na ja, gut. Aber du lieber Himmel, was soll denn das alles? Er liebt sie, sie liebt ihn. Wo ist der Haken? Während meiner Unterhaltung mit ihr trug ich ihr vor, daß der Grund seiner Zurückhaltung im männlichen Zartgefühl begründet liege, aber das glaube ich ja selber nicht. Ich kenn' doch Chuffy. Ein schneller Verwerter, wie er im Buche steht. Wenn der nicht vor Ablauf einer Woche um ein Mädchen angehalten hat, denkt er schon, er sei jetzt reif fürs Altersheim. Und nun guck ihn einer an! Fehlzündung auf jedem Zylinder. Warum?»

«Seine Lordschaft ist ein Gentleman von Ehre und Gewissen, Sir.»

«Was soll das heißen?»

«Selber in bedrängten Umständen befindlich, bedrückt ihn das Gefühl, er habe nicht das Recht, einer derart mit Gütern gesegneten jungen Dame wie Miss Stoker einen Heiratsantrag zu machen.»

«So reich ist sie doch gar nicht. Gerade ausreichend ausgestattet, würde ich denken.»

«Nein, Sir. Mr. Stokers Vermögen beläuft sich auf etwa fünfzig Millionen Dollar.»

«Was? Sie wollen mich wohl verkohlen, Jeeves.»

«Nein, Sir. Wie ich erfahren habe, war das der Betrag, den er vor kurzem als Nutznießer des Testamentes von Mr. George Stoker geerbt hat.»

Ich fiel aus allen Wolken.

«Guter Gott! Da hat also der gute alte George ins Gras gebissen.»

«Jawohl, Sir.»

«Und hat sein ganzes Geld dem alten Stoker hinterlassen?»

«Jawohl, Sir.»

«Jetzt verstehe ich. Jetzt geht mir ein Licht auf. Das erklärt alles. Ich habe mich schon gefragt, wie das möglich ist, daß er solche Ländereien kaufen kann. Dann gehört die Jacht im Hafen sicher auch ihm?»

«Jawohl, Sir.»

«Na ja. Na dann. Na so was. Aber zum Kuckuck, George muß doch noch nähere Verwandte gehabt haben.»

«Jawohl, Sir. Wie ich hörte, hegte er einen abgrundtiefen Abscheu gegen alle diese Leute.»

«Sie wissen ja gut Bescheid.»

«Jawohl, Sir. Ich war oft mit seinem Diener zusammen, als wir in New York waren. Ein Mann namens Benstead.»

«Der gute George. Der war doch völlig meschugge, wie?»

«Zweifellos in hohem Grade exzentrisch, Sir.»

«Ob irgendeiner seiner übrigen Verwandten das Testament wohl anfechten könnte?»

«Das ist kaum vorstellbar, Sir. Denn in einem solchen Falle würde sich Mr. Stoker natürlich der Hilfe von Sir Roderick Glossop versichern, der selbstverständlich bezeugen könnte, daß der verstorbene Mr. George Stoker, wiewohl von einiger Originalität in seinen Verhaltensweisen, geistig von beneidenswerter Gesundheit war. Ein Gutachten von einem so berühmten und anerkannten Psychiater wäre unangreifbar.»

«Wollen Sie damit sagen, er würde es so hindrehen, daß es die natürlichste Sache von der Welt ist, wenn einer auf seinen Händen herumläuft, sofern ihn die Laune packt? Um Schuhsohlen zu sparen oder was?»

«Genau, Sir.»

«Dann ist es also ausgeschlossen, daß Miss Stoker jemals etwas anderes sein wird als die Erbin eines Kauzes, der fünfzig Millionen Dollar hinter einem Ziegelstein im Kamin verstaut hat?»

«Ausgeschlossen, Sir.»

Ich brütete darüber nach. «Hm. Wenn der alte Stoker also nicht Chuffnell Hall einsackt, bleibt Freund Chuffy weiterhin Lazarus redivivus, der Mann mit dem Hungertuch. Jetzt erfaßt man die ganze Tragik der Situation. Und dennoch, Jeeves, warum? Was soll denn dieses Affentheater um Geld? Wär' schließlich nicht das erste Mal, daß sich so ein armer Schlucker bei einem Mädchen mit viel Heu gut bettet.»

«Jawohl, Sir. Aber seine Lordschaft ist ein Gentleman mit

ganz eigentümlichen Ansichten in dieser speziellen Angelegenheit.»

Ich grübelte. Ich mußte ihm recht geben. Genau so war es. Wenn's um Geld ging, war Chuffy schon immer etwas wunderlich. Ich nehme an, das ist ein Punkt, der die Ehre des Clans, den Stolz der Chuffnells berührt. Ich kenne das nun schon seit Jahren. Immer wieder habe ich versucht, ihm etwas zu leihen, ich habe ja genug, aber er hat es immer hartnäckig abgelehnt.

«Schwierig», faßte ich zusammen. «Es ist einem momentan verwehrt, einen Ausweg zu finden. Und wer weiß, vielleicht haben Sie unrecht, Jeeves. Sie sind ja auch auf Mutmaßungen angewiesen.»

«Nein, Sir. Seine Lordschaft erwies mir die Ehre, mich einzuweihen.»

«Tatsache? Wie kam denn das Thema zur Sprache?»

«Mr. Stoker hatte den Wunsch geäußert, mich in seine Dienste zu nehmen. Er sprach mich daraufhin an. Darüber informierte ich Seine Lordschaft. Seine Lordschaft wies mich an, Mr. Stoker Hoffnungen zu machen.»

«Er kann doch unmöglich wollen, daß Sie ihn verlassen und zum alten Stoker abwandern.»

«Nein, Sir. Er äußerte sich ausdrücklich im gegenteiligen Sinne, und zwar mit einiger Vehemenz. Doch er betonte, ich solle auf keinen Fall die Verhandlungen mit einem glatten Nein abbrechen, bis nicht der Verkauf von Chuffnell Hall besiegelt sei.»

«Ich verstehe. Ich durchschaue die Strategie. Er wollte also, daß Sie dem alten Stoker um den Bart gehen und ihn bei Laune halten, bis er das Schicksalspapierchen unterschrieben hat.»

«So ist es, Sir. Und diese Unterhaltung mit Seiner Lordschaft gipfelte in der Enthüllung seines Standpunktes betreffend Miss Stoker. Erst wenn seine finanziellen Verhältnisse völlig gesichert und stabil sind, wird seine Selbstachtung es zulassen, daß er der jungen Dame einen Heiratsantrag macht.»

«So ein Hornochse.»

«Ich hätte es mir nicht herausgenommen, ebendiesen Ausdruck persönlich zu benutzen, Sir, doch muß ich gestehen, daß ich die Einstellung Seiner Lordschaft reichlich schnurrig finde.»

«Wir müssen ihm das ausreden.»

«Ich fürchte, das ist unmöglich, Sir. Ich habe es selbst versucht, doch meine Argumente haben nichts gefruchtet. Seine Lordschaft hat Komplexe.»

«Hat was?»

«Komplexe, Sir. Anscheinend hat er einmal ein Musical besucht, in dem einer der darstellenden Künstler einen unbemittelten Peer, einen gewissen Lord Wotwotleigh, verkörperte, welcher danach trachtete, eine amerikanische Erbin zu ehelichen, und es muß dieser Mensch gewesen sein, der bei ihm einen unauslöschlichen Eindruck hinterließ. Er teilte mir in aller Eindeutigkeit mit, daß er um nichts in der Welt in eine Situation gelangen wolle, die zu Vergleichen herausfordern könnte.»

«Aber angenommen, der Hausverkauf platzt?»

«In diesem Falle, fürchte ich, Sir...»

«Wird die damastene Blütenwange den Wurm auf ewig laben?»

«Genau, Sir.»

«Sie sind sicher, daß es ‹damasten› heißt?»

«Jawohl, Sir.»

«Kenn ich gar nicht. Weiß nicht mal, was das heißt.»

«Ein archaisches Adjektiv, Sir. Es deutet wohl, wenn ich es mir recht überlege, auf eine gesunde Hautbeschaffenheit hin.»

«Na ja, die hat der alte Chuffy ja.»

«Jawohl, Sir.»

«Aber wozu ist eine gute Hautbeschaffenheit nütze, wenn man das Mädchen nicht kriegt?»

«Wie wahr, Sir.»

«Was würden Sie raten, Jeeves?»

«Ich fürchte, ich kann im Augenblick noch keinen Vorschlag machen, Sir.»

«Ach, kommen Sie, Jeeves.»

«Wirklich nicht, Sir. Da die Schwierigkeit ganz wesentlich im Psychischen wurzelt, befinde ich mich selber im Zustand verdutzter Verlegenheit. Solange der Eindruck dieses Lord Wotwotleigh im Bewußtsein Seiner Lordschaft eingeprägt bleibt, so lange, fürchte ich, kann man gar nichts unternehmen.»

«Doch. Natürlich kann man. Woher dieser seltsame Kleinmut? Was ist los mit Ihnen, Jeeves? Ganz klar, der Kerl muß jetzt zum Äußersten getrieben werden. Rücken an die Wand!»

«Ich kann nicht ganz folgen, Sir.»

«Das werden Sie gleich. Die Sache liegt auf der Hand. Also, hier haben wir den alten Chuffy, der einstweilen noch um das Mädchen herumtappt wie ein blinder Ochse. Was dieser Mann jetzt braucht, ist ein Muntermacher der Alarmstufe eins. Angenommen, er wittert zum Beispiel einen Rivalen, der Miene macht, ihm das Mädchen wegzuschnappen, würde er dann nicht seine albernen Vorurteile vergessen und brüllend zur Attacke starten, und zwar mit feurigen Nüstern?»

«Eifersucht ist unzweifelhaft ein ungemein antriebsstarkes Motiv, Sir.»

«Richtig, und wissen Sie, was ich jetzt mache, Jeeves?»

«Nein, Sir.»

«Jetzt gehe ich hin und werde Miss Stoker küssen und dafür sorgen, daß er es auch sieht.»

«Es scheint mir nicht empfehlenswert, Sir...»

«Gemach, Jeeves! Die Sache steht schon fix und fertig vor meinem geistigen Auge. Während wir miteinander gesprochen haben, kam mir die Lösung blitzartig in den Sinn. Nach dem Lunch werde ich Miss Stoker beiseite nehmen und hierherführen. Sie werden veranlassen, daß Chuffy ihr folgt. Wenn ich dann das Weiße in seinen Augen sehe, umschlinge ich sie mit wilder Leidenschaft. Wenn das nicht hilft, dann hilft nichts mehr.»

«Ich sehe voraus, Sir, daß das Risiko ein beträchtliches ist. Seine Lordschaft ist der Spielball von Gefühlswallungen, die ins Unvorhersehbare führen.»

«So sei es. Ein Wooster nimmt auch freudig ein blaues Auge in Kauf, wenn es dem Herzensfreunde nutzt. Nein, Jeeves, ich wünsche keine Diskussion mehr, die Sache ist beschlossen. Es bleibt uns nur noch, die Zeiten festzulegen. Gegen halb drei werden sie da drinnen mit dem Essen fertig sein... Übrigens, ich nehme nicht daran teil.»

«Sie nehmen nicht teil, Sir?»

«Nein. Ich will diese Bagage nicht sehen. Ich bleibe hier draußen. Bringen Sie mir ein paar Sandwiches und eine halbe Flasche vom Besten.»

«Sehr wohl, Sir.»

«Da fällt mir ein, die Fenster vom Speisezimmer werden bei so einem Wetter wahrscheinlich offenstehen. Schleichen Sie sich von Zeit zu Zeit mal ran, während die beim Essen sind, und horchen Sie ein bißchen. Vielleicht hört man was Wichtiges.»

«Sehr wohl, Sir.»

«Packen Sie ruhig ordentlich Senf auf die Sandwiches.»

«Sehr wohl, Sir.»

«Um halb drei richten Sie dann Miss Stoker aus, daß ich sie gern sprechen möchte. Und um halb drei plus eine Minute teilen Sie Lord Chuffnell mit, daß Miss Stoker ihn gern sprechen möchte. Den Rest überlassen Sie mir.»

«Sehr wohl, Sir.»

6

Es gibt Komplikationen

Es verging doch noch ziemlich viel Zeit, bevor Jeeves endlich mit den Stärkungen auftauchte, die ich sogleich mit Gusto würdigte.

«Lange weggeblieben, was?»

«Ich habe Ihre Anweisungen befolgt, Sir, und am Fenster gelauscht.»

«Oh! Und? Gibt's was Interessantes?»

«Es war mir nicht möglich, etwas bezüglich Mr. Stokers Ansichten über den Kauf des Hauses zu erhaschen, doch schien er in aufgeräumter Stimmung.»

«Das ist schon was. Putzmunter, der alte Knabe, was?»

«Jawohl, Sir. Er hat alle Anwesenden zu einer Party auf seiner Jacht eingeladen.»

«Dann bleibt er also noch?»

«Noch ein Weilchen, wie ich vermuten darf, Sir. Anscheinend ist etwas mit der Schiffsschraube nicht in Ordnung.»

«Hat offenbar einen seiner bösen Blicke drauf geworfen, das alte Stoker-Auge. Was ist mit dieser Party?»

«Dem Vernehmen nach hat Master Dwight morgen Geburtstag, Sir, und die Party findet meiner Schätzung nach zur Feier dieses Ereignisses statt.»

«Wie haben sie die Einladung aufgenommen?»

«Sehr wohlgefällig, Sir. Wenngleich Master Seabury einigermaßen bekümmert schien über die etwas arrogante Aussage von Master Dwight, er möchte wetten, daß Master Seabury wohl noch nie in seinem Leben so eine richtige Jacht gesehen, ja noch nicht einmal von fern gerochen habe.»

«Und Klein Seabury?»

«Der gab zurück, er sei schon auf Millionen von Jachten gewesen. Genauer gesagt, wenn ich mich nicht täusche, benutzte er den Terminus Milliarden.»

«Und dann?»

«Ein eigenartiges Geräusch, das Master Dwight mit dem Munde hervorbrachte, vermittelte mir den Eindruck, daß er gegenüber dieser Behauptung Skepsis äußern wollte. Aber in diesem Augenblick goß Mr. Stoker Öl auf die aufgewühlten Wasser, indem er kundtat, er beabsichtige die Schwarzen-Truppe auf seiner Party spielen zu lassen. Offenkundig hatte Seine Lordschaft von ihrer Anwesenheit in Chuffnell Regis gesprochen.»

«Und das ging dann gut?»

«Vollkommen, Sir. Nur hat dann Master Seabury gesagt, er möchte wetten, daß Master Dwight noch nie in seinem Leben eine Schwarzen-Kapelle gesehen, geschweige denn gehört hat. Aufgrund einer Bemerkung von Lady Chuffnell konnte geschlossen werden, daß Master Dwight eine heiße Kartoffel auf Master Seabury geschleudert hat, und für eine Weile schien Unheil zu drohen.»

Ich schnalzte mit der Zunge. «Ich wünschte, einer würde diese kleinen Ungeheuer knebeln und in Ketten schließen. Die sind imstande und vermasseln uns noch alles.»

«Die Geplänkel waren zum Glück nur von kurzer Dauer, Sir. Als ich die Gesellschaft verließ, waren alle augenscheinlich bester Laune. Master Dwight gab zu verstehen, daß ihm die Hand ausgerutscht sei, und die Entschuldigung wurde mit Wohlwollen akzeptiert.»

«Also dann, huschen Sie ab, Jeeves, und versuchen Sie, noch was zu hören.»

«Sehr wohl, Sir.»

Ich führte Imbiß und Wein ihrer Bestimmung zu und zündete mir eine Zigarette an. Leider hatte ich versäumt, Jeeves zu bitten, mir etwas Kaffee zu bringen. Aber so etwas braucht man Jeeves nicht aufzutragen. Bald darauf eilte er mit einer heißen Tasse Kaffee herbei.

«Das Mittagsmahl ist soeben zu Ende gegangen, Sir.»

«Aha. Haben Sie Miss Stoker gesehen?»

«Jawohl, Sir. Ich unterrichtete die junge Dame dahingehend, daß Sie mit ihr zu sprechen wünschten, und sie wird binnen kurzem hier sein.»

«Warum nicht jetzt?»

«Seine Lordschaft verwickelte sie in ein Gespräch, gleich nachdem ich ihr die Botschaft übermittelt hatte.»

«Haben Sie ihn auch gebeten herzukommen?»

«Jawohl, Sir.»

«Nicht gut, Jeeves. Das geht schief. Die tauchen zusammen hier auf.»

«Keineswegs, Sir. Sowie ich Seine Lordschaft in diese Richtung aufbrechen sehe, wird es mir ein leichtes sein, ihn wegen irgendeiner dringenden Sache aufzuhalten.»

«Zum Beispiel?»

«Zum Beispiel bin ich schon lange begierig gewesen, die Ansichten Seiner Lordschaft in bezug auf die Wünschbarkeit der Anschaffung neuer Socken zu erkunden.»

«Ah! Wenn's um Socken geht, da sind Sie unschlagbar, Jeeves. Aber lassen Sie sich von diesem Gegenstand nicht derart hinreißen, daß Sie eine Stunde lang mit ihm darüber reden. Ich will diese Angelegenheit möglichst schnell hinter mich bringen.»

«Ich verstehe Sie vollkommen, Sir.»

«Wann haben Sie Miss Stoker gesehen?»

«Vor etwa einer Viertelstunde, Sir.»

«Komisch. Wo sie nur bleibt? Worüber die bloß reden, was?»

«Ich vermag es nicht zu sagen, Sir.»

«Ah!»

Ich hatte etwas Weißes durch die Büsche schimmern sehen. Im nächsten Augenblick erschien sie, schöner denn je, und ihre Augen strahlten wie zwei Zwillingssterne. Nichtsdestotrotz wurde ich nicht wankend in meiner Überzeugung, daß ich von Herzen froh und glücklich sein werde, wenn schließlich Chuffy ihr Bräutigam ist und nicht ich, immer vorausgesetzt, daß alles glattgeht. Es ist doch komisch. Da kann so ein Mädchen die absolute Wucht sein, ein Mittelding zwischen Grazie, Fee und Muse, und trotzdem weiß man, mit ihr verheiratet zu sein bringt nichts als Kümmernis am laufenden Band. Aber so ist das Leben.

«Hallo, Bertie», sagte Pauline. «Was soll denn der Unsinn mit deinem Kopfweh? Du hast dich ja trotzdem ganz schön rangehalten.»

«So ein Häppchen kann nicht schaden, hab ich mir gedacht. Nehmen Sie am besten die Sachen hier wieder mit, Jeeves.»

«Sehr wohl, Sir.»

«Sie vergessen bitte nicht, wenn Seine Lordschaft nach mir verlangen sollte, ich bin hier.»

«Sehr wohl, Sir.»

Er nahm Teller, Tasse und Flasche an sich und verschwand. Ob ich sein Weggehen nun bedauerte oder nicht, hätte ich nicht genau sagen können. Aber mein Inneres war jedenfalls in Aufruhr. Ich war ganz verkrampft, wenn Sie wissen, was ich meine. Unter Druck, verstehen Sie? Alle Muskeln angespannt. Um Ihnen einen Begriff zu geben, welcher Natur meine Gefühle an diesem Kreuzweg waren, kann ich nur sagen, sie glichen denen, die mich einmal im East End überwältigten, als ich bei einer Kirchen-Party anfing, ‹Sonny Boy› zu singen.

Pauline hatte meinen Arm gepackt und war gerade dabei, eine gewisse Kommunikation in die Wege zu leiten. «Bertie...»

In diesem Augenblick gewahrte ich Chuffys Kopf über einem Busch, und ich spürte, die Zeit zum Handeln war gekommen. Die Situation schrie nach schneller Tat. Ich verlor keine Sekunde. Ich umfaßte das Mädchen mit beiden Armen und traf sie voll auf die rechte Augenbraue. Meine Bestleistung war das nicht, ich weiß, aber dieser Kuß galt schließlich trotz seiner Streuung infolge der unterlegten Absicht doch als Kuß und mußte eigentlich folgenschwere Konsequenzen nach sich ziehen.

Das hätte er ganz sicher auch getan, wäre der Bursche, der im kritischen Augenblick von links die Szene betreten hatte, Chuffy gewesen. Dieses war jedoch nicht der Fall. Durch die Blätter konnte ich zwar nur flüchtig einen Filzhut wahrnehmen, aber da wußte ich schon, daß ich einen schweren Fauxpas begangen hatte. Der Kerl, der nun vor uns stand, war kein anderer als Papa Stoker, und ich befand mich, wie ich gestehen muß, im Lähmungszustand einer gewissen Verlegenheit.

Sie müssen zugeben, die Situation war von nicht geringer Peinlichkeit. Hier stand ein tiefbesorgter Vater, durchdrungen von einem ungemein starken Abscheu vor Bertram Wooster und zugleich besessen von der Vorstellung, daß seine Tochter ebendiesem Typen verfallen war. Und das erste, was er auf seinem kleinen Verdauungsbummel zu sehen bekam, waren wir beide in liebevoller Verklammerung. Da überfällt, weiß Gott, jeden Vater das große Zittern, und ich war nicht überrascht, ihn genauso dastehen zu sehen wie den kühnen Cortez, als er auf den Stillen Ozean starrte. Ein Mann mit fünfzig Millionen in der Hosentasche braucht sich nicht zu verstellen. Wenn er irgendeinen ausgesuchten Frechling mit haßerfüllten Augen anstarren will, dann starrt er ihn eben mit haßerfüllten Augen an. Und in ebendieser Weise starrte er mich jetzt an. In seinem Blick war auch Unruhe, kombiniert mit Seelenqual, und ich erkannte, daß Pauline seine Einstellung zu den Dingen sehr präzise beschrieben hatte.

Glücklicherweise ging die Sache über finstere Blicke nicht hinaus. Da sag einer, was er will, gegen Anstand und Sitte, aber sie sind beide verdammt hilfreich in kritischen Lagen. Mögen es auch nur unnatürliche, uns aufgezwungene Regeln sein, die einen Vater davon abhalten, dem Küssespender seiner Tochter einen Tritt zu verpassen, weil sie beide Gäste im gleichen Haus sind, aber in diesem Augenblick waren mir alle einschlägigen unnatürlichen Anstandsregeln lieb und wert.

Nur den Bruchteil einer Sekunde lang, als sein Fuß kurz aufzuckte, hätte man fürchten können, der sozusagen primordiale Urtypus in J. Washburn Stoker schritte nun zur Selbstverwirklichung. Jedoch: Anstand und Sitte trugen den Sieg davon. Mit einem weiteren seiner Frankensteinblicke griff er sich Pauline, und gleich darauf war ich allein und hatte nun Muße, alles zu überdenken.

Dieses tat ich, dieweil eine Zigarette die Spannung in mir löste, und siehe – unvermittelt sprang Chuffy in meine kleine sonnenbesprenkelte Lichtung. Auch ihm schien etwas auf der Seele zu liegen, denn seine an sich schon vorstehenden Augen hatten diesmal einen auffallenden Quellcharakter.

«Hör mal, Bertie», fing er ohne Vorwarnung an, «was höre ich denn da alles?»

«Was hörst du denn da alles, alter Freund?»

«Warum hast du mir nicht gesagt, daß du schon einmal mit Pauline Stoker verlobt warst?»

Ich hob eine Augenbraue. Es schien mir nun an der Zeit, mit eiserner Faust durchzugreifen. Wenn man schon sieht, daß da einer kommt, der mit einem streng ins Gericht gehen will, gibt es nichts Besseres, als ihm zuvorzukommen und seinerseits schnurstracks mit ihm streng ins Gericht zu gehen.

«Ich verstehe wohl nicht recht, Chuffnell», sagte ich mit eisigem Gesicht. «Hast du gedacht, daß ich dir eine Postkarte schicke?»

«Du hättest es mir heute morgen sagen können.»

«Aus welchem Grund? Wie hast du es überhaupt erfahren?»

«Sir Roderick Glossop hat es zufällig erwähnt.»

«Zufällig, so? Na ja, er muß es ja wissen, er war der Schakal, der die Sache zum Platzen gebracht hat.»

«Was heißt das?»

«Zufällig war er zu der Zeit gerade in New York, und flugs stand er gleich vor dem alten Stoker, stach ihm mit dem Finger in die Brust und behämmerte ihn, er solle mir sofort den Laufpaß geben. Das Ganze dauerte nicht länger als achtundvierzig Stunden, vom Startloch bis zum Ziel.»

Er sah mich aus zusammengekniffenen Augen an. «Das kannst du beschwören?»

«So wahr mir Gott helfe.»

«Achtundvierzig Stunden?»

«Weniger!»

«Und da ist jetzt nichts zwischen euch beiden?»

Sein Ton war barsch. Von herzensbrüderlicher Gesinnung keine Spur. Allmählich dämmerte es mir, wie unheimlich gewitzt der alte Schutzengel der Woosters Regie geführt hatte, als er nicht Chuffy, sondern Stoker zum Zeugen der Umarmung herbeordert hatte.

«Nichts.»

«Da bist du sicher?»

«Absolut sicher. Also jetzt mal ran an den Feind, Chuffy, alter Freund», sagte ich und klopfte ihm väterlich auf die Schulter. «Folge dem Befehl des Herzens und fürchte nichts. Das Mädchen ist in dich verknallt, daß es nur so kracht.»

«Wer sagt das?»

«Sie sagt das.»

«Sie sagt das?»

«Persönlich.»

«Liebt sie mich?»

«Wie von Sinnen, soweit ich das beurteilen kann.»

Eine gewisse Erleichterung lockerte das gramerfüllte Gesicht Chuffys etwas auf. Der alte Knabe strich sich über die Stirn und wurde zusehends milder.

«Dann scheint ja alles wieder in Ordnung. Tut mir leid, wenn ich im Moment etwas durcheinander war. Aber wenn man sich gerade verlobt hat, dann ist es doch ein ziemlicher Schock, wenn man hört, daß die Auserwählte zwei Monate vorher mit einem anderen verlobt war.»

Verblüfft fragte ich: «Du bist verlobt? Seit wann?»

«Seit kurz nach dem Lunch.»

«Und was ist mit Wotwotleigh?»

«Was weißt du von Wotwotleigh?»

«Jeeves hat mir erzählt, der Schatten von Wotwotleigh hänge über dir wie eine schwarze Wolke.»

«Jeeves redet zuviel. Mit dieser Sache hat Wotwotleigh nicht das geringste zu tun. Kurz bevor ich mit Pauline einig wurde, hat der alte Stoker mir versichert, er sei nun entschlossen, das Haus zu kaufen.»

«Tatsache?»

«Tatsache. Ich glaube, der Portwein war's. Ich habe ihn so richtig vollgepumpt mit meinem letzten 1885er.»

«Das Klügste, was du tun konntest. War das deine Idee?»

«Nein. Die von Jeeves.»

Ein sehnsüchtiger Seufzer löste sich von meinen Lippen, ich konnte ihn nicht zurückhalten. «Jeeves ist phantastisch.»

«Ein wahres Wunder.»

«Was für ein Gehirn!»

«Wiegt sicher seine zwei Kilo.»

«Er ißt ja auch viel Fisch. Ein Jammer, daß er kein Ohr für die Musik hat», fügte ich schwermütig gestimmt hinzu. Doch unterdrückte ich meine Trauer und zwang mich, nicht mehr an meinen schmerzlichen Verlust, sondern nur noch an Chuffys Glück zu denken. «Ich wünsche dir, daß du sehr, sehr glücklich wirst. Ich kann aufrichtig sagen, daß ich Pauline immer als eines der hübschesten Mädchen betrachte, mit denen ich je verlobt war.»

«Wenn du doch mal aufhören könntest, auf dieser Verlobung rumzureiten.»

«Recht hast du.»

«Dabei versuche ich die ganze Zeit zu vergessen, daß du überhaupt mit ihr verlobt warst.»

«Richtig. Vergiß es.»

«Wenn ich mir vorstelle, daß du einmal in der Lage warst...»

«War ich ja nicht. Du darfst nie aus dem Auge verlieren, daß das Verlöbnis nur zwei Tage dauerte. Und an beiden Tagen lag ich im Bett. Mit einer bösen Erkältung.»

«Aber als sie deinen Antrag angenommen hat, da hast du doch sicher...»

«Nein, hab ich nicht. Ein Kellner kam ins Zimmer mit einem Sandwich-Tablett, und damit war die Chance verpaßt.»

«Dann hast du nie...»

«Niemals.»

«Das war für sie sicher wahnsinnig aufregend, mit dir verlobt zu sein. Ein richtiger Hochgenuß, was? Möchte mal wissen, wie sie überhaupt dazu gekommen ist, dich zu erhören.»

Das möchte ich auch gern wissen. Das hatte mich schon damals überrascht. Ich kann nur vermuten, daß da in mir etwas ist, was im Busen dieser kraftvollen Frauen eine Saite zum Klingen bringt. Es ist mir schon einmal so ergangen, und zwar, als ich mich mit Honoria Glossop verlobte.

«Ich hab deswegen mal einen alten Freund befragt», sagte ich, «war ein erfahrener Mann, und er meinte, wenn so ein Weib mich herumlungern sieht wie ein verlorenes Mondkalb, dann erwacht in ihr wahrscheinlich der mütterliche Instinkt. Da könnte was dran sein.»

«Möglicherweise», stimmte er zu. «Na ja, ich mach mich mal auf den Weg. Vermutlich wird der alte Stoker mit mir über das Haus sprechen wollen. Kommst du mit?»

«Nein danke. Tatsache ist, alter Freund, ich bin nicht so wahnsinnig erpicht darauf, mich unter deine kleine Truppe zu mischen. Deine Tante Myrtle halte ich zur Not noch aus, sogar noch Klein Seabury. Aber wenn du mir Stoker und Glossop dazulegst, dann bekomme ich keine Luft mehr. Ich werde jetzt einen schönen Spaziergang machen.»

Chuffys Landsitz war genau das Richtige für einen Auslauf. Man hätte denken können, es müßte ihm eigentlich leid tun, diesen herrlichen Besitz wegzugeben in die Hände derer, die eine private Klapsmühle daraus machen wollten. Andererseits war anzunehmen, daß jemand, der jahrelang in so einem Haus eingesperrt ist und Tante Myrtle nebst Cousin Seabury zum unmittelbaren Nachbarn hat, allmählich die Lust daran verliert. Zwei Stunden lang schlenderte ich wohlgelaunt umher, und es war schon später Nachmittag, als plötzlich gebieterisch das Verlangen nach einer Tasse Tee erwachte und mich auf dem Fuße zu den Nebengebäuden zurückwandern ließ, wo ich Jeeves zu finden hoffte. So eine Art Küchenmädchen führte mich zu seiner Unterkunft, und ich setzte mich in der herzerwärmenden Gewißheit, daß binnen kurzem eine heiße Kanne Tee und Toast mit Butter zur Stelle sein würden. Chuffys Bericht mit dem wunderbaren Happy-End hatte Wohlbehagen in mir entfacht, und eine schöne, heiße Tasse Tee und eine knusprige Scheibe Toast, so dachte ich, würden nun dem ganzen Erlebnis die harmonische Abrundung geben.

«Tatsache ist, Jeeves», sagte ich, «ein solcher Anlaß würde sogar Teegebäck rechtfertigen. Wie ungemein erfreulich ist für mich doch der Gedanke, daß Chuffys sturmdurchtoste Seele endlich heil in ihren Hafen findet. Sie haben gehört, daß Stoker zugesagt hat, das Haus zu kaufen?»

«Jawohl, Sir.»

«Und Sie wissen von der Verlobung?»

«Jawohl, Sir.»

«Ich nehme an, der alte Chuffy fühlt sich jetzt wie ein König.»

«Nicht ganz, Sir.»

«Wie das?»

«Leider muß ich vermelden, daß ein gewisser Störfaktor in Erscheinung getreten ist.»

«Was denn? Sie können sich doch nicht jetzt schon gestritten haben?»

«Nein, Sir. Die Beziehung Seiner Lordschaft zu Miss Stoker verläuft weiterhin in unverändert freundschaftlichen Bahnen. Es ist die Beziehung zu Mr. Stoker, die unter unguter Spannung steht.»

«Ach du lieber Gott.»

«Jawohl, Sir.»

«Was ist passiert?»

«Die Ursache der Mißhelligkeit war ein sportlicher Wettstreit zwischen Master Dwight Stoker und Master Seabury, Sir. Sie entsinnen sich vielleicht meiner Bemerkung, daß es während des Mittagessens den jungen Herrschaften offenbar an gegenseitiger Sympathie ermangelte.»

«Aber Sie sagten doch ...»

«Jawohl, Sir. Die Wogen wurden seinerzeit geglättet, doch etwa vierzig Minuten nach Beendigung des Mahles trat die unverhüllte Abneigung auf beiden Seiten wieder voll zutage. Die jungen Herrschaften hatten sich gemeinsam ins Frühstückszimmer begeben, und dort scheint Master Seabury versucht zu haben, Master Dwight die Summe von einem Shilling und sechs Pence zu entlocken, behufs Schutz, wie er sich auszudrücken beliebte.»

«Ach du heiliger ...»

«Jawohl, Sir. Master Dwight, so wie ich verstanden habe, lehnte in einem leicht hochfahrenden Tone den Schutz dankend ab und weigerte sich, mit den Möpsen rüberzukommen, wie der Volksmund zu sagen pflegt, worauf ein Wort das andere gab mit dem Ergebnis, daß gegen halb vier Geräusche aus dem Frühstückszimmer erschallten, die auf Handgreiflichkeiten hinzudeuten schienen. Die älteren Herrschaften bewegten sich auf die Lärmquelle zu und entdeckten die jungen Herrschaften auf dem Boden, umgeben von den Trümmern eines Porzellanschrankes, der während der Kampfhandlungen zu Bruch gegangen war. Als sie gerade die Szene betraten, war Master Dwight offensichtlich bei diesem Zweikampf im Vorteil, dieweil er auf Master Seaburys Brustkasten thronte und dessen Kopf rhythmisch auf den Boden krachen ließ.»

Die tiefe Sorge, mit der ich dieser Erzählung folgte, mögen Sie daran ermessen, daß meine Gefühlslage beim Zuhören alles andere war als die einer verzückten Befriedigung bei dem Gedanken, nach all diesen Jahren habe endlich einer einmal den Kopf von Klein Seabury einer Behandlung unterzogen, die diesem schon lange zugestanden hätte. Statt dessen ergriff mich blankes Entsetzen. Ich sah schon, wohin das alles führen mußte.

«Grundgütiger Himmel, Jeeves!»

«Jawohl, Sir.»

«Und dann?»

«Die Auseinandersetzung wurde gewissermaßen Allgemeingut, Sir.»

«Die Alte Garde griff ein?»

«Jawohl, Sir, wobei Lady Chuffnell die Initiative ergriff.»

Ich stöhnte auf. «Das mußte kommen, Jeeves. Wie oft hat mir Chuffy erzählt, sie wache über Seabury, so wie eine Tigerin über ihre Jungen wacht. Im Interesse Seaburys war sie immer gewillt, alle Welt auf die Zehen zu treten und wegzuschubsen. Einstmals hat er mir mit zitternder Stimme beschrieben, auf welch brutale Weise sie damals, als sie noch in Chuffnell Hall wohnten, kurz bevor er es fertigbrachte, sie ins Witwenhaus abzuschieben, wie sie also damals immer das beste und schönste Frühstücksei mit beiden Händen ergriff und dem kleinen Rotzlöffel hinüberschob. Aber erzählen Sie weiter.»

«Als Lady Chuffnell den Schlachtverlauf erfaßte, gab sie einen schrillen Schrei von sich und schlug Master Dwight mit erstaunlicher Gewalt auf das rechte Ohr.»

«Worauf natürlich sofort...»

«Genau, Sir. Mr. Stoker warf sich sogleich zum Bundesgenossen seines Sprößlings auf und rüstete sich zu einem machtvollen Tritt in Richtung Master Seabury.»

«Und hat ihn erwischt, Jeeves? Bitte sagen Sie mir, daß er ihn erwischt hat.»

«Jawohl, Sir. Master Seabury erhob sich im nämlichen Augenblick in eine Stellung, die ihn tatsächlich optimal in die Lage setzte, den feindlichen Angriff voll in Empfang zu nehmen. Gleich darauf begann ein hitziger Wortwechsel zwischen Lady Chuffnell und Mr. Stoker. Lady Chuffnell rief Sir Roderick zur Hilfe, und dieser hub nun an, etwas widerstrebend, wie mir schien, Mr. Stoker wegen des Überfalls zur Rede zu stellen. Schnöde Schmähungen flogen hin und her, und im Endeffekt informierte Mr. Stoker mit einigem Feuer Sir Roderick dahingehend, daß wenn er etwa glaube, er, Mr. Stoker, beabsichtige Chuffnell Hall zu erstehen nach allem, was vorgefallen sei, dann habe er, Sir Roderick, sich aber kräftig in den Finger geschnitten.»

Ich vergrub das Haupt in den Händen.

«Woraufhin...»

«Ja, Jeeves, bringen Sie es zu Ende. Ich ahne schon, was kommt.»

«Jawohl, Sir. Ich stimme mit Ihnen überein, Sir, daß die ganze Geschichte mit der düsteren Folgerichtigkeit der griechischen Tragödie ablief. Woraufhin also Seine Lordschaft, bisher ein von Erregung gebeutelter Zuschauer, seiner Bestürzung freien Lauf ließ und mit einem Aufschrei Mr. Stoker dringend bat, diese Worte zurückzunehmen. Nach Überzeugung Seiner Lordschaft hatte Mr. Stoker bereits fest zugesagt, Chuffnell Hall zu kaufen, und könnte nun als Ehrenmann sich nicht seiner Verpflichtung entziehen. Als nun Mr. Stoker zurückgab, es kümmere ihn nicht, was er versprochen oder nicht versprochen habe, und weiterhin feierlich versicherte, nicht ein Penny seines Geldes werde in die erwähnte Richtung wandern, da wurde Seine Lordschaft, wie ich leider vermelden muß, etwas unbedacht in seinen Redewendungen.»

Ich stöhnte abermals ein paar Takte. Ich wußte, wozu Chuffy fähig war, wenn seine ihm angeborene Großmut mißachtet wurde. Ich hatte einmal zugehört, wie er die Regattamannschaft seines Bootes in Oxford zusammenstauchte.

«Er machte Stoker zur Schnecke?»

«Mit bewunderungswürdiger Lebhaftigkeit, Sir. Er teilte ihm ganz aufrichtig mit, was er von seinem Charakter, seiner geschäftlichen Redlichkeit und sogar seiner Erscheinung halte.»

«Das machte das Maß wohl voll?»

«Es bewirkte zweifellos eine gewisse Kühle, Sir.»

«Und dann?»

«Damit fiel der Vorhang über dem Drama, Sir. Mr. Stoker zog sich mit Miss Stoker und Master Dwight auf die Jacht zurück. Sir Roderick ging, um sich eine Unterkunft im hiesigen Gasthaus zu sichern. Lady Chuffnell behandelt Master Seabury, der im Bett liegt, mit Arnika. Seine Lordschaft macht, soviel ich weiß, mit dem Hund einen Spaziergang in den Westpark.»

Da fiel mir etwas ein. «Hatte eigentlich Chuffy schon vor dem Schlamassel Mr. Stoker um die Hand von Miss Stoker gebeten?»

«Nein, Sir.»

«Dann weiß ich nicht, wie er es jetzt noch fertigbringen will.»

«Es ist anzunehmen, Sir, daß diesbezügliche Mitteilungen nicht mit überschwenglicher Herzlichkeit entgegengenommen würden.»

«Die beiden können sich nur noch heimlich treffen.»

«Selbst das wäre schwierig, Sir. Ich vergaß zu erwähnen, daß der Zufall es mir gestattete, einer Unterhaltung zwischen Mr. Stoker und Miss Stoker wie von ungefähr beizuwohnen, deren Kernaussage zu der Vermutung berechtigt, es sei die Absicht des Schiffsherrn, Miss Stoker auf der Jacht buchstäblich hinter

Schloß und Riegel zu setzen und ihr während der ganzen Dauer des Festliegens im Hafen keinen einzigen Landgang zu erlauben.»

«Aber Sie haben doch gesagt, daß er von der Verlobung nichts weiß.»

«Der Sinn der Einkerkerung Miss Stokers auf dem Schiff ist nicht, ein Treffen derselben mit Seiner Lordschaft zu verhindern, sondern jeder Möglichkeit vorzubeugen, daß die junge Dame sich mit Ihnen trifft, Sir. Sie haben sie vor Mr. Stokers Augen geküßt, und er ist überzeugt, daß Miß Stoker seit der Trennung in New York nie aufgehört hat, zärtliche Gefühle für Sie zu hegen, Sir.»

«Das haben Sie wirklich alles erlauscht?»

«Jawohl, Sir.»

«Wie sind Sie dazu gekommen?»

«Ich besprach mich gerade zu jenem Zeitpunkt mit Seiner Lordschaft in der Deckung einiger Büsche, während auf der anderen Seite dieser Büsche die erwähnte Unterhaltung stattfand. Ich konnte gar nicht anders als mitzuhören, was Mr. Stoker sagte.»

Ich fuhr zusammen. «Sie sagen, Sie besprachen sich mit Chuffy?»

«Jawohl, Sir.»

«Er hat also auch alles gehört?»

«Jawohl, Sir.»

«Daß ich Miss Stoker geküßt habe?»

«Jawohl, Sir.»

«Was hat er gesagt?»

«Er murmelte etwas von In-der-Luft-Zerreißen, Sir.»

Ich wischte mir über die Stirn. «Jeeves,» sagte ich, «ein kühler Kopf tut not.»

«Jawohl, Sir.»

«Raten Sie mir, Jeeves.»

«Nun, Sir, ich meine, es wäre das vernünftigste, wenn Sie Seine Lordschaft zu der Einsicht bringen könnten, daß Ihre Umarmung lediglich von brüderlichem Geiste getragen wurde.»

«Brüderlich? Und das soll er glauben?»

«Das ist durchaus denkbar, Sir. Schließlich sind Sie ein guter Freund der jungen Dame. Völlig begreiflich also, daß Sie ihr gutherzig einen kameradschaftlichen Kuß geben, aus lauter Freude über die gute Nachricht, daß sie sich gerade mit jemandem verlobt hat, der Ihnen so nahesteht wie Seine Lordschaft.»

Ich stand auf. «Es könnte gehen, Jeeves. Es ist jedenfalls einen Versuch wert. Ich werde Sie jetzt verlassen, um mich in stiller Meditation auf diese Prüfung vorzubereiten.»

«Ihr Tee ist gleich fertig, Sir.»

«Nein, Jeeves. Das ist nicht die Zeit, um Tee zu trinken. Ich muß mich konzentrieren. Ich muß das fix und fertig im Kopfe haben, bevor er auftaucht. Würde mich nicht wundern, wenn er bald auf mich zukäme.»

«Ich wäre nicht überrascht, wenn Seine Lordschaft Sie schon in Ihrem Landhaus erwartet, Sir.»

Und genauso war es. Ich hatte kaum die Schwelle überschritten, als etwas explosionsartig aus dem Sessel schoß. Da stand Chuffy vor mir, mit kaltem, starren Blick.

«Ah!» sagte er, indem er den Ausruf durch die zusammengebissenen Zähne hindurchstieß und sich im übrigen ganz allgemein beunruhigend aufführte. «Da bist du endlich!»

Ich lächelte ihm herzlich zu.

«Jawohl, hier bin ich endlich. Ich habe alles gehört, Jeeves hat es mir erzählt. Zu dumm, zu dumm so was. Das hätte ich mir wirklich nicht träumen lassen, als ich Pauline Stoker ein brüderliches Küßchen auf die Wange gab, um ihr zu eurer Verlobung zu gratulieren, daß so ein Blitz aus heiterem Himmel niederfährt.»

Er stierte mich immer noch an. «Brüderlich, was?»

«Rein brüderlich.»

«Da war der alte Stoker anderer Meinung.»

«Stoker! Wir wissen doch beide, was der für eine schmutzige Phantasie hat, oder?»

«Brüderlich? Hm!»

Ich ließ mannhafte Reue erkennen. «Wäre ja besser gewesen, ich hätte es nicht getan...»

«Du hast Glück gehabt, daß ich dich nicht dabei erwischt habe.»

«... aber andererseits weißt du doch, wie das ist, wenn ein alter Kumpan, mit dem man in Eton und Oxford war, sich mit einem Mädchen verlobt, das wie eine Schwester für einen ist. Da wird einem doch warm ums Herz, das reißt einen doch um.»

Man sah richtig, wie zwei Seelen in der Brust des alten Knaben miteinander rangen. Er grollte noch etwas, durchmaß das Zimmer noch etwas, stolperte dabei über eine Fußbank, die er noch etwas zur Seite kickte, und wurde dann ruhiger. Es war offensichtlich: Die Göttin der Vernunft kehrte zu ihrem Thron zurück.

«Na also schön», sagte er. «Aber in Zukunft laß ab von diesem brüderlichen Getue.»

«Richtig!»

«Verkneif's dir. Widersteh dem dunklen Drange!»

«Genau!»

«Wenn du Schwestern brauchst, such sie dir sonstwo.»

«Ganz klar!»

«Wenn ich verheiratet bin, möchte ich nicht das Gefühl haben, daß da immer, wenn ich ins Zimmer komme, geschwisterliches Getändel im Gange ist.»

«Verstehe ich völlig, alter Freund. Du hast also immer noch die Absicht, Pauline zu heiraten?»

«Die Absicht, sie zu heiraten? Natürlich hab ich die Absicht, sie zu heiraten. Ich müßte doch komplett bescheuert sein, wenn ich so ein Mädchen nicht heirate, oder?»

«Und was ist mit den Chuffnellschen Bedenken?»

«Wovon redest du?»

«Na, ja, wenn Stoker dir Chuffnell Hall nicht abnimmt, dann bist du doch eigentlich wieder in derselben Lage wie vorher, als du deine Liebe geheimgehalten hast und den Gedanken an Wotwotleigh in dir genährt hast, so wie das Würmchen in der Knospe sich nährte an deiner damastenen Wange?»

Ein Schauer durchschüttelte ihn.

«Bertie», sagte er, «erinnere mich nicht an die Zeit, in der ich offenbar einen Piepmatz unterm Zylinder hatte. Ich kann's mir auch nicht erklären, wie ich so dämlich sein konnte. Nimm jedenfalls offiziell zur Kenntnis, daß ich meine Ansicht geändert habe. Es ist mir jetzt egal, daß ich blank bin und sie den ganzen Zaster hat. Wenn ich die paar Shilling für den Eheerlaubnisschein auftreiben kann und die paar Pfund für den Mann hinterm Gebetbuch, dann findet diese Hochzeit statt.»

«Wunderbar!»

«Was ist schon Geld?»

«Genau!»

«Schließlich ist Liebe eine Himmelsmacht!»

«Nie ward ein wahrer Wort gesprochen, Junge. An deiner Stelle würde ich ihr aber ein Briefchen schreiben, in dem du die Erkenntnisse, die du nun gewonnen hast, in Worte faßt. Sonst denkt sie am Ende noch, jetzt, da du wieder auf dem trockenen sitzt, kneifst du vielleicht von neuem.»

«Bei Gott! Ich schreibe ihr. Jeeves überbringt den Brief. Damit schalten wir aus, daß der alte Stoker ihn abfängt.»

«Wird er das fertigbringen?»

«Mein lieber Mann. Der geborene Briefabfänger, der Alte. Das siehst du schon an seinem Blick.»

«Ich meine doch Jeeves. Ich wüßte nicht, wie er das machen will.»

«Ich hab dir noch gar nicht erzählt, daß Stoker ihn abwerben wollte. Er sollte mich verlassen und zu ihm übergehen. Ich hab gedacht, so eine Unverschämtheit ist mir in meinem Leben noch nicht vorgekommen. Aber jetzt bin ich Feuer und Flamme dafür. Jeeves soll ruhig zu ihm gehen.»

Ich durchschaute den tückischen Plan. «Jetzt wird's mir klar. Im Dienste unter der Flagge der Stokers kann er kommen und gehen, wie es ihm paßt.»

«Genau.»

«Dann kann er einen Brief von dir zu ihr bringen und dann einen von ihr zu dir und dann einen von dir zu ihr und dann einen von ihr zu dir und dann einen von dir zu ihr und dann einen ...»

«Ja, ja, ja, ja. Du hast es erfaßt. Und im Laufe unserer Korrespondenz tüfteln wir einen Plan aus, wie und wo wir uns treffen. Weißt du, wie lange das mit den Formalitäten dauert, bis man getraut werden kann?»

«Keine Ahnung. Aber ich glaube, mit einer Sondergenehmigung geht das im Handumdrehen.»

«Ich besorge mir eine Sondererlaubnis. Wenn nötig zwei. Wenn nötig drei. Mann Bertie! Welche Wendung durch glückliche Fügung! Ich bin wie neugeboren. Ich ziehe sofort los und sage Jeeves Bescheid. Er kann am Abend schon auf der Jacht sein.» Hier hielt er inne. Abermals umwölkte sich seine Stirn, abermals schoß er seine forschenden Blicke auf mich ab.

«Ich hoffe, sie liebt mich wirklich.»

«Jetzt hör auf, alter Freund, sie hat es selber gesagt.»

«Ja, das hat sie. Das hat sie wirklich. Aber kannst du einem Mädchen trauen?»

«Aber lieber Mann...»

«Sind große Schelme, Mädchen. Vielleicht hat sie mich an der Nase rumgeführt.»

«Krankhaft, Junge.»

Er grübelte vor sich hin. «Kommt einem so verdammt komisch vor, dieser Kuß von dir. Daß sie dich überhaupt gelassen hat.»

«Ich hab sie ja damit überrascht.»

«Hätte dir ja eine auf die Nase geben können.»

«Aber wieso? Für sie war das selbstverständlich, daß mich brüderliche Gefühle zu dem Kuß getrieben haben.»

«Brüderlich, he?»

«Rein brüderlich.»

«Na ja, kann ja sein», sagte Chuffy zweifelnd. «Hast du Schwestern, Bertie?»

«Nein.»

«Wenn du welche hättest, würdest du sie küssen?»

«Laufend.»

«So... na schön... na, lassen wir's gut sein.»

«Du traust doch dem Wort eines Woosters, oder?»

«Ich weiß nicht. Ich weiß nur, daß du einmal am Morgen nach

der Regatta in unserem zweiten Oxford-Jahr dem Friedensrichter erzählt hast, du hießest Eustace H. Plimsoll, und gabst eine Londoner Adresse an, die es gar nicht gibt.»

«Das war ein Sonderfall, der Sondermaßnahmen erforderte.»

«Du schwörst also, daß da absolut nichts ist zwischen dir und Pauline?»

«Ich schwöre. Wie oft haben wir herzlich gelacht, wenn wir uns an unsere momentane Verblendung in New York erinnerten.»

«Ich habe euch nie lachen hören.»

«Haben wir aber... oft.»

«Aha... na dann... also dann nehme ich an... also jedenfalls schreibe ich jetzt diesen Brief.»

Nachdem er gegangen war, blieb ich noch eine ganze Weile sitzen, die Füße auf dem Kaminsims. Langsam wich die Spannung. Alles in allem war es ein ziemlich anstrengender Tag gewesen, und ich war etwas mit den Nerven herunter. Schon allein dieser Gedankenaustausch mit Chuffy hatte mich ganz schön mitgenommen. Als Brinkley dann hereinkam und sich erkundigte, wann ich zu Abend essen wolle, schreckte mich die Vorstellung, allein in diesem leeren Haus vor einem verlorenen Steak mit Pommes frites zu sitzen. Ich war unruhig und nervös.

«Ich gehe auswärts essen, Brinkley», sagte ich.

Dieser Nachfolger von Jeeves war mir von einer Londoner Agentur geschickt worden, und ich muß leider feststellen, es war nicht der Mann, den ich mir ausgesucht hätte. Aber ich hatte nicht die Zeit gehabt, mir alle anzusehen und in Ruhe eine Wahl zu treffen. Das hier war jedenfalls nicht der Mann meiner Träume. Überhaupt nicht. Ein Miesepeter, wie er im Buche steht, mit länglichem Schädel, pickligem Gesicht und tiefliegenden, anklagenden Augen. Von Anfang an hatte er sich diesem gefälligen Geplauder zwischen Herrn und Diener abhold gezeigt, dieser gemeinsinnigen Anteilnahme, an die ich mich in der Gesellschaft von Jeeves so gewöhnt hatte. Seit der Mensch hier ankam, habe ich immer von neuem versucht, ein freundliches

Verhältnis zu ihm herzustellen, doch vergeblich. Nach außen hin respektvoll, aber innerlich war er bestimmt ein Mann, der über der kommenden Revolution brütete, dieweil er Bertram als Ausbeuter und Unterdrücker betrachtete.

«Ja, Brinkley, ich gehe auswärts essen.»

Er sagte nichts, sah mich nur an, als wollte er mich schon für den nächsten Laternenpfosten maßnehmen.

«Ich habe einen anstrengenden Tag hinter mir, und ich brauche jetzt Lichtergefunkel und etwas Wein. Beides, möchte ich meinen, finde ich sicher in Bristol. Und eine Revue gibt's da sicher auch. Was meinen Sie? Ist doch eines der großen Touristenzentren, diese Stadt.»

Er seufzte sanft. Mein Gerede über Revuen nervte ihn ungeheuer. Was er sehen wollte, war etwas ganz anderes, nämlich mich im Sauseschritt die Park Lane hinunterlaufend und hinter mir die rasende Menge mit bluttriefenden Messern.

«Ich nehme den Wagen und fahre selbst. Sie haben den Abend frei.»

«Sehr wohl», ächzte er.

Ich gab auf. Der Mensch war eine Nervensäge. Ich hätte ja gar nichts dagegen gehabt, daß er seine Zeit damit verbringt, sich die Massakrierung der Bourgeoisie genüßlich vorzustellen, aber Herrgott noch mal, warum tat er das nicht mit einem fröhlichen Lächeln? Ich entließ ihn mit einer Handbewegung, ging zur Garage und holte den Wagen.

Es waren nur an die dreißig Meilen bis Bristol, und ich kam früh genug an, um noch vor dem Theater gemütlich speisen zu können. Es gab dann ein Musical, das ich schon ein paarmal seinerzeit in London gesehen hatte, aber es hatte auch diesmal nichts von seinem Charme verloren. Jedenfalls fühlte ich mich ausgeruht und wieder frisch, als ich nach Hause fuhr.

Es muß wohl auf Mitternacht zugegangen sein, als ich mein Landhäuschen erreichte, und da mir schon sehr nach Schlafen zumute war, zündete ich mir sofort eine Kerze an und stapfte die Treppe hoch.

Ich weiß noch, wie ich voller Vorfreude auf den wohltätigen

Schlaf, der mich sogleich umfangen würde, die Zimmertüre öffnete; freudig, gewissermaßen mit einem Lied auf den Lippen, bewegte ich mich auf mein Bett zu, als plötzlich darin etwas in die Höhe schoß.

Erschrocken ließ ich die Kerze fallen, und der Raum war in Finsternis getaucht. Doch vorher hatte ich gerade noch flüchtig wahrnehmen können, was die Ursache des Schreckens war. Von links nach rechts gesehen, bestand der Inhalt meines Bettes aus Pauline Stoker in meinem heliotropfarbenen Pyjama mit goldenen Streifen.

7

Besuch für Bertie

Wenn Männer zur mitternächtlichen Stunde unerwartet ein leibhaftiges Mädchen in ihrem Schlafzimmer finden, reagieren sie höchst unterschiedlich. Manche begrüßen den Zuwachs. Andere nicht. Wie ich zum Beispiel. Das dürfte wohl auf einen puritanischen Einschlag im Blut der Woosters zurückzuführen sein. Mit strenger Miene richtete ich mich empor und warf einen tadelnden Blick in Paulines Richtung, was natürlich völlig sinnlos war, da Dunkelheit herrschte.

«Was… was… was… ?»

«Alles in Ordnung.»

«Alles in Ordnung?»

«Völlig in Ordnung.»

«Aha», sagte ich, und ich verhehle nicht, daß ich in diesem Wort meiner Bitterkeit freien Lauf ließ. Ich wollte sie damit treffen. Dann bückte ich mich nach der Kerze und stieß im nächsten Augenblick einen Schreckensschrei aus.

«Mach nicht so einen Krach.»

«Aber da liegt eine Leiche!»

«Dummes Zeug. Das hätte ich doch bemerkt.»

«Doch, bestimmt. Ich habe nach der Kerze gesucht, und da bin ich mit der Hand an etwas Naßkaltes gestoßen, was ganz tot daliegt.»

«Ach so, das ist nur mein Badeanzug.»

«Dein Badeanzug?»

«Denkst du, ich bin mit dem Flugzeug hergekommen?»

«Du bist hergeschwommen? Von der Jacht?»

«Ja.»

«Wann?»

«Vor einer halben Stunde etwa.»

Nun drang ich, meiner nüchternen, praktischen Art entsprechend, direkt zum Kern der Sache vor. «Warum?» fragte ich ernst.

Ein Streichholz kratzte über eine Reibfläche, eine Kerze am Bett wurde angezündet und warf etwas Licht auf den Schauplatz. Abermals war es mir vergönnt, den Pyjama zu sehen, und ich muß zugeben, er war ungeheuer kleidsam. Der farbliche Grundton Paulines war dunkel, und Heliotrop stand ihr gut. Ich stelle das ganz sachlich fest, denn es war immer mein Grundsatz: Ehre, wem Ehre gebührt.

«Du siehst prächtig aus in dieser Nachtgewandung.»

«Vielen Dank.»

Sie blies das Streichholz aus und sah mich gedankenvoll an. «Weißt du, Bertie, man müßte sich mal von Amts wegen mit dir befassen.»

«Was?»

«Du gehörst eigentlich in so ein Heim.»

«Ich bin in einem Heim», sagte ich kühl und zugleich auf feine Art geistreich. «In meinem eigenen nämlich. Der Punkt, den ich dabei besonders herausarbeiten möchte, ist: Was, zum Teufel, machst du hier?»

Aber nach Weiberart wich sie der Frage aus.

«Warum in aller Welt hast du mich unbedingt vor meinem Vater umarmen müssen? Erzähl mir bloß nicht, meine strahlende Schönheit hätte dir den Kopf verdreht. Nein, es war ganz einfach die reine Idiotie, und jetzt kann ich auch verstehen, warum Sir Roderick Vater gesagt hat, daß du unter Aufsicht gehörst. Wieso läufst du noch frei herum? Du mußt Beziehungen haben.»

Wir Woosters haben eine schnelle Auffassungsgabe, und in solchen Fällen können wir sehr brüsk reagieren. Ich sprach nun mit aller gebotenen Herbheit. «Der Vorfall, auf den du anspielst, ist schnell erklärt. Ich dachte, es sei Chuffy gewesen.»

«Wer ist Chuffy gewesen?»

«Dein Vater.»

«Wenn du mir erzählen willst, daß Marmaduke meinem Vater auch nur entfernt ähnlich sieht, dann piept's bei dir aber gewaltig», verkündete sie mit einer Bissigkeit, die der meinen ebenbürtig war. Ich schloß daraus, daß sie das Erscheinungsbild dieses Elternteils nicht sonderlich attraktiv fand, und ich kann nicht behaupten, daß sie damit schiefgelegen hätte. «Ich verstehe überhaupt nicht, was du meinst.»

Ich erklärte ihr das. «Es war halt geplant, daß Chuffy sieht, wie ich dich küsse, auf daß das Feuer der Liebe hoch auflodere in seiner Brust und ihn so aufheize, daß er dir sofort einen Antrag macht; er sollte das Gefühl haben, wenn er nicht auf der Stelle etwas unternimmt, könnte er dich verlieren.»

Darauf wurde sie milder. «Hast du dir das etwa selbst ausgedacht?»

«Selbstverständlich», sagte ich etwas gereizt. «Ich möchte mal wissen, warum mir kein Mensch zutraut, daß ich auch mal ohne Jeeves' Nachhilfe auf eine gute Idee komme...»

«Ich finde das sehr lieb von dir.»

«Wir Woosters sind sehr lieb, wir sind immer lieb, besonders wenn das Glück eines lieben Menschen auf dem Spiel steht.»

«Jetzt wird mir klar, warum ich damals in New York deinen nächtlichen Antrag angenommen habe», sagte sie versonnen. «Du bist so ein treuherziger Pausback. Wenn ich nicht so verrückt nach Marmaduke wäre, ich könnte dich glatt heiraten, Bertie.»

«Nein, nein, nein, nein», erwiderte ich etwas verstört. «Das solltest du von dir weisen. Ich wollte ja nur sagen...»

«Keine Sorge, ich tu's ja nicht. Ich will Marmaduke heiraten. Deshalb bin ich ja hier.»

«Und jetzt», sagte ich, «kommen wir zum springenden Punkt. Endlich haben wir uns wieder zu dem Punkt vorgearbeitet, den ich dringend erhellt sehen möchte. Was um alles in der Welt hast du dir dabei gedacht? Du sagst, du bist von der Jacht an Land geschwommen? Warum? Du kommst her und schmeißt dich in mein Bett. Warum?»

«Irgendwo muß ich mich ja hinlegen, bis ich Kleider bekomme. Ich kann doch nicht im Badeanzug Chuffnell Hall besuchen.»

Ich begann, in diesen Gedankengang einzudringen. «Du bist also hergeschwommen, um Chuffy zu sehen?»

«Natürlich. Vater hielt mich an Bord gefangen, und am Abend kam dein Diener Jeeves...»

Ich zuckte zusammen. «Mein ehemaliger Diener.»

«Na schön, dein ehemaliger Diener. Dein ehemaliger Diener Jeeves kam also mit einem Brief von Marmaduke. O mein lieber Mann!»

«Was meinst du mit ‹mein lieber Mann›?»

«Das war vielleicht ein Brief! Ich hab geheult wie ein Schloßhund.»

«So leidenschaftlich?»

«So schön! So lyrisch! So poetisch!»

«Poetisch?»

«Ja.»

«Dieser Brief?»

«Ja.»

«Chuffys Brief?»

«Ja. Erstaunt dich das?»

Weiß Gott. Der alte Chuffy, ein wunderbarer Kumpel, da gibt's gar keinen Zweifel. Aber so einen Brief hätte ich ihm nicht zugetraut. Man muß dabei einige unbestreitbare Tatsachen kennen. Als ich nämlich damals mit ihm zusammen war, pflegte er in aller Regel immer Unmengen von Pasteten mit Steaks und Nierchen zu verzehren oder Rennpferde, die ihm zu langsam waren, bis ins siebente Glied zu verfluchen. Es ist natürlich wahr: bei solchen Gelegenheiten treten die poetischen Anlagen eines Mannes nicht allzu vordergründig zutage.

«Der Brief hat dich also hingerissen?»

«Vom Stuhl gerissen. Ich hätte es keinen Tag mehr ohne ihn ausgehalten. Ich mußte ihn sehen. Wie heißt noch das Gedicht, in dem sich eine Frau verzweifelt verzehrt nach dem Dämon, der ihr Liebhaber ist?»

«Da muß ich passen. Jeeves würde es sicher wissen.»

«So wie dieser Frau war mir jedenfalls zumute. Apropos Jeeves. Was für ein Mensch. Teilnahmsvoll. Mitfühlend. Voller Menschenliebe.»

«Ah ja. Du hast dich ihm anvertraut?»

«Ja. Ich hab ihm erzählt, was ich vorhabe.»

«Er hat nicht versucht, dich umzustimmen?»

«Umzustimmen? Im Gegenteil.»

«Er hat dich wohl noch bestärkt, was?»

«Du hättest ihn sehen sollen. So lieb gelächelt hat er. Meinte, du würdest sicher entzückt sein, mir helfen zu können.»

«Hat er gesagt, so?»

«Er hat in den höchsten Tönen von dir gesprochen.»

«Ach ja?»

«O ja. Er hält große Stücke auf dich. Ich hab jedes Wort behalten. ‹Miss›, hat er gesagt, ‹Mr. Woosters Geistesgaben kann man vergessen, aber er hat ein Herz aus Gold.› Das hat er gesagt, als er mich mit einem Seil vom Boot aus zu Wasser ließ, nachdem er sich vergewissert hatte, daß der Strand ganz leer war. Ich konnte nicht reinspringen, verstehst du, sonst hätte vielleicht jemand den Plumpser gehört.»

Ich biß mir auf die Lippen. Mich wurmte etwas. «Was zum Teufel hat er gemeint mit ‹meine Geistesgaben könnte man vergessen›?»

«Na, ja, du weißt doch. Ein Hieb. Ein Stich. Ein Sparren.»

«Tsch!»

«Was?»

«Ich habe ‹tsch› gemacht.»

«Warum?»

«Warum?» Ich war außer mir. «Na sag mal, würdest du nicht ‹tsch!› machen, wenn dein ehemaliger Diener hier herumläuft und aller Welt erzählt, deine Geistesgaben könnte man vergessen?»

«Aber du hast ein Herz aus Gold.»

«Hör mir auf mit deinem Herzen aus Gold. Der springende Punkt ist, daß mein Diener, mein ehemaliger Diener, ein Bursche, in dem ich nicht so sehr den Betreuer als eine Art Onkel gesehen habe, hier durch die Gegend saust und lauthals schreit, daß man meine Geistesgaben vergessen kann, und dann treibt er mir die Mädchen scharenweise ins Schlafzimmer...»

«Bertie! Bist du etwa verärgert?»

«Verärgert!»

«Es hört sich so an. Aber warum eigentlich? Ich hätte gedacht, du wärest überglücklich, wenn du mir helfen kannst, den Mann meines Herzens zu bekommen, du mit deinem Herzen aus Gold, von dem man so viel hört.»

«Daß ich ein Herz aus Gold habe, das ist nicht der springende Punkt. Leute mit Herzen aus Gold gibt's haufenweise, und trotzdem wären sie fassungslos, fassungslos, wenn sie nach Mitternacht plötzlich Mädchen in ihrem Schlafzimmer fänden. Was du offenbar nicht zur Kennntis nehmen willst, was du und dein Jeeves einfach nicht für nötig haltet, in Rechnung zu stellen, ist, daß ich einen guten Ruf zu verlieren und einen altehrwürdigen Namen in seiner ursprünglichen Reinheit zu bewahren habe. Doch dieses Streben ist zum Scheitern verurteilt, wenn plötzlich mitten in der Nacht Mädchen ohne ein Wort der Entschuldigung hereinplatzen, einem kaltblütig den heliotropfarbenen Pyjama klauen...»

«Du glaubst doch nicht, daß ich im nassen Badeanzug schlafe?»

«...und einfach in mein Bett hüpfen...»

«Ach», rief sie, «jetzt weiß ich, woran mich das erinnert. Seit du reingekommen bist, hab ich mir darüber den Kopf zerbrochen. Die Geschichte von den drei Bären. Die hast du sicher auch als Kind gehört. ‹Da liegt ja jemand in meinem Bettchen›... Hat das nicht der Große Bär gesagt?»

Ich runzelte die Stirn und sagte zweifelnd: «Soweit ich mich erinnere, war es irgendwas mit Breichen. ‹Wer hat von meinem Breichen gegessen›?»

«Ich bin sicher, da war ein Bett drin.»

«Bett? Bett? Ich kann mich nicht an ein Bett erinnern. Was das Breichen betrifft, da bin ich ziemlich... Aber wir weichen ab. Zurück zum springenden Punkt. Was ich sagen wollte, war, ein angesehener Junggeselle wie ich, der sogar noch nie einen Vermerk im Führerschein hatte, kann wohl kaum dafür getadelt werden, daß er mißfällig auf sein Bett blickt, wo sich Mädchen in heliotropfarbenen Pyjamas tummeln.»

«Du hast gesagt, er steht mir gut.»

«Er steht dir gut.»

«Du hast gesagt, ich sehe prächtig darin aus.»

«Du siehst prächtig darin aus, und abermals lenkst du ab. Der springende Punkt...»

«Wieviel springende Punkte hast du noch in petto? Ich glaube, bis jetzt waren's sicher schon ein Dutzend.»

«Es geht mir nur um den einen Punkt, den ich dir die ganze Zeit klarzumachen suche. Mit einem Wort: Was werden die Leute sagen, wenn sie dich hier sehen?»

«Kein Mensch sieht mich hier.»

«Das denkst du. Ha! Und was ist mit Brinkley?»

«Wer ist Brinkley?»

«Mein Diener.»

«Dein ehemaliger Diener?»

Ich schnalzte mit der Zunge. «Mein neuer Diener. Um neun Uhr morgens bringt er mir den Tee.»

«Wie schön für dich. Ein edles Getränk.»

«Er bringt mir das edle Getränk hierher, in dieses Zimmer. Dann nähert er sich dem Bett und stellt es auf den Tisch.»

«Ja um Gottes willen, warum denn?»

«Damit ich an die Tasse komme und daran nippen kann.»

«Ach du meinst, er stellt den Tee auf den Tisch? Du hast gesagt, er stellt das Bett auf den Tisch.»

«So etwas habe ich niemals gesagt.»

«Doch. Ich hab's genau gehört.»

Ich versuchte, ihr vernünftig zuzureden. «Mein liebes Kind», sagte ich. «Ich muß dich wirklich bitten, deinen Verstand zu benutzen. Brinkley ist kein Jongleur. Er ist ein gutausgebildeter Gentleman's Gentleman und fände es höchst ungehörig, Betten auf Tische zu stülpen. Und warum sollte er es auch tun? Er käme nie auf die Idee. Er ist...»

Sie unterbrach meinen Versuch, ihr logisches Denken zu schulen. «Einen Moment. Du quasselst die ganze Zeit von Brinkley. Aber hier gibt's keinen Brinkley.»

«Doch. Es gibt einen Brinkley. Und ein einziger Brinkley, der um neun Uhr morgens in dieses Zimmer tritt und dich in diesem Bett findet, genügt völlig, um einen Skandal zu entfesseln, der das Menschengeschlecht bis ins Mark erschüttert.»

«Es gibt keinen Brinkley hier im Haus.»

«Doch gibt's einen Brinkley hier im Haus.»

«Also dann muß er taub sein. Ich habe genügend Krach gemacht, um ein halbes Dutzend Gentleman's Gentlemen aus dem Bett fallen zu lassen. Mal abgesehen von der eingeschlagenen Fensterscheibe auf der Rückseite des Hauses...»

«Du hast hinten das Fenster eingeschlagen?»

«Mußte ich doch, sonst wäre ich nicht reingekommen. Es war das Fenster von so einer Art Schlafraum im Parterre.»

«Gott behüte. Das ist Brinkleys Zimmer.»

«Er war nicht drinnen.»

«Wie ist das möglich? Ich habe ihm den Abend freigegeben, aber nicht die ganze Nacht.»

«Ich kann mir schon denken, was passiert ist. Der ist irgendwo auf Sauftour und bleibt ein paar Tage weg. Vater hatte auch so einen Mann. Der ging einmal an seinem freien Abend aus, verließ unser New Yorker Haus am vierten April im karierten Anzug, mit Melone und grauen Handschuhen, und das nächste, was wir von ihm hörten, war ein Telegramm aus Portland, Oregon, am zehnten April, in dem er uns mitteilte, er habe verschlafen und komme sofort zurück. So ähnlich muß das auch mit deinem Brinkley sein.»

Ich muß schon sagen, diese Erhellung war mir ein riesiger Trost.

«Hoffen wir das Beste», sagte ich. «Wenn der im Ernst versucht, seine Sorgen zu ertränken, dann braucht er wahrscheinlich Wochen.»

«Also du siehst, du hast dich wieder einmal ganz umsonst aufgeregt. Ich sag immer...»

Aber was sie immer zu sagen pflegte, bekam ich leider nicht zu Ohren. Denn in diesem Augenblick schreckte sie mit einem scharfen Quieklaut zusammen.

Jemand klopfte an die Haustür.

8

Die Polizei ermittelt

In einem Obergeschoß in Chuffnell Regis schauten wir schweigend einander an in wilder Erwartung. Die furchterregenden Pochlaute, unerwartet in friedlicher Sommernacht, hätten wohl jedem die Sprache verschlagen. Wir empfanden es um so unerfreulicher und bedrohlicher, als wir beide gleichzeitig denselben grauenhaften Gedanken hatten.

«Das ist Vater!» stieß Pauline hervor und löschte mit flinkem Finger die Kerze.

«Wozu denn das?» flüsterte ich und fühlte, wie sich mir die Haare sträubten. Im Finstern war auf einmal alles noch viel schlimmer. «Damit er kein Licht im Fenster sieht. Wenn er denkt, daß du schläfst, geht er vielleicht weg.»

«Hoffnungslos», gab ich zurück, als nach einer Pause das Klopfen wiederaufgenommen wurde, diesmal mit einer Art überirdischem Nachhall.

«Ich glaube, du müßtest mal runtergehen», sagte Pauline mit unterdrückter Stimme. «Oder weißt du was?» fragte sie dann mit fröhlichem Übermut, «wir könnten doch vom Treppenfenster aus einen Eimer Wasser über ihn gießen.»

Es riß mich förmlich hoch. Sie hatte diesen Vorschlag so vorgetragen, als hielte sie ihn für einen blendenden Einfall, und mit einem Male wurde mir klar, was das Schicksal einem auferlegt, wenn man Gastgeber eines Mädchens ihres Temperaments und Einfallsreichtums ist. Was ich jemals über die ungebärdige jüngere Generation gelesen oder gehört hatte, rauschte mir mit einem Schlage wieder ins Gedächtnis.

«Vergiß es», wisperte ich heiser. «Verbanne das Projekt ein für allemal aus deinem Gehirn.»

Schließlich war ein trockener J. Washburn Stoker auf der Suche nach einer streunenden Tochter schon schlimm genug. Aber ein J. Washburn Stoker, der nach einer Überflutung mit H_2O noch zusätzlich in eine unwirsche Gemütsverfassung getrieben wird, überstieg mühelos mein Vorstellungsvermögen. Gott weiß, daß ich nicht darauf versessen war, mit Stoker den Rest der Nacht zu verbringen, aber wenn die Alternative darin bestand, seinem eigenen Fleisch und Blut zu erlauben, den Mann patschnaß zu machen, und dann zuzusehen, wie dieser Berserker das Haus barhändig zum Einsturz bringt, dann wußte ich, was zu tun war, und zwar sofort.

«Ich muß ihm aufmachen», sagte ich.

«Gut. Aber sei vorsichtig.»

«Was meinst du mit vorsichtig?»

«Na einfach vorsichtig. Aber vielleicht hat er den Revolver gar nicht dabei.»

Ich schluckte etwas. «Was glaubst du denn, wie meine Chancen stehen?»

Sie dachte ein Weilchen nach. «Vielleicht fällt's mir wieder ein, ob Vater aus den Südstaaten kommt oder nicht.»

«Was?»

«Ich weiß, er wurde in Carterville geboren, aber war's nun Carterville, Kentucky, oder Carterville, Massachusetts?»

«Na und? Was ist der Unterschied?»

«Wenn es die Ehre einer Familie aus dem Süden ist, die du befleckst, dann wird er dich wahrscheinlich erschießen.»

«Glaubst du, dein Vater sieht die Ehre der Familie befleckt, bloß weil du hier bist?»

«Ganz bestimmt.»

Notgedrungen gab ich ihr recht. Es kam mir dabei allerdings in den Sinn, daß ein Purist diese Art von Befleckung hier ziemlich putzig gefunden hätte, aber ich kam nicht mehr dazu, diesen Gedanken in seiner Tiefe auszuloten, da der Klopfer an der Tür seine Arbeit wiederaufnahm, und zwar mit vermehrter Hingabe.

«Hol's der Teufel», sagte ich, «wo immer dein Erzeuger auch

zur Welt gekommen ist, ich muß runter und mit ihm reden. Sonst hören wir bald die Tür da unten splittern.»

«Komm ihm nicht näher als unbedingt nötig.»

«Ganz bestimmt nicht.»

«In jungen Jahren war er ein großer Ringkämpfer.»

«Ich möchte jetzt eigentlich kein Wort mehr über deinen Vater hören.»

«Ich meine ja nur, an deiner Stelle würde ich mich nicht von ihm packen lassen, wenn ich's vermeiden kann. Und wo kann ich mich hier verstecken?»

«Nirgends.»

«Wieso?»

«Das weiß ich auch nicht», gab ich etwas schroff zur Antwort. «Neuerdings werden diese Landhäuschen nicht mehr mit geheimen Kammern und unterirdischen Gängen gebaut. Sowie die Tür unten aufgeht, hörst du sofort auf zu atmen.»

«Soll ich vielleicht ersticken?»

Natürlich drückt ein Wooster gewisse Gedanken nicht in Worten aus, aber ich muß Ihnen anvertrauen, ich fand diese Lösung im Grunde bestechend. Ich enthielt mich aber einer Entgegnung, eilte die Treppe hinunter und warf die Haustür auf. Nun ja, damit will ich sagen, ich öffnete sie etwa eine Handbreit und ließ die Kette vorgelegt.

«Hallo?» sagte ich. «Ja?»

Ich weiß nicht, wann mir je solch ein Stein, ein Felsbrocken, ein Meteorit vom Herzen gefallen ist, als ich im nächsten Moment die Stimme hörte.

«Hoi», sagte die Stimme. «Zeit gelassen, hä? Was ist los mit Ihnen, junger Mann? Taub oder was?»

Es war genaugenommen nicht eben das, was man eine musikalische Stimme nennen würde, dafür war sie etwas zu dumpfig und eine Spur zu heiser. Wäre ich der Besitzer der Stimme gewesen, dann hätte ich meinen Rachenmandeln bestimmt mehr als eine Überlegung gewidmet. Dennoch hatte diese Stimme einen eminenten Vorteil, der all ihre Schwächen überwog: Es war nicht die Stimme von J. Washburn Stoker.

«Tut mir wahnsinnig leid», sagte ich. «Mir ging soviel im Kopf herum. Gewissermaßen in Träumen versunken, wenn Sie wissen, was ich meine.»

Die Stimme erklang von neuem, diesmal jedoch mit einem herzerfrischenden Hauch serviler Höflichkeit.

«Oh, ich bitte um Verzeihung, Sir. Hab gedacht, Sie seien der junge Mann, Brinkley.»

«Brinkley ist ausgegangen», erwiderte ich und nahm mir vor, wenn er je zurückkam, ein Hühnchen mit ihm zu rupfen betreffs Besuchszeiten seiner Genossen. «Und wer sind Sie?»

«Sergeant Voules, Sir.»

Ich machte die Tür weit auf. Es war rabenschwarze Nacht, aber ich konnte das Auge des Gesetzes klar erkennen. Dieser Voules, ein ziemlich ungestaltes Geschöpf, war in etwa wie Albert Hall gebaut: rundherum rund mit nicht viel obendrauf. Es kam mir immer so vor, als hätte die Natur zwei Polizisten zu machen im Sinn gehabt und dann vergessen, das Ganze zu teilen.

«Ah ja, Sergeant», sagte ich.

Unbefangen, liebenswürdig. Nicht die Spur einer Sorge auf Bertrams Stirn.

«Was kann ich für Sie tun, Sergeant?»

Inzwischen hatten sich meine Augen an das Dunkel gewöhnt und waren nun imstande, einige interessante Gegenstände am Wegrand auszumachen. Der auffälligste darunter war ein anderer Polizist, diesmal einer von der hochwüchsigen, hageren und sehnigen Sorte.

«Das ist mein kleiner Neffe, Sir, Constable Dobson.»

Ich war eigentlich nicht in der Stimmung für ein geselliges Beisammensein. Wenn der Sergeant nun schon vorhatte, mich mit offenen Armen in den Schoß seiner Familie und den Kreis seiner Kumpel einzuführen, wäre es mir lieber gewesen, er hätte sich eine passendere Tageszeit ausgesucht. Dennoch senkte ich den Ballon mit Anstand in die Richtung des Neffen und murmelte ein wohlwollendes «Ah, Dobson». Wenn ich es recht bedenke, habe ich wohl auch so etwas wie «herrliche Nacht heute» gesagt.

Doch anscheinend war das keine dieser gesellschaftlichen

Reunions, zu denen einem unwillkürlich die Salons der guten alten Zeit einfallen.

«Haben Sie bemerkt, Sir, daß auf der Rückseite des Hauses ein Fenster kaputt ist? Mein junger Neffe hier hat es entdeckt und hielt's für das beste, mich zu wecken, damit ich hier ermittle. Ein Fenster im Erdgeschoß, Sir, dem die ganze Scheibe fehlt.»

Ein verlegenes Lächeln umspielte meine Lippen. «Ach das? Ja, hat Brinkley gestern verbrochen. Der Esel.»

«Ach, Sie wußten davon, Sir?»

«O ja, o ja. Alles in Ordnung, Sergeant.»

«Nun, Sie müssen es ja wissen, Sir, aber ich würde sagen, es besteht die Gefahr, daß Räuber einsteigen.»

An dieser Stelle mischte sich dieser Holzkopf von Constable ein, der bis jetzt den Mund nicht aufbekommen hatte, und gab seinen Senf dazu. «Ich glaube, ich hab wirklich einen Räuber einsteigen sehen, Onkel.»

«Was? Warum hast du das nicht eher gesagt, du Hornochse? Und sag nicht Onkel zu mir, wenn wir im Dienst sind.»

«Jawohl, Onkel Ted.»

«Da wollen wir mal das Haus durchsuchen, wenn's recht ist», sagte Sergeant Voules.

Auf der Stelle erfolgte das Veto des Präsidenten. «Ausgeschlossen, Sergeant», ließ ich ihn wissen. «Kommt nicht in Frage.»

«Wär aber klüger, Sir.»

«Bedaure», sagte ich. «Das ist unmöglich.»

Er schien verstimmt und mißvergnügt.

«Nun, wie's beliebt, Sir. Aber Sie behindern die Polizei. Das tun Sie nämlich. Heutzutage wird die Polizei überall behindert. Viel zuviel behindert. Hat gestern was drüber in der ‹Mail› gestanden, Sie haben's vielleicht gelesen, Sir?»

«Nein.»

«Auf der Mittelseite. Behindert nicht länger die Polizei, stand da, denn die Öffentlichkeit schaut mit wachsender Unruhe auf die Zunahme der Verbrechen in den abgelegenen Landkreisen. Die Zahl der Verbrechen ist von drei vier fünf acht eins in einem

Jahr auf eins vier sieben null drei eins angestiegen, mit sieben Prozent Steigerung bei den Gewaltverbrechen. Aber ist dieser traurige Zustand etwa mit der Saumseligkeit der Polizei zu erklären? stand da. Nein, stand da, es ist, weil die Polizei behindert wird.»

Der Mann war bis ins Mark getroffen. Fatale Lage.

«Ich bin untröstlich», sagte ich.

«Jawohl, Sir, und Sie werden noch viel untröstlicher sein, wenn Sie jetzt in Ihr Schlafzimmer kommen und ein Räuber schneidet Ihnen die Gurgel durch von Ohr zu Ohr.»

«Verscheuchen Sie diese Schauerbilder, mein lieber, alter Sergeant», sagte ich. «Solche Unbilden sind nicht zu erwarten. Ich bin ja gerade von oben gekommen, und ich versichere Ihnen, auf mein Wort, es waren keine Räuber vorhanden.»

«Die lauern, Sir.»

«Die warten ab, Sir», gab Constable Dobson zu bedenken.

Sergeant Voules seufzte tief.

«Möcht ja nicht, daß Ihnen was passiert, Sir, wo Sie so 'n guter Freund Seiner Lordschaft sind. Aber wenn Sie so verstockt sind...»

«In Chuffnell Regis kann doch gar nichts passieren.»

«Glauben Sie's bloß nicht, Sir. Mit Chuffnell Regis geht's bergab. Hätt ich mir nicht träumen lassen, daß da mal eine Schwarzen-Riege ihre Schlager singt, keinen Steinwurf weit von der Wache entfernt.»

«Machen die Ihnen Sorgen?»

«Da sind fehlende Hühner gemeldet», sagte Sergeant Voules düster. «Haufen Hühner. Ich hab da so meinen Verdacht. Also komm jetzt, Constable. Wenn wir hier behindert werden, können wir nichts machen. Gute Nacht, Sir.»

«Gute Nacht.»

Ich schloß die Tür und huschte ins Schlafzimmer zurück. Pauline saß aufrecht im Bett, berstend vor Spannung. «Wer war's?»

«Die Polizei.»

«Was wollte sie denn?»

«Sie haben dich offenbar einsteigen sehen.»

«Ach, was ich dir für Ungelegenheiten mache, Bertie.»

«Aber nicht doch. Ist mir ein Vergnügen. Also, dann mach ich mich mal auf.»

«Gehst du weg?»

«Unter den gegebenen Umständen», bemerkte ich mit einem Anflug äußerster Kühle, «werde ich in dieser Behausung kaum pennen können. Ich ziehe mich in die Garage zurück.»

«Ist da unten ein Sofa?»

«Jawohl. Das von Noah. Er hat's auf dem Berg Ararat an Land gezogen. Ich bin im Wagen wohl besser aufgehoben.»

«Ach Bertie, was mach ich dir nur für eine Mühe.»

Das stimmte mich ein wenig milder. Schließlich konnte man ihr für das, was vorgefallen war, kaum die Schuld geben. Wie Chuffy schon am Anfang so richtig gesagt hatte: Die Liebe ist eine Himmelsmacht.

«Sei unbesorgt, meine Liebe. Wir Woosters halten was aus, wenn's darum geht, zwei liebende Herzen zusammenzuführen. Leg jetzt dein Köpfchen auf die Seite, roll deine kleinen rosa Zehchen zusammen und entschlummere. Ich werde mich schon einrichten.»

Bei diesen Worten mimte ich ein gütiges Lächeln, schwand durch die Tür, glitt die Treppe hinab, öffnete die Haustür und schritt in die duftende Nacht. Es können kaum zehn Sekunden vergangen sein, als eine schwere Hand auf meine Schulter fiel, was mir psychisch wie physisch Beschwer verursachte, und eine schattenhafte Gestalt sagte: «Hab ich dich!»

«Aua», gab ich zurück.

Die schattenhafte Gestalt entpuppte sich als Constable Dobson von der Polizeimacht in Chuffnell Regis. Zerknirschung überwältigte ihn.

«Ich bitte um Vergebung, Sir. Ich hab geglaubt, Sie sind der Räuber.»

Ich zwang mich zur Jovialität. Der junge Landedelmann, der dem einfachen Volk die Befangenheit nimmt.

«Ist schon in Ordnung, Constable. Alles in Ordnung. Mach nur einen kleinen Bummel.»

«Ich verstehe, Sir. Luft schnappen.»

«Sehr klug beobachtet, Constable. Luft schnappen, in der Tat. So muffig im Haus.»

«Verstehe, Sir. Gute Nacht also, Sir.»

«Leben Sie wohl, Constable.»

Ich setzte meinen Weg fort, wenn auch mit etwas wackeligen Knien. Ich hatte die Garagentür offengelassen und tastete mich zu meinem alten Zweisitzer vor, heilfroh, endlich wieder allein zu sein. Zweifellos gibt es Stimmungen, in denen einem Constable Dobson als angenehmer und unterhaltsamer Gesellschafter willkommen ist, doch in dieser Nacht zog ich seine Abwesenheit vor. Ich kletterte in den Wagen, lehnte mich zurück und versuchte, mich zum Schlafen zurechtzulegen.

Ob ich nun unter gleichbleibenden Bedingungen überhaupt in die traumlose Tiefschlafphase hätte hinabtauchen können, weiß ich nicht. Die Sache muß strittig bleiben. Unter den gängigen Zweisitzern hatte ich meinen immer für ganz bequem gehalten, aber da hatte ich auch nie versucht, mich da drinnen mit Morpheus zu treffen. Sie wären sicher sehr verblüfft, wie viele Knöpfe, Auswüchse, Höcker und Griffe da plötzlich aus den Polstern wachsen, wenn man die Sitze zum Zwecke des Schlafens zweckentfremden will.

Doch so, wie es sich zutrug, hatte ich nicht die leiseste Chance, die Probe aufs Exempel zu machen. Ganz sicher hatte ich noch nicht einmal eine halbe Kompanie Schäfchen abgezählt, als plötzlich ein scharfes Licht Verwirrung in meine Gesichtszüge brachte und eine Stimme barsch gebot, ich solle machen, daß ich rauskomme, und zwar dalli.

Ich setzte mich aufrecht.

«Ah, Sergeant», sagte ich.

Wieder so ein peinliches Zusammentreffen. Verlegenheit auf allen Seiten.

«Sind Sie das, Sir?»

«Ich bin es.»

«Wollte Sie nicht stören, Sir. Verzeihen Sie.»

«Aber bitte. Bitte.»

«Hätte ich nie gedacht, Sir, daß Sie das wären, hier unten.»

«Wissen Sie, Sergeant, wollte mal hier im Wagen mein Schläfchen machen.»

«Jawohl, Sir.»

«Schöne warme Nacht, was?»

«Richtig, Sir.»

Es klang sehr respektvoll, aber ich wurde den Verdacht nicht los, daß sein Blick mit Mißtrauen geladen war. Etwas in seinem Verhalten schien anzudeuten, daß er Bertram ein wenig exzentrisch fand.

«Sehr muffig im Haus.»

«Ja, Sir?»

«Sommers kampiere ich öfters im Auto.»

«Ja, Sir?»

«Gute Nacht, Sergeant.»

«Gute Nacht, Sir.»

Nun, Sie wissen ja selbst, wie das ist, wenn gerade im Vorstadium Ihres Schönheitsschlafs jemand den Störenfried spielt. Es bricht den Bann, wenn Sie wissen, was ich meine. Der Schlaf, er flieht. Ich rollte mich wieder zusammen, mußte aber bald einsehen, daß alle meine Bemühungen zwecks Genusses einer erholsamen Nacht nichts fruchten würden. Ich zählte noch einmal rund fünf mittelgroße Schafherden durch, doch vergeblich. Schritte müßten unternommen werden, sagte ich mir, und zwar in gänzlich anderer Richtung.

Ich hatte meine neue Umgebung noch gar nicht richtig erforscht, aber zufällig hatte mich eines Morgens in der Südwestecke meines Geländes ein Wolkenbruch in einen Unterschlupf getrieben; es war eine Hütte oder ein Schuppen, wo der im Tagelohn arbeitende Gärtner Werkzeug, Blumentöpfe und wer weiß, was für Kram unterstellte. Und in diesem Schuppen, wenn mich die Erinnerung nicht trog, lag ein Haufen Sackleinen auf dem Boden.

Nun ist Sackleinwand, werden Sie mir entgegenhalten, in seiner Eigenschaft als Lagerstatt betrachtet, nicht jedermanns Sache, und wenn Sie diesen Standpunkt vertreten, haben Sie absolut recht. Andererseits sehen Sie nach einer halben Stunde im Sitz eines Zweisitzers Sackleinwand mit völlig anderen Augen an. Vielleicht ein klein wenig hart für den alten Wooster-Korpus. Vielleicht riecht es auch kräftig nach Mäusen und umgegrabener Erde. Aber Sackleinen hat eine Eigenart, die man zu seinen Gunsten geltend machen darf: Es befähigt einen, die Glieder auszustrecken. Und die Glieder ausstrecken zu können war nun mein unbändigstes Verlangen.

Das Stück Sackleinen, auf dem ich zwei Minuten später ruhte, roch nicht nur nach Mäusen und Ackerkrume, sondern strömte darüber hinaus das ganz markante Aroma des Gärtners selbst aus. Es gab Augenblicke, in denen ich mir die Frage vorlegte, ob das Duftgemisch nicht vielleicht eine Spur zu würzig sei. Doch mit der Zeit gewöhnt sich der Mensch an die Dinge, sie werden einem lieb und wert, und nach rund einer Viertelstunde genoß ich das Bukett mit vollen Zügen. Ich erinnere mich noch, wie ich mir die Lungen füllte und sinnenfroh die Atmosphäre in mich einsog. Eine halbe Stunde später hüllte süße Schläfrigkeit mich ein. Und nach weiteren fünf Minuten flog die Tür weit auf, und da war doch wieder die altvertraute Lampe, die die Szene erhellte.

«Ha!» sagte Sergeant Voules. Constable Dobson äußerte sich identisch.

Ich sah nun die Zeit gekommen, mit diesen beiden Pestbeulen streng ins Gericht zu gehen. Keinesfalls stimme ich für die Behinderung der Polizei, aber eines möchte ich doch einmal festhalten: Wenn die Polizei sich nicht entblödet, eine ganze Nacht lang im Garten eines Wohnungseigentümers herumzuhüpfen und diesen jedesmal, kaum daß er sich der Hypno-Schwelle nähert, barsch aufzuschrecken, dann soll man sie verdammt noch mal behindern.

«Ja?» fragte ich und ließ in meinem ganzen Gebaren das herrische Wesen des alten Aristokraten durchschimmern. «Um was geht's diesmal?»

Constable Dobson hatte in ziemlich selbstzufriedenem Ton schon bemerkt, daß er mich durchs Dunkel schleichen gesehen und mir wie ein Leopard nachgespürt habe, und Sergeant Voules, ein Mann, der dem Prinzip huldigte, junge Neffen sollten in ihre Schranken verwiesen werden, hatte sich dahingehend geäußert, er habe mich zuerst gesehen und mir mindestens so leopardengleich nachgespürt wie Constable Dobson. Doch auf meine entschiedene Frage hin senkte sich ehrfürchtiges Schweigen über das Geschehen.

«Sind Sie das wieder, Sir?» erkundigte sich der Sergeant in scheuem Ton.

«Jawohl, ich bin es selbst, wenn es recht ist. Was ist der Sinn dieser schikanösen Hetzjagd, wenn ich fragen darf? Wie soll man denn bei diesem Aufruhr ein Auge zutun?»

«Es tut mir sehr leid, Sir. Ich hätte nie geglaubt, daß Sie das sind.»

«Und warum nicht?»

«Nun ja, im Schuppen zu schlafen, Sir...»

«Wollen Sie in Abrede stellen, daß das mein Schuppen ist?»

«Nein, Sir. Aber es kommt einem halt etwas komisch vor, Sir.»

«Ich weiß nicht, was daran komisch sein soll.»

«Onkel Ted meint ‹kurios›, Sir.»

«Misch dich da nicht ein. Und nenn mich nicht Onkel Ted. Es kam uns nämlich vor, Sir, ich möchte mal sagen... sonderbar. Ja, ein wenig sonderbar kam es uns vor.»

«Ich bin weit davon entfernt, Ihre Meinung zu teilen, Sergeant», sagte ich mit merklicher Kühle. «Ich habe das verbriefte Recht zu schlafen, wo es mir gefällt. Oder wollen Sie mir widersprechen?»

«Ja, Sir. Nein, Sir.»

«Also. Es könnte im Kohlenkeller sein. Oder auf der Eingangstreppe. Zufällig ist es jetzt dieser Schuppen. Wenn Sie sich bitte jetzt zurückziehen wollten. Ich wäre Ihnen dankbar. Wenn das so weitergeht, krieg ich bis Tagesanbruch kein Auge mehr zu.»

«Haben Sie etwa die Absicht, den Rest der Nacht hier zu bleiben, Sir?»

«So ist es. Warum?»

Jetzt war er überrumpelt. Er wußte nicht mehr, was er sagen sollte. «Na ja, da kann man wohl nichts dagegen sagen, wenn Sie's so wollen, Sir. Aber es ist halt doch...»

«Kurios», sagte Constable Dobson.

«Sonderbar», verbesserte Sergeant Voules. «Es ist sonderbar, Sir, wenn man ein eigenes Bett hat, Sir, wenn ich das mal so sagen darf...»

Es reichte mir jetzt. «Ich hasse Betten», sagte ich brüsk. «Kann sie nicht leiden. Hab sie nie leiden können.»

«Sehr wohl, Sir.» Nach einer Pause fügte er hinzu: «War 'n schöner warmer Tag heute, Sir.»

«Das ist wahr.»

«Mein junger Neffe hat richtig einen kleinen Sonnenstich abgekriegt. Stimmt's, Constable?»

«Ah», machte Constable Dobson.

«Hat gespuckt wie 'n Reiher.»

«Tatsächlich?»

«Jawohl, Sir. So was scheint das Hirn zu verwirren.»

Ich bemühte mich nun mit unangemessener Grobheit diesem Menschen die Einsicht zu vermitteln, daß mir ein Uhr in der Nacht nicht der passende Zeitpunkt erschien, um seines Neffen verwirrtes Hirn zu erörtern.

«Geben Sie mir die Gesundheitsbulletins Ihrer Familie vielleicht ein andermal», sagte ich. «Ich wünsche jetzt, allein zu sein.»

«Jawohl, Sir. Gute Nacht, Sir.»

«Gute Nacht, Sergeant.»

«Wenn Sie mir die Frage erlauben, Sir, spüren Sie vielleicht auch so ein Brennen um die Schläfen herum?»

«Wie bitte?»

«Hämmert's bei Ihnen im Kopf?»

«Es fängt langsam an.»

«Ah! Also nochmals: Gute Nacht, Sir.»

«Gute Nacht, Sergeant.»

«Gute Nacht, Sir.»

«Gute Nacht, Constable.»

«Gute Nacht, Sir.»

Sanft schloß sich die Tür. Ich hörte sie noch sekundenlang miteinander flüstern, so wie Fachärzte sich vor dem Krankenzimmer noch über den Zustand des armen Teufels drinnen unterhalten. Dann waren sie offenbar verschwunden, und auf einmal war es ganz still, und außer dem Geräusch der anschwappenden Wellen am Strand war nichts mehr zu hören. Weiß Gott, so eintönig und unermüdlich schwappten die Wellen an den Strand, daß ganz allmählich eine große Schläfrigkeit über mich kroch, und keine zehn Minuten, nachdem ich endgültig zu dem Schluß gekommen war, ich würde in dieser Welt nie mehr einschlafen können, war ich so weit weg wie nur je ein glücklicher Säugling.

Es konnte nicht von Dauer sein – nicht an einem Ort wie Chuffnell Regis, einem Flecken, der mehr Schnüffler per Quadratmeter beherbergt als irgendein anderer Ort in England. Das nächste, an das ich mich erinnere, ist, daß jemand mich am Arm schüttelte.

Ich setzte mich aufrecht. Da schien auch wieder die altvertraute Lampe.

«Also jetzt hören Sie mal zu», begann ich mit gebieterischer Wucht, aber die Worte erstarben mir auf den Lippen.

Der Bursche, der an mir rüttelte, war Chuffy.

9

Eine Art Rendezvous

Zu Recht eilt Bertram Wooster immer der Ruf voraus, er sei ein Mann, der sich jederzeit freue, seine Freunde zu sehen, und habe immer ein munteres Lächeln und ein witziges Bonmot zu ihrer Begrüßung. Wenngleich diese Aussage in ihrem Kern korrekt ist, muß ich doch einen Vorbehalt machen; es müssen die Umstände stimmen. In der gegenwärtigen Situation war das nicht der Fall. Denn wenn die Verlobte eines alten Schulkameraden nicht nur in Ihrem Bett, sondern auch noch in Ihrem Pyjama nächtigt, haben Sie die größten Schwierigkeiten, bei dessen unvermutetem Auftreten in greifbarer Nähe ausgelassen um ihn herumzutanzen.

Infolgedessen hatte ich kein einziges Bonmot parat. Auch einem munteren Lächeln setzten meine Züge Widerstand entgegen. Ich saß einfach da, starrte ungläubig auf den Mann und fragte mich, wie er hergekommen war, wie lang er zu verweilen gedachte und ob es das gütige Geschick verhindern würde, daß Pauline Stoker auf einmal ihren Kopf zum Fenster hinausstreckte und runterschrie, ich solle ihr helfen, eine Maus oder sonstwas zu bändigen.

Chuffy beugte sich liebevoll über mich wie über einen Patienten. Im Hintergrund sah ich Sergeant Voules mit der Miene einer ausgebildeten Krankenschwester umherschweben. Was aus Constable Dobson geworden war, wußte ich nicht. Aber die Vorstellung, er wäre tot, war zu schön, um wahr zu sein. Ich vermutete, er war wieder auf seiner Runde.

«Alles in Ordnung», sagte Chuffy begütigend, «ich bin's, alter Junge.»

«Ich habe Seine Lordschaft im Hafen angetroffen», erklärte der Sergeant.

Die Sache war ärgerlich. Ich konnte mir denken, was geschehen war. Wenn man einen Liebhaber von Chuffys Format von der Seite seiner Liebsten reißt, dann mischt der sich nicht einen Schlummertrunk und geht damit zu Bett, nein, der stellt sich unter ihr Fenster. Und wenn sie auf einer Jacht ist, die mitten im Hafen ankert, dann verpestet er natürlich mit seiner Gegenwart das ganze Ufer, anders geht's ja nicht. Soll mir ja auch recht sein, nur in dieser Situation kam das alles sehr ungelegen. Um genauer zu sein, es war das Dämlichste, was er tun konnte, um es milde auszudrücken. Was mich aber zum Kochen brachte, war der Gedanke, daß das jetzige Dilemma gar nicht erst entstanden wäre, hätte der Kerl seinen Ansitz am Kai etwas eher eingenommen, dann hätte er die junge Dame bei ihrem Landgang gleich am Ufer in Empfang nehmen können.

«Der Sergeant hat sich deinetwegen Sorgen gemacht, Bertie. Er war der Meinung, du wärst etwas sonderbar. Deshalb hat er mich hergebracht, damit ich mir das mal ansehe. Das war sehr klug von Ihnen, Voules.»

«Vielen Dank, m'Lord.»

«Große Einsicht bewiesen.»

«Vielen Dank, m'Lord.»

«Es war das Schlaueste, was Sie machen konnten.»

«Vielen Dank, m'Lord.»

Es wurde einem vom Zuhören richtig übel.

«Hast also einen kleinen Sonnenstich abbekommen, Bertie, was?»

«Ich habe keinen kleinen Sonnenstich abbekommen», sagte ich gereizt.

«Glaubt Voules jedenfalls.»

«Voules ist ein Esel.»

Der Sergeant klang etwas beleidigt. «Bitte um Vergebung, Sir, aber Sie haben gesagt, bei Ihnen hämmert's im Kopf, und da hab ich gesagt, das Hirn ist verwirrt.»

«Siehst du? Hast einen kleinen Rappel bekommen, alter Freund», sagte Chuffy sanft. «Stimmt's? Hier draußen zu schlafen! Na so was.»

«Warum soll ich nicht hier draußen schlafen?»

Ich sah, wie Chuffy und der Sergeant Blicke wechselten.

«Aber du hast doch ein Schlafzimmer, Junge. Ein nettes, hübsches Schlafzimmerchen. Da sollte man doch denken, du hättest es viel gemütlicher in deinem kleinen kuscheligen Bettchen.»

Wir Woosters waren immer schnelle Denker. Sofort auf dem Quivive. Ich mußte geschwind eine Ausrede finden, die alles erklärte.

«Da ist eine Spinne im Schlafzimmer.»

«Ach? Eine Spinne? Vielleicht eine rosa Spinne?»

«Zartrosa.»

«Mit langen Beinen?»

«Ziemlich lange Beine.»

«Behaart sicher, was?»

«Fürchterlich behaart.»

Das Licht der Lampe beleuchtete Chuffys Gesicht, und in diesem Augenblick gewahrte ich, wie sich sein Ausdruck veränderte. Eine Sekunde zuvor war er noch der gute alte Onkel Doktor gewesen, der bekümmert auf seinen schwerkranken Patienten blickte, an dessen Bett er mitten in der Nacht gerufen worden war. Aber nun grinste er unverschämt hämisch, erhob sich und zog Sergeant Voules beiseite. Seine Bemerkung zeigte mir, daß er den Ereignissen eine ganz falsche Bedeutung unterschob.

«Ist schon in Ordnung, Sergeant. Kein Grund zur Beunruhigung. Er ist einfach blau wie ein Veilchen.»

Er dachte wahrscheinlich, er habe sich taktvollerweise nur ganz gedämpft geäußert, aber seine Worte drangen genauso klar an meine Ohren wie die Antwort des Sergeanten.

«So ist das also, m'Lord.» Die Stimme des Sergeanten war die Stimme eines Mannes, der alle Rätsel gelöst hat.

«Daher der ganze Zirkus. Der Mann ist voll wie eine Haubitze. Sehen Sie die glasigen Augen?»

«Ja, m'Lord.»

«Ich kenne das. Einmal, bei einer Siegesfeier in Oxford,

wollte er unbedingt eine Nixe sein und war drauf und dran, sich in den Springbrunnen der Schule zu stürzen, um da unten die Harfe zu spielen.»

«O Jugendzeit, du goldene Zeit», brummte Sergeant Voules wohlwollend und voller Verständnis.

«Wir müssen ihn ins Bett bringen.»

Ich fuhr hoch. Von Panik ergriffen. Zitternd wie Espenlaub.

«Ich will nicht ins Bett.»

Chuffy streichelte mir trostvoll über den Arm. «Ruhig Blut, Bertie, nur ruhig Blut. Wir wissen Bescheid. Kein Wunder, daß du verstört bist. Böse große Spinne. Muß ja jeder Angst haben. Aber jetzt wird alles gut. Voules und ich gehen mit dir rauf und machen sie tot. Sie haben doch keine Angst vor Spinnen, Voules?»

«Nein, m'Lord.»

«Hörst du's, Bertie? Voules steht dir bei. Der wird mit jeder Spinne fertig. Was haben Sie mir noch erzählt, wieviel Spinnen Sie damals in Indien erledigt haben, Voules?»

«Sechsundneunzig, m'Lord.»

«Waren große Biester, wenn ich mich recht erinnere, was?»

«Urviecher, m'Lord.»

«Siehst du, Bertie? Brauchst keine Angst mehr zu haben. Nehmen Sie diesen Arm, Sergeant, ich nehm den anderen. Ganz locker, Bertie. Wir stützen dich schon.»

Rückblickend bin ich mir nicht sicher, ob ich es in diesem Augenblick nicht doch falsch angestellt habe. Es kann ja sein, daß ein paar passende Worte nützlicher gewesen wären. Aber Sie wissen ja, wie das mit passenden Worten ist. Wenn man sie wirklich mal braucht, sind sie nicht da. Der Sergeant klammerte sich fest an meinen linken Arm, und mir fiel kein einziges passendes Wörtchen ein. Anstatt also ein Gespräch zu eröffnen, ließ ich meine Rechte in seinen Solarplexus schießen und machte einen gewaltigen Satz in Richtung Freiheit.

Nun kommt man auch bei hoher Geschwindigkeit nicht sehr weit in einem dunklen Schuppen, der mit allem möglichen Gartenkram vollgestellt ist. Da war mindestens ein halbes Dutzend

Sachen, über die man stürzen konnte, aber was mir einen gelungenen Salto bescherte, war die Gießkanne. Mit einem häßlichen dumpfen Klatschen plumpste ich zu Boden, und als die Göttin der Vernunft wieder ihren Thron einnahm, wurde ich bereits durch die Sommernacht zu meinem Haus getragen. Chuffy hielt mich unter den Armen, und Sergeant Voules trug mich an den Füßen. Solcherart ineinander verzahnt, marschierten wir durch die Haustür und die Treppe hinauf. Ich wurde zwar nicht mit dem Kopf nach unten fortgeschleppt wie ein totes Wild, aber es genügte, um mich in meiner Selbstachtung tief zu verletzen.

Allerdings hatte ich in diesem Augenblick an anderes zu denken als an meine Selbstachtung. Vor der Schlafzimmertür angelangt, war mein einziger Gedanke nur noch: Was wird das Ende sein, wenn Chuffy die Tür öffnet und das Zimmer mit allen dort versammelten Gegenständen überblickt?

«Chuffy», sagte ich, und ich sprach dringlich und ernst, «geh nicht in dieses Zimmer.»

Aber ernste Ansprachen erbringen relativ wenig, wenn einem der Kopf herunterhängt und die Zunge sich in den Backenzähnen verhaspelt. Was tatsächlich aus meinem Munde drang, war eine Art Gegurgel, das Chuffy sofort falsch interpretierte.

«Weiß ja, weiß ja», sagte er. «Alles gut. Gleich liegst du wieder in der Heia.»

Ich fand sein Benehmen empörend und hätte das auch gesagt, aber was mir jetzt gewissermaßen den Knebel in den Mund schob, das war der Zweifel an den eigenen Sinnen. Meine Träger hatten mich kurz hochgeschwungen und aufs Bett fallen lassen, aber alles, was meiner Physis begegnete, waren Kissen und Decke. Da war nichts, was an ein Mädchen in heliotropfarbenem Pyjama erinnert hätte.

Ich lag im Bett und staunte vor mich hin. Chuffy hatte die Kerze gefunden und zündete sie an. Ich war jetzt in der Lage, das ganze Panorama zu besichtigen. Pauline Stoker war spurlos verschwunden. Es war gespenstisch.

Chuffy entließ seinen Assistenten. «Vielen Dank, Voules. Den Rest erledige ich schon.»

«Sie brauchen mich bestimmt nicht mehr?»

«Nein, Voules. Jetzt haben wir's gleich. Normalerweise schläft er in solchen Fällen gleich ein.»

«Na dann geh ich mal, m'Lord. Ist für mich schon spät geworden.»

«Ja, ziehen Sie los. Gute Nacht.»

«Gute Nacht, m'Lord.»

Der Sergeant stampfte die Stiegen hinab mit einem Getöse, als wären da zwei Sergeants, und Chuffy, der aussah wie ein Mütterchen, das sich gerührt über ihr schlafendes Baby beugt, zog mir die Schuhe aus. «Brav, brav, bist auch ganz lieb, mein Kleiner», sagte er. «Jetzt leg dich schön brav hin, Bertie, und entspann dich.»

Schon oft habe ich mich gefragt, ob ich ihm nicht diesmal die Meinung hätte sagen sollen über diese unerträglich gönnerhafte Art, mit der er mich jetzt zum Beispiel wieder «Mein Kleiner» betitelt hatte. Ich hätte es auch gern getan, aber es schien mir doch ziemlich unergiebig, sofern mir nicht etwas wirklich Bissiges einfiel. Und während ich mir noch den Kopf über eine böse Bemerkung zerbrach, ging die Tür des Wandschranks draußen vor dem Zimmer auf, und Pauline kam herausspaziert, als würde nichts auf der Welt sie bekümmern. Sie schien sich sogar prächtig unterhalten zu haben.

«Was für eine Nacht, was für eine Nacht», äußerte sie belustigt. «Gerade noch mal davongekommen, wie? Ich habe Männer hier rausgehen hören. Wer war denn das?»

Und da sichtete sie Chuffy. Sie schnappte nach Luft und gab einen freudigen Quieklaut von sich. Das Feuer der Liebe funkelte in ihren Augen auf, als hätte jemand auf einen Schalter gedrückt. «Marmaduke», rief sie und starrte ihn an.

Aber ihr Starren war nichts, verglichen mit dem Starrblick des armen, alten Schulfreunds. Der starrte wirklich, daß Gott erbarm. Ich habe zu meiner Zeit so manchen starrenden Gaffer gesehen, aber keiner von ihnen brachte auch nur annähernd jemals so eine Leistung zustande wie mein Chuffy. Die Augenbrauen waren in die Höhe geschnellt, der Unterkiefer war heruntergeklappt, und die Augen ließen die schützenden Höhlen wohl an die zwei Zoll hinter sich. Anscheinend bemühte er sich auch, etwas in Worte zu kleiden, aber in dieser Beziehung erwies er sich als glatter Versager. Er brachte nichts heraus außer einem eher unerfreulichen Pfeifton, der nicht ganz so laut war wie das nervtötende Gequietsch in Ihrem Radio, wenn Sie zuviel an den Knöpfen rumspielen.

Inzwischen schwebte Pauline schon auf den Dämon zu, der ihr Liebster war, und ein Strom warmen Mitgefühls schoß durch die Wooster-Brust. Jeder neutrale Beobachter hätte wie ich sofort erkennen können, daß Pauline völlig irrigen Vorstellungen anhing. Ich las in Chuffy wie in einem Buch, und es war überdeutlich, daß sie seine Gefühle in diesem Augenblick gründlich mißdeutete. Die Diagnose dieses seltsamen Lauts, den er von sich gab, war nicht schwer. Es war nicht der wonnige Balzruf, für den sie ihn hielt, sondern das in einen Pfeifton transponierte Schnauben eines Mannes, der seine Liebste auf fremdem Territorium in heliotropfarbenem Pyjama antrifft. Der arme Hund war zutiefst gekränkt, bis ins Mark getroffen und eingeschnappt wie der Hahn eines Colts.

Sie jedoch, das kleine Dummchen, war so selig, ihn zu erblikken, daß sie gar nicht auf die Idee kam, er könnte vielleicht nicht gleichermaßen selig sein, sie zu erblicken. Als er aber nun einen Schritt zurücktrat und mit Bitterkeit im Blick die Arme mit verachtungsvoller Geste kreuzte, da war das, als hätte er ihr eine brennende Fackel ins Auge gestoßen. Das Liebesfeuer wich aus ihrem Gesicht, das statt dessen den verstörten Ausdruck einer barfüßigen Tänzerin annahm, die mitten in ihrer Darbietung von ‹Salomes Tanz› auf einen Reißnagel tritt.

«Marmaduke!»

Abermals ließ Chuffy ein höhnisches Schnauben hören. «So!» sagte er, als er die Sprache wiedergefunden hatte – wenn man hier schon von Sprache sprechen kann.

«Was ist los? Warum siehst du mich so an?»

Es war nun an der Zeit, fand ich, mich einzumischen. Ich war bei Paulines Eintritt vom Bett aufgestanden und hatte mich ein paar Sekunden lang schon auf unsicheren Beinen zur Tür hin bewegt mit der vagen Idee, einen Ausbruch in die Felder der Freiheit zu wagen. Teils aber, weil ich fühlte, daß es einem Wooster übel anstand, in so einer Situation zu türmen, teils auch, weil ich keine Schuhe anhatte, beschloß ich zu bleiben. Ich griff nun ins Geschehen ein und sprach das rechte Wort zur rechten Zeit.

«Was bei so einer Gelegenheit nottut, Chuffy, alter Freund», sagte ich, «ist schieres Vertrauen. Wie schon der Dichter Tennyson sagt...»

«Halt den Mund», erwiderte Chuffy. «Von dir will ich keinen Ton mehr hören.»

«Schon recht», sagte ich. «Trotzdem bleibt's dabei: Schieres Vertrauen ist wirklich besser als normannisches Geblüt. Das ist nun mal so.»

Pauline schaute ein wenig benebelt drein. «Schieres Vertrauen? Was... Oh!» Sie unterbrach sich abrupt. Ich beobachtete, wie ihr Gesicht dunkelrot anlief. «Oh!» sagte sie.

Die Bäckchen glühten, doch diesmal war es nicht die Schamröte, die sie erhitzten. Das erste «Oh!» war vermutlich darauf zurückzuführen, daß sie sich ihrer Pyjama-Gewandung bewußt wurde und plötzlich die Zweideutigkeit ihrer Lage erkannte. Das zweite «Oh!» war ganz anders. Es war der Aufschrei eines Weibes, das wilder ist als eine Hornisse.

Nun ja, Sie wissen ja, wie das ist. Da ist ein empfindsames Mädchen, das aber, von feurigem Mute beseelt, allen Gefahren trotzt, nur um zu dem Kerl zu kommen, den es liebt, das von Jachten springt, durch eiskaltes Wasser schwimmt, in Landhäuser einbricht und sich anderer Leute Schlafanzüge aneignet, und dann, wenn es endlich am Ziel seiner Wünsche angekommen scheint und ein zärtliches Lächeln und weich dahingeflüsterte Worte der Liebe erwartet – was bekommt es statt dessen? Eine drohend gerunzelte Stirn, verächtlich gekräuselte Lippen, das blanke Mißtrauen im Blick – mit einem Wort: schiere Verachtung. Natürlich ist sie ein wenig verstimmt.

«Oh!» stieß sie zum dritten Mal hervor und machte mit ihren Zähnen ein häßlich klickendes Geräusch. «Das denkst du also!»

Chuffy schüttelte ungeduldig den Kopf. «Das denk ich nicht.»

«Doch!»

«Nein!»

«Doch!»

«Ich denke überhaupt nichts dergleichen», sagte Chuffy. «Ich weiß, daß Bertie...»

«... sich benommen hat wie ein Ritter ohne Fehl und Tadel», ergänzte ich.

«... in einem alten Geräteschuppen geschlafen hat», fuhr er fort, und ich muß sagen, das klang längst nicht so schön wie meine Version. «Darauf kommt's auch gar nicht an. Du bist mit mir verlobt, und am Nachmittag hast du noch so getan, als würdest du vor Freude an die Decke springen, aber Tatsache ist, du bist in Bertie so wahnsinnig verknallt, daß du nicht von ihm lassen kannst. Du glaubst vielleicht, ich wüßte nichts von eurer Verlobung in New York, aber ich weiß es. O bitte, ich will mich auch gar nicht beschweren», sagte Chuffy und sah dabei aus wie der heilige Sebastian beim Empfang seines fünfzehnten Pfeils. «Du kannst schließlich lieben, wen du lustig bist...»

«Wen du Lust hast», konnte ich mir nicht verkneifen einzuwerfen; Jeeves hat mich nämlich an sprachliche Genauigkeit gewöhnt.

«Willst du endlich ruhig sein?»

«Na klar, na klar.»

«Dauernd mischst du dich ein.»

«Tut mir leid. Wird nicht mehr vorkommen.»

Er stierte mich an, als hätte er mir mit Wonne einen stumpfen Gegenstand auf den Kopf gehauen. Danach stierte er wieder Pauline an, als hätte er ihr mit Wonne einen stumpfen Gegenstand auf den Kopf gehauen.

«Aber...» Er machte eine Pause. «Jetzt weiß ich nicht mehr, was ich sagen wollte», sagte er übellaunig.

Nun meldete sich Pauline. Sie war immer noch rosig angehaucht, und ihre Augen glitzerten. Genauso habe ich die Augen meiner Tante Agatha glitzern sehen, kurz bevor sie mir früher eine Kopfnuß für irgendeine eingebildete Unartigkeit verpaßte. Vom Liebesgefunkel war kein Fünkchen geblieben.

«Na dann werde ich jetzt mal etwas sagen. Oder hat jemand Einwände?»

«Keineswegs», sagte Chuffy.

«Keineswegs, keineswegs», versicherte ich. Pauline glich einer Furie; ich sah, wie ihre Zehen sich hin und her bewegten.

«Zuerst einmal: Du machst mich krank.»

«Tatsache?»

«Tatsache! Zum zweiten, ich hoffe, ich sehe dich nie wieder, weder in dieser noch in der nächsten Welt.»

«Im Ernst?»

«Im Ernst. Ich hasse dich. Ich wünschte, ich hätte dich nie getroffen. In meinen Augen bist du ein übleres Schwein als irgendeines, das du dir in deinem Stinkstall hältst.»

Das war mir interessant.

«Ich wußte gar nicht, daß du dir Schweine hältst, Chuffy.»

«Ja, Black Berkshires», sagte er geistesabwesend. «Na gut, wenn das so ist...»

«Mit Schweinen ist eine Menge Geld zu machen.»

«Na schön, also wenn das so ist... gut, gut.»

«Und ob das gut ist!»

«Sag ich ja gerade: gut, gut.»

«Mein Onkel Henry...» setzte ich an.

«Bertie!» sagte Chuffy.

«Bitte?»

«Hör auf mit deinem Onkel Henry. Ich bin nicht interessiert an deinem Onkel Henry. Meinetwegen kann dein verdammter Onkel Henry über seine verdammten Füße stolpern und sich sein verdammtes Genick brechen.»

«Zu spät, alter Freund. Ist schon vor drei Jahren verschieden. Lungenentzündung. Wollte ja nur sagen, der hatte auch Schweine. Hat einen Batzen Geld damit gemacht.»

«Hörst du jetzt auf?»

«Und du auch!» sagte Pauline. «Oder willst du die Nacht hier verbringen? Mir wär's jetzt lieber, du machst deinen Mund zu und verschwindest.»

«Na also gut», sagte Chuffy.

«Dann geh!» sagte Pauline.

«Gute Nacht», sagte Chuffy. Er schritt zum Treppenabsatz. «Aber eines will ich noch sagen...» rief er erregt und warf seinen Arm anklagend herum.

Ach ja, ich hätte es dem armen alten Jungen vorhersagen können. So etwas macht man nicht in altmodischen Landhäuschen. Er schlug mit den Knöcheln gegen einen vorstehenden Balken, hüpfte vor Schmerz auf der obersten Stufe herum, verlor das Gleichgewicht, und schon rumpelte er ins Parterre wie ein Sack Kohlen.

Pauline Stoker rannte zum Geländer und schaute hinab.

«Bist du verletzt?» rief sie.

«Ja», brüllte Chuffy.

«Gut!» schrie sie zurück.

Sie kam wieder ins Zimmer, und die Haustür knallte unten zu, als zerspränge ein Herz im Übermaß seiner Qual.

10

Noch ein Besucher

Ich atmete tief durch. Mit dem Abgang des männlichen Parts von der Bühne hatte die Spannung in der Atmosphäre fühlbar nachgelassen. Ein wunderbarer Kumpel, das war Chuffy immer für mich gewesen, aber bei diesem Auftritt hatte er sich nicht gerade von seiner freundschaftlichsten Seite gezeigt, mit dem Erfolg, daß ich mir eine ganze Weile vorgekommen war wie Daniel in der Löwengrube.

Pauline schnaufte vor sich hin. Man konnte es noch nicht Fauchen nennen; wahrscheinlich hätte man es als einen Grenzfall zwischen Schnaufen und Fauchen einstufen können. Sie hatte harte, glänzende Augen und war innerlich erregt. Sie hob ihren Badeanzug auf.

«Hau ab, Bertie», sagte sie.

Ich hatte mit einem ruhigen Schwätzchen gerechnet, um einen Überblick zu gewinnen; wir hätten dabei diesen und jenen Punkt gestreift und gemeinsam versuchen können zu ergründen, was nun am besten zu tun sei.

«Aber hör mal...»

«Ich will mich umziehen.»

«Umziehen?»

«Den Badeanzug anziehen.»

Ich konnte ihr nicht folgen. «Warum?»

«Weil ich jetzt schwimmen will.»

«Schwimmen?»

«Schwimmen!»

Ich starrte sie an. «Du gehst doch nicht etwa auf die Jacht zurück?»

«Ich gehe zurück auf die Jacht.»

«Aber ich wollte mit dir über Chuffy sprechen.»

«Ich möchte diesen Namen nie mehr hören.»

Jetzt war es an der Zeit, den weisen, alten Vermittler wieder aus der Versenkung zu holen. «Na komm!»

«Wohin?»

Ich erklärte ihr das. «Wenn ich sage ‹na komm›, dann meine ich damit, du kannst doch diesen armen Hitzkopf nicht in die Wüste schicken, bloß weil das junge Paar einem läppischen Hickhack obliegt.»

Sie sah mich ganz eigenartig an. «Würdest du das bitte wiederholen? Nur die letzten drei Wörter.»

«Läppischen Hickhack obliegt?»

Sie atmete schwer, und einen Moment lang hatte ich wieder die grausige Vorstellung, in der Löwengrube zu stecken. «Ich war mir nicht sicher, ob ich das auch richtig verstanden hatte», sagte sie.

«Ich meine doch nur, da haben wir a) ein Mädchen und b) einen Kerl, und jetzt reizen wir sie so, daß sie ihre edelsten Instinkte mißachten, und auf einmal sagt jeder von ihnen Sachen, die keiner von beiden in Wirklichkeit meint.»

«So? Dann muß ich dir sagen, ich hab jedes Wort genauso gemeint, wie ich's gesagt habe. Ich hab ihm gesagt, ich will ihn nie mehr sehen. Stimmt. Ich hab ihm gesagt, ich hasse ihn. Stimmt. Ich hab ihm gesagt, er ist ein Schwein. Stimmt auch.»

«Also das ist ja komisch, die Sache mit Chuffys Schweinen. Ich hab nie gewußt, daß er welche hat.»

«Warum auch nicht? Gleich und gleich gesellt sich gern.»

Über Schweine gab es nun weiter nichts mehr zu sagen.

«Bist du nicht ein bißchen schroff?»

«Schroff? Ich?»

«Und viel zu streng mit Chuffy?»

«Streng? Ich?»

«Siehst du denn nicht, daß sein Verhalten ganz verständlich ist?»

«Sehe ich nicht.»

«Das muß doch ein Schock für den armen Mann gewesen sein. Platzt hier rein und findet dich.»

«Bertie!»

«Bitte?»

«Hat dir schon mal jemand einen Stuhl auf die Birne gehauen?»

«Nein.»

«Paß auf, daß es nicht bald passiert.»

Ich mußte zur Kenntnis nehmen, daß sie im Augenblick etwas unzugänglich war. «Na schön. Na gut.»

«Heißt das auch soviel wie ‹na komm›?»

«Nein. Ich wollte nur sagen, es ist ein Jammer. Zwei liebende Herzen auf ewig getrennt – und patsch!»

«Na und?»

«Nun gut, wenn du's so haben willst, dann willst du's halt so haben, oder?»

«So ist es.»

«Wir kommen jetzt zu deinem Plan heimzuschwimmen. Das ist doch eine Schnapsidee, wenn du mich fragst.»

«Ich frag dich nicht, Bertie. Was hält mich denn noch hier?»

«Ja, ja... aber so eine Wassertour um Mitternacht. Das wird ein kaltes Vergnügen.»

«Kalt und naß, ich weiß. Ist mir egal.»

«Und wie kommst du an Bord?»

«Ich komm schon rauf. Ich kann an dem Dings raufklettern, wo der Anker dran hängt. Hab ich schon einmal gemacht. Also jetzt heb dich hier weg, ich will mich umziehen.»

Ich ging auf den Treppenabsatz. Gleich darauf kam sie im Badeanzug heraus. «Du brauchst nicht mit runterzugehen.»

«Natürlich begleite ich dich zur Tür, wenn du wirklich gehen willst.»

«Will ich.»

«Na also gut.»

Vor der Haustür war es empfindlich kühl. Schon der Gedanke, am Hafen ins Wasser zu springen, jagte mir die Schauer reihenweise über den Rücken. Ihr schien es nichts auszumachen. Ohne ein weiteres Wort verschwand sie in der Dunkelheit, und ich ging zu Bett.

Vielleicht hätten Sie nun gedacht, nach all den Abenteuern in Garagen und Geräteschuppen müßte die Geborgenheit des eigenen Bettes den sofortigen Prozeß des Einschlummerns in Gang setzen. Doch mitnichten. Ich konnte mich nicht von dem Erlebten lösen, das Ihnen sicher auch wie ein Trauerspiel vorkommt. Je mehr ich versuchte, mich davon freizumachen, um so mehr hielt es mich fest, zumal ich ja selbst eine Rolle darin gespielt hatte. Freimütig will ich gestehen, daß mir Chuffy in der Seele leid tat. Aber auch Pauline tat mir in der Seele leid. Beide taten sie mir in der Seele leid.

Wollen wir doch mal den Tatsachen ins Auge blicken. Da haben wir zwei durch und durch wackere Menschenkinder, füreinander wie geschaffen, man könnte fast meinen seit Anfang der Welt, und die schmähen sich gegenseitig ohne Grund. Jammervoll, so was. Barbarisch. Ungut für Mensch oder Tier. Je mehr ich darüber nachdachte, um so blödsinniger erschien es mir.

Und dennoch war es geschehen. Worte waren abgeschossen worden wie Pfeile. Bande waren zerschnitten. Das ganze Tandaradei unwiderruflich abgeblasen. In solchen Fällen gibt es für den mitfühlenden Augen- und Ohrenzeugen nur eines, und jetzt erkannte ich, was ich für ein Narr gewesen war, das nicht schon längst vor dem Zubettgehen und den vergeblichen Einschlafversuchen getan zu haben. Ich schlüpfte unter dem Laken hervor und ging hinunter.

Die Whiskyflasche stand im Schrank. Ebenso der Siphon fürs Sodawasser. Ebenso das Glas. Ich mischte mir einen köstlichen Heiltrank und setzte mich. Und während des Setzens fiel mir ein Stück Papier auf dem Tisch ins Auge. Es war eine Notiz von Pauline.

Lieber Bertie,
Du hast recht gehabt. Es war saukalt. Die Lust zum Schwimmen verging mir. Da war ein Boot an der Landungsbrücke. Ich werde damit zur Jacht rudern und es dann treiben lassen. Ich bin zurückgekommen, um mir

Deinen Mantel auszuleihen. Ich bin durchs Fenster geklettert, um nicht zu stören. Den Mantel wirst du opfern müssen. Denn an Deck werfe ich ihn natürlich sofort über Bord. Tut mir leid. Gruß P. S.

Fällt Ihnen etwas auf? Dieser Stil? Knapp. Stakkato. Zeugt vom verwundeten Herzen und bedrückten Gemüt. Mein Mitleid war größer denn je. Aber wenigstens würde sie sich nicht erkälten. Was den Mantel betraf, den entließ ich mit einem Achselzucken aus meiner Erinnerung. Obgleich er neu und mit Seide gefüttert war, trauerte ich ihm nicht nach. War mir ein Vergnügen – so etwa könnte man meine Gefühle in diesem Fall umreißen. Ich zerriß die Notiz und kehrte zu meinem guten Tröpfchen zurück.

Es gibt ja nichts, was einem derart erquickenden Sorgenbrecher gleicht, wenn es gilt, das Nervensystem in Ruhestellung zu bringen. Keine Viertelstunde später fühlte ich mich schon so milde gestimmt, daß ich von neuem das Bett ins Auge fassen konnte, diesmal mit der Zuversicht, die Wetten, daß ich nun unweigerlich in den Genuß eines erfrischenden Schlummers käme, stünden acht zu drei.

Guten Mutes erhob ich mich und war schon dabei hinaufzuwanken, als zum zweiten Mal in dieser Nacht der Klopfer gegen die Haustür hämmerte.

Ich weiß nicht, ob Sie mich für einen jähzornigen Menschen halten. Wahrscheinlich nicht. Erkundigen Sie sich mal im Drones Club, und man wird Ihnen versichern, Bertram Wooster sei in aller Regel, normale Wetterlage vorausgesetzt, die Sanftheit in Person. Jedoch, wie ich schon im Falle des Banjolele gezwungen war, Jeeves ins Gedächtnis zu rufen: Es gibt eine Grenze. Mit verhängtem Visier, gewissermaßen, und kalten Blickes nahm ich die Kette ab. Ich hub an, dem Sergeant Voules, denn um ihn mußte es sich ja handeln, die unvergeßlichste Abreibung seines Lebens zu verpassen.

«Voules», wollte ich ihm mit erzener Stimme verkünden, «es ist genug. Diese polizeiliche Verfolgungsjagd muß ein Ende haben. Das ist ungeheuerlich und unerhört. Wir sind hier nicht in

Rußland, Voules. Ich möchte Sie nur daran erinnern, es gibt auch so etwas wie einen geharnischten Leserbrief an die ‹Times›.»

So etwa hätte ich Voules zurechtgewiesen. Was mich dann veranlaßte innezuhalten, war aber nicht Schwäche oder gar Mitleid, sondern die Tatsache, daß der Mann, der da am Türklopfer hing, dem Sergeant Voules in keiner Beziehung glich. Es war J. Washburn Stoker, und er betrachtete mich mit aufkeimender Zerstörungswut. Hätte ich mir nicht gerade ein Schlückchen lebensspendender Labe einverleibt und zugleich gewußt, daß seine Tochter Pauline jetzt außerhalb seiner Reichweite war, dann hätte mich zweifellos eine gewisse Unruhe gepackt.

So aber blieb ich gefaßt.

«Ja?» sagte ich.

Ich hatte so viel hochmütig abweisendes Erstaunen in dieses Wörtchen gepackt, daß jeder andere gleich nach hinten weggeblasen worden wäre, wie von einer Kugel getroffen. Nicht so J. Washburn Stoker. Er verzog keine Miene. Er stieß mich ins Haus zurück und packte mich an der Schulter.

«Also, raus damit!»

Ich machte mich kaltblütig frei. Dazu mußte ich allerdings aus meinem Pyjama-Oberteil schlüpfen, was mir jedoch gelang.

«Was meinen Sie?»

«Wo ist meine Tochter?»

«Ihre Tochter Pauline?»

«Ich habe nur eine Tochter.»

«Und Sie fragen mich, wo diese Ihre eine Tochter ist?»

«Ich weiß, wo sie ist.»

«Warum fragen Sie dann?»

«Sie ist hier.»

«Dann geben Sie mir mein Pyjama-Oberteil zurück und rufen Sie sie rein.»

Ich habe noch nie einen Mann mit den Zähnen knirschen sehen, deshalb nehme ich Abstand davon, ausdrücklich zu behaupten, daß dies in diesem Augenblick die Tätigkeit J. Washburn Stokers war. Vielleicht hat er wirklich geknirscht. Vielleicht auch nicht. Mit Gewißheit kann ich lediglich sagen, daß sich die Muskeln aus seinen Backen herauswölbten und sein Gebiß zu mahlen begann wie auf Kaugummi. Es war kein erfreulicher Anblick, aber die Tatsache, daß ich mir meinen Whisky extra stark gemischt hatte, um den Sandmann herbeizulocken, befähigte mich, die Situation mit Seelenstärke und Gelassenheit zu meistern. «Sie ist hier im Haus», sagte er, weiterhin zähneknirschend, wenn es denn wirklich Zähneknirschen war, was er vorführte.

«Wie kommen Sie darauf?»

«Das werde ich Ihnen sagen. Vor einer halben Stunde war ich in ihrer Kabine, und die Kabine war leer.»

«Aber um Himmels willen, das sagt doch nicht, daß sie gerade hier ist.»

«Sie ist in Sie vernarrt, das weiß ich.»

«Aber nicht doch. Sie betrachtet mich als eine Art Bruder.»

«Ich werde das Haus durchsuchen.»

«Halali!»

Er stürmte die Treppe hinauf, und ich kehrte zu meinem Trunk zurück. Es war nicht derselbe Trunk. Es war ein neuer Trunk. Unter diesen Umständen schien mir eine Neuauflage gerechtfertigt. Bald darauf kam mein Besucher, der wie ein Löwe hinaufgesprungen war, herab wie ein Lamm. Ich vermute auch, daß ein Erzeuger, der tief in der Nacht auf der Suche nach einer vermißten Tochter in das Haus eines relativ Fremden eindringt, sich furchtbar belämmert vorkommen muß. Mir ginge das wenigstens so, und anscheinend ging es diesem Stoker auch so, denn er trat von einem Fuß auf den anderen, und man sah ihm an, daß eine Menge Dampf aus ihm entwichen war.

«Ich muß mich bei Ihnen entschuldigen, Mr. Wooster.»

«Kein Wort mehr davon.»

«Als Pauline verschwunden war, da war ich so sicher...»

«Vergessen wir das. So etwas kann jedem passieren. Jeder macht mal Fehler. Wie wär's mit einer kleinen Erfrischung?»

Es schien mir taktisch sehr klug, ihn möglichst lange hier festzuhalten, um Pauline möglichst viel Zeit für die Rückkehr zu sichern. Aber er ließ sich nicht zu einem Umtrunk verführen, er war offensichtlich viel zu tief in Gedanken versunken.

«Also das ist mir wirklich ein Rätsel, wo sie sein kann», sagte er, und da wären Sie sicher baß erstaunt gewesen, wie schlicht und ergreifend er das von sich gab. So als wäre Bertram ein weiser alter Freund, zu dem er immer mit seinen kleinen Sorgen kommen konnte. Der Mann war wachsweich. Ein Kind hätte ihn um den Finger wickeln können.

Ich bemühte mich, ein ermunterndes Wörtchen in die Debatte zu werfen. «Ich nehme an, sie ist einfach schwimmen gegangen.»

«Mitten in der Nacht?»

«Mädchen machen manchmal irre Sachen.»

«Sie ist tatsächlich ein seltsames Geschöpf. Diese Schwärmerei für Sie zum Beispiel.»

Das kam mir doch sehr taktlos vor, und ich hätte zweifellos die Stirne streng gerunzelt, hätte ich mich nicht daran erinnert, daß ich ihn ja gerade wegen dieser Schwärmerei eines Besseren belehren und ihn von seinem Irrtum befreien wollte.

«Bitte revidieren Sie Ihre Auffassung, daß Miss Stoker im Banne meines Liebeszaubers steht», sagte ich nachdrücklich. «Sie lacht sich halb tot, wenn sie mich sieht.»

«Gestern nachmittag hatte ich einen anderen Eindruck.»

«Ach das? Geschwisterliche Zuneigung, weiter nichts. Wird auch nicht wieder vorkommen.»

«Das hoffe ich sehr», sagte er und fiel einen Augenblick lang zurück in seine frühere verbiesterte Haltung. «Aber ich will Sie nicht länger aufhalten, Mr. Wooster. Ich möchte mich noch mal dafür entschuldigen, daß ich mich benommen habe wie ein Narr.»

Ich schlug ihm nicht direkt auf den Rücken, aber ich machte so eine Art diesbezüglicher Geste. «Ich bitte Sie», sagte ich. «Kein Wort mehr darüber. Ich wünschte, ich hätte ein Pfund für jedes Mal, an dem ich mich benommen habe wie ein Narr.»

Wir schieden sozusagen als Freunde. Er ging den Gartenweg entlang, und nachdem ich noch zehn Minuten lang gewartet hatte, ob nicht vielleicht noch jemand zu Besuch käme, leerte ich mein Glas und warf mich ins Bett.

Nach getaner Arbeit ist gut ruhn, wie der Volksmund sagt,

soweit man überhaupt ruhen kann an einem Ort, der vor Stokers und Paulines und Voules' und Chuffys und Dobsons nur so wimmelt. Bald darauf schlossen sich die erschlafften Lider, und ich war weg.

Es ist fast unglaublich, wenn man das hektische Nachtleben in Chuffnell Regis bedenkt, aber tatsächlich weckte mich kein Mädchen, das unterm Bett hervorkroch, kein Vater, der mit blutunterlaufenen Augen ins Zimmer einbrach, kein Polizei-Sergeant, der mit dem Türklopfer Urwaldrhythmen schlug, sondern das Gezwitscher froher Vögel, die jubelnd die Ankunft des neuen Tags verkündeten.

Nun, wenn ich von der Ankunft des Tages spreche, so meine ich eigentlich, daß es etwa halb elf an einem wunderschönen Sommermorgen war. Die Sonne schien voll ins Zimmer und lockte mich, aufzustehen und auszuprobieren, wozu Speckscheiben mit Ei und eine gute alte Kanne Kaffee alles gut waren. Schnell nahm ich ein Bad, rasierte mich und trabte in die Küche, beseelt von *la joie de vivre*.

11

Eines Jachtbesitzers üble Sitten

Erst, als ich fertig gefrühstückt hatte und schon im Vorgarten auf meinem Banjolele spielte, schien ein vorwurfsvolles Wispern an mein Ohr zu dringen. Ich hätte kein Recht, so das Stimmchen, mich so fidel zu fühlen an einem Morgen, an dem von Rechts wegen Katzenjammer herrschen sollte. Schlimmes hatte sich ereignet. Tragisches Geschehen hatte das Haus durchpulst. Vor kaum zehn Stunden hatte ich einer Szene beigewohnt, die mich eigentlich jeglichen Frohsinns in Zukunft berauben müßte, wäre ich wirklich der feinsinnige Mensch, für den ich mich immer so gern gehalten hatte. Zwei, die sich liebten – und mit einem davon war ich sogar auf der Schule und in Oxford gewesen –, waren vor meinen Augen zu Boden gegangen, hatten sich zerfleischt, waren im Zorn voneinander geschieden und wollten sich im Leben nie wiedersehen. Das war der letzte Stand der Dinge. Und hier saß ich und spielte unbekümmert und gefühllos auf meinem Banjolele ‹Tea for two›.

Ganz falsch natürlich. Ich schaltete sofort auf ‹Indian Love Call› um, und eine feierliche Traurigkeit kam über mich. Ich fühlte, es mußte etwas geschehen. Maßnahmen mußten ergriffen werden und neue Wege erkundet. Aber ich konnte mir selbst nicht verhehlen, daß die Situation ungemein verwickelt war. Normalerweise war es immer so gewesen: Wenn einer meiner engsten Freunde die diplomatischen Beziehungen zu einem Mädchen abgebrochen hatte oder umgekehrt, dann blieben sie noch eine Weile zusammen in ihrem Landhaus oder wohnten wenigstens beide weiter in London, wo es nicht so wahnsinnig schwer war, ein Treffen zu arrangieren und ihre Hände wieder mit gütigem Lächeln ineinanderzulegen. Ich kannte es gar nicht anders. Aber halten wir uns einmal vor Augen, wie die Dinge im Falle Chuffy und Pauline Stoker tatsächlich lagen. Sie war auf der Jacht, faktisch in Ketten. Er war in Chuffnell Hall, drei Meilen landeinwärts. Wer immer Händchen zusammenlegen wollte, mußte sehr viel mobiler sein als ich. Wenn auch mein Verhältnis zum alten Stoker sich über Nacht leicht gebessert hatte, so hatte er doch gewiß nicht zu erkennen gegeben, daß er vielleicht geneigt wäre, mich auf seiner Jacht herumspazieren zu lassen. Genau betrachtet war die Chance, sie zu treffen und ihr ins Gewissen zu reden, genauso groß, als wäre sie nie von Amerika herübergekommen. Ein bildschönes Dilemma, das muß man schon sagen, und ich grübelte noch darüber, als das Gartentor klickte. Jeeves kam den Pfad herunter.

«Ah, Jeeves», sagte ich.

Mein Verhalten mag ihm etwas abweisend erschienen sein, aber genauso wollte ich es haben. Was Pauline mir erzählt hatte über sein loses Mundwerk und die unbedachten Kommentare, meine geistigen Fähigkeiten betreffend, das hatte mich ziemlich in Rage gebracht. Es war nicht das erste Mal, daß er solche Sachen sagte, und schließlich ist man auch nur ein Mensch.

Doch wenn er meine hochmütige Art spürte, zog er es vor, sie nicht zur Kenntnis zu nehmen. Er war wie immer gleichmütig und zeigte keine Bewegung.

«Guten Morgen, Sir.»

«Kommen Sie von der Jacht?»

«Ja, Sir.»

«War Miss Stoker da?»

«Ja, Sir. Sie erschien am Frühstückstisch. Ich war einigermaßen erstaunt, sie zu sehen. Ich hatte angenommen, sie beabsichtige an Land zu bleiben und Verbindung mit Seiner Lordschaft aufzunehmen.»

Ich lachte kurz auf. «Verbindung aufgenommen haben sie allerdings.»

«Sir?»

Ich setzte das Banjolele ab und schaute ihm streng in die Augen. «Da haben Sie ja was Schönes angerichtet», sagte ich.

«Sir?»

«Sagen Sie nicht dauernd ‹Sir›, das hilft Ihnen auch nicht aus der Klemme. Warum, zum Teufel, haben Sie Miß Stoker gestern abend nicht davon abgehalten, an Land zu schwimmen?»

«Ich hätte es mir wohl nicht erlauben dürfen, Sir, die junge Dame von einem Plan abzuhalten, an dem ihr Herz so sichtbarlich hing.»

«Sie hat gesagt, Sie hätten Sie förmlich dazu gedrängt.»

«Nein, Sir. Ich habe ihr nur meine Anteilnahme an der angegebenen Zielsetzung bezeigt.»

«Sie haben ihr gesagt, ich würde hingerissen sein, sie über Nacht bei mir aufzunehmen.»

«Sie hatte selbst schon beschlossen, in Ihrem Haus Unterschlupf zu suchen, Sir. Ich wagte lediglich, meiner Vermutung Ausdruck zu geben, daß Sie sicher alles täten, was in Ihrer Macht steht, um ihr behilflich zu sein. Nicht mehr.»

«Und wissen Sie, was daraus geworden ist? Was mir letztendlich blühte? Die Polizei war hinter mir her.»

«Tatsächlich, Sir?»

«Ja. Natürlich konnte ich nicht in dem Haus schlafen, das vor Mädchen ja schier überquoll, also zog ich mich in die Garage zurück. Kaum zehn Minuten später erschien schon Sergeant Voules.»

«Ich hatte noch nicht das Vergnügen mit Sergeant Voules, Sir.»

«Und Constable Dobson war bei ihm.»

«Ich bin mit Constable Dobson bekannt, Sir. Ein netter, junger Mann. Er verkehrt mit dem Hausmädchen von Chuffnell Hall. Ein rothaariges Mädchen, Sir.»

«Widerstehen Sie dem Drange, mir über die Haarfarbe hiesiger Hausmädchen Bericht zu erstatten, Jeeves», sagte ich kühl. «Das gehört nicht hierher. Bleiben Sie bei der Sache. Der springende Punkt ist der, daß ich eine schlaflose Nacht verbrachte, weil mich die Gendarmerie kreuz und quer über Land hetzte.»

«Ich bin untröstlich, das hören zu müssen, Sir.»

«Schließlich traf Chuffy ein. Aufgrund unglaublich fehlhafter

Schlußfolgerungen bestand er darauf, mich aufs Zimmer zu schleppen, mir die Schuhe auszuziehen und mich zu Bett zu bringen. Und während er damit beschäftigt war, schlenderte Miss Stoker herein, ausgerechnet in meinem heliotropfarbenen Pyjama.»

«Äußerst peinlich, Sir.»

«Weiß Gott! Sie sind sich in die Haare geraten, daß Gott erbarm.»

«Tatsächlich, Sir?»

«Da rollten Augen, da schrillten Stimmen. Am Ende fiel Chuffy die Treppe hinunter und schritt übelgelaunt in die Nacht. Der springende Punkt ist nun, das heißt, die entscheidende Frage ist jetzt: Was ist zu tun?»

«In der Tat erfordert die Lage gründliche Überlegung.»

«Wollen Sie damit sagen, es sei Ihnen noch nichts eingefallen?»

«Erst in diesem Augenblick habe ich von der Kalamität erfahren, Sir.»

«Das ist wahr. Hab ich vergessen. Haben Sie heute morgen schon mit Miss Stoker sprechen können?»

«Nein, Sir.»

«Also ich halte das nicht für sehr sinnvoll, daß Sie nach Chuffnell Hall gehen und auf Chuffy einreden. Ich habe mir die Sache sehr genau überlegt, Jeeves, und für mich ist es sonnenklar, daß Miss Stoker diejenige ist, der man zureden muß. Sie braucht jetzt die richtige Ansprache, die vernünftige Erklärung, die sie überzeugt – mit einem Wort: die gute alte Honig-Tour. Chuffy hat sie in dieser Nacht tief verletzt, und wir haben alle Hände voll zu tun, um das wiedergutzumachen. Was Chuffy anlangt, ist die Sache viel einfacher. Würde mich nicht wundern, wenn er jetzt schon in sich gegangen wäre und verzweifelt bereute, daß er sich wie ein Hackklotz benommen hat. Wenn er in aller Ruhe nachdenken kann, dauert's höchstens einen Tag, bis er eingesehen hat, daß er dem Mädchen unrecht tat. Mit ihm rechten zu wollen wäre reine Zeitverschwendung. Man muß ihn in Ruhe lassen, die Natur heilt seine Wunden. Am besten gehen Sie gleich wieder zur Jacht zurück und werden am anderen Ende der Leitung tätig.»

«Ich kam keineswegs mit der Absicht an Land, mit Seiner Lordschaft Zwiesprache zu halten, Sir. Ich muß abermals wiederholen, Sir, daß mir bis zu Ihrer erhellenden Darstellung von einem Zerwürfnis nichts bekannt gewesen war. Der Grund meines Herkommens ist ein Brief von Mr. Stoker, den ich Ihnen aushändigen soll.»

Das verdutzte mich. «Ein Brief?»

«Dieser hier, Sir.»

Ich machte ihn auf, immer noch baß verwundert, und las ihn. Hinterher war mir die Sache auch nicht klarer.

«Sehr merkwürdig, Jeeves.»

«Sir?»

«Eine Einladung, Jeeves.»

«Tatsächlich, Sir?»

«Tatsächlich. Lädt mich zum Schmaus ein. ‹Lieber Mr. Wooster›, schreibt Papa Stoker, ‹wäre wahnsinnig geschmeichelt, wenn Sie heute abend an Bord kämen, um ein paar alte Salatblätter mit mir zu verputzen, ganz informell, ohne Abendanzug.› Das schreibt er nicht wörtlich so, Jeeves, ich fasse nur zusammen. Finde ich aber sehr sonderbar.»

«Unverhofft, Sir, wenn Sie mir die Bemerkung erlauben.»

«Ich habe Ihnen noch gar nicht erzählt, daß sich unter meinen nächtlichen Besuchern auch ebendieser Stoker befand. Er kam hereingeschnaubt, brüllte, seine Tochter sei hier, und suchte das Haus ab.»

«Tatsächlich, Sir?»

«Natürlich fand er keine Tochter, denn die war schon längst auf dem Rückmarsch zur Jacht, und da dämmerte es ihm allmählich, daß er sich benommen hatte wie ein Simpel ersten Ranges. In Sack und Asche ging er fort. Stellen Sie sich vor, der Mann sprach zum Schluß sogar in höflichem Tone mit mir, und ich hätte ein Vermögen drauf verwettet, daß er nicht mal wüßte, wie man das macht. Aber das ist noch keine Erklärung für diesen Anfall von Gastfreundlichkeit, daran kann ich nicht glauben.

Heute nacht hat er sich zwar entschuldigt, aber das macht ihn doch noch nicht zum Kumpel. Durch nichts gab er zu erkennen, daß dies der Beginn einer Herzensfreundschaft sein soll.»

«Ich glaube, Sir, eine Unterhaltung mit diesem Herrn in der Frühe könnte es ermöglicht haben...»

«Ah! Sie waren es also, der für Bertrams Gefolge neue Anhänger warb?»

«Gleich nach dem Frühstück, Sir, hat Mr. Stoker nach mir geschickt und sich erkundigt, ob ich nicht schon einmal in Ihren Diensten gestanden hätte. Er habe so eine Ahnung, sagte er, als ob er mich in Ihrer New Yorker Wohnung gesehen hätte. Ich bejahte seine Frage, worauf er mich in Hinblick auf gewisse Ereignisse in der Vergangenheit ausführlich befragte.»

«Über die Katzen im Schlafzimmer?»

«Und die Sache mit der Wärmflasche.»

«Und über den geklauten Hut?»

«Und die Rutschpartie über die Dachrinne, Sir.»

«Und Sie...?»

«Ich erklärte ihm, daß Sir Roderick Glossop die Dinge sehr voreingenommen betrachtet habe, und beleuchtete dann die Hintergründe der Geschehnisse.»

«Und er...?»

«Schien angenehm berührt, Sir. Es muß ihm in den Sinn gekommen sein, daß er Sie falsch eingeschätzt hat. Er meinte, er hätte eigentlich wissen müssen, daß jedes Wort aus dem Munde Sir Rodericks gelogen sei, aber er nannte den Herrn nicht namentlich, sondern sprach nur von einem alten, glatzköpfigen, räudigen Sohn von irgend etwas, was meiner Erinnerung im Augenblick entfallen ist. Und es war wohl kurz nach dieser Unterhaltung, wenn mein Gedächtnis mich nicht trügt, daß er diese Einladung zum Abendessen verfaßte.»

Ich hatte meine Freude an meinem Ehemaligen. Wenn Bertram Wooster den alten Vasallengeist in seinen schönsten Formen bemerkt, dann nimmt er ihn mit Wohlwollen zur Kenntnis und drückt sein Wohlwollen auch aus.

«Danke sehr, Jeeves.»

«Aber ich bitte Sie, Sir.»

«Das haben Sie gut gemacht. Wenn man die Sache nur aus einem bestimmten Blickwinkel betrachtet, wäre es völlig gleichgültig, ob Papa Stoker mich für plemplem hält oder nicht. Ich will damit sagen, wenn so ein Bursche durch Bande des Blutes aufs engste verbunden ist mit einem Mann, dem es liebe Gewohnheit war, auf seinen Händen zu gehen, dann ist er wohl kaum dazu berechtigt, sich in Fragen geistiger Gesundheit aufzuwerfen zum... zum...»

«*Arbiter elegantiarum*, Sir?»

«Jawohl! Infolgedessen kümmert es mich nicht, aus ebendiesem Blickwinkel heraus, was der alte Stoker von meinem Oberstübchen hält. Da zuckt unsereins nur die Achsel. Doch davon abgesehen, muß ich zugeben, daß ich die Sinnesänderung dieses Mannes begrüße. Sie kommt zur rechten Zeit. Ich nehme seine Einladung an. Ich betrachte sie als... als...»

«*Amende honorable*, Sir?»

«Ich wollte sagen: als einen Ölzweig.»

«Oder auch Ölzweig. Die beiden Ausdrücke sind praktisch synonym. Die französische Bezeichnung, die öffentliche Abbitte also, erschiene mir vielleicht als die treffendere, insofern als darin eine gewisse Zerknirschung und ein Verlangen nach Wiedergutmachung mitschwingt. Wenn Sie indessen dem Terminus ‹Ölzweig› den Vorzug geben, Sir, so verwenden Sie ihn bitte unter allen Umständen.»

«Ich danke Ihnen, Jeeves.»

«Aber ich bitte Sie, Sir.»

«Sie wissen vermutlich, daß ich jetzt den Faden verloren habe?»

«Ich bitte um Verzeihung, Sir. Ich hätte Sie nicht unterbrechen dürfen. Meiner Erinnerung zufolge vermerkten Sie gerade, daß Sie gewillt seien, Mr. Stokers Einladung anzunehmen.»

«Richtig. Nun gut, ich werde also seine Einladung annehmen, ob als Ölzweig oder *amende honorable* ist völlig unerheblich und in jeder verdammten Hinsicht ohne Bedeutung, Jeeves...»

«Jawohl, Sir.»

«Und wollen Sie wissen, warum ich die Einladung annehme? Weil sie mir die Möglichkeit gibt, Miss Stoker zu treffen und Chuffys Sache zu vertreten.»

«Ich verstehe, Sir.»

«Einfach wird das zwar nicht sein. Ich weiß auch noch nicht, wie ich vorgehen soll.»

«Wenn ich mir eine Anregung gestatten darf, Sir, so würde ich denken, daß die junge Dame höchst zufriedenstellend auf die Nachricht reagieren würde, daß der Gesundheitszustand Seiner Lordschaft ein schlechter ist.»

«Der Mann ist putzmunter, und das weiß sie genau.»

«Völlig geschwächt, seit sie ihn verlassen hat. Seine Lordschaft ist abgehärmt und gramgebeugt.»

«Ha! Ich begreife. Im Innersten zerrissen, wie?»

«Genau, Sir.»

«Erwägt Auslöschung seiner selbst?»

«Sie sagen es, Sir.»

«Sie meinen, ihr weiches Herz würde schmelzen?»

«Durchaus vorstellbar, Sir.»

«Dann ist das meine Marschroute. Ich sehe gerade, Abendessen um sieben Uhr. Ein bißchen früh, wie?»

«Ich vermute, daß die Zeit mit Rücksicht auf Master Dwight festgesetzt worden ist. Es dürfte sich um die Geburtstagsfeier handeln, von der ich Ihnen gestern schon berichtet habe.»

«Ja natürlich. Und hinterher unterhält uns die Schwarzen-Kapelle. Die kommt doch, nehme ich an?»

«Jawohl, Sir. Die Schwarzen sind bestellt.»

«Ob es da wohl einen Weg für mich gibt, mit dem Banjospieler ein Wörtchen zu wechseln? Es gibt da so ein paar interessante Sachen in seiner Technik, und da hätte ich gern seinen Rat.»

«Das wird sich sicher machen lassen, Sir.»

Er sagte das mit einer gewissen Zurückhaltung, und man konnte ihm richtig ansehen, daß er fürchtete, die Unterhaltung könnte eine Wendung nehmen, die ihm peinlich wäre. So eine Art Finger in der Wunde, gewissermaßen. Nun, in solchen Fällen ist es nach meiner Erfahrung immer das beste, offen und direkt zu sein.

«Ich mache sehr schöne Fortschritte mit dem Banjolele, Jeeves.»

«Tatsächlich, Sir?»

«Soll ich Ihnen mal etwas vorspielen? Zum Beispiel ‹What is this thing called love›?»

«Nein, Sir.»

«Sie bleiben bei Ihrer Meinung, was das Instrument betrifft?»

«Jawohl, Sir.»

«Na schön. Ein Jammer, daß wir in dieser Angelegenheit nicht übereinstimmen.»

«Jawohl, Sir.»

«Da kann man nichts machen. Doch deswegen kein Groll.»

«Nein, Sir.»

«Aber schade ist es doch.»

«Sehr schade, Sir.»

«Also, dann sagen Sie dem alten Stoker, daß ich um sieben aufkreuzen werde, frisch gewaschen, geschniegelt und gekämmt.»

«Jawohl, Sir.»

«Oder soll ich ein kleines, höfliches Briefchen schreiben?»

«Nein, Sir. Mir wurde aufgetragen, Ihre mündliche Antwort entgegenzunehmen.»

«Also dann los.»

«Sehr wohl, Sir.»

Punkt sieben setzte ich meinen Fuß aufs Deck und drückte einem Argonauten, der gerade vorbeikam, meinen Hut und Staubmantel in die Hand. Ich war mit gemischten Gefühlen an Bord gekommen, denn zwei Seelen rangen in der Wooster-Brust. Einerseits hatte der scharfe Ozon von Chuffnell Regis mir Appetit gemacht, und ich wußte noch aus New York, daß J. Washburn Stoker stets ein großzügiger Gastgeber war. Andererseits verließ mich in seiner Gesellschaft immer, was man mit dem Begriff «heitere Gemütsruhe» umreißen könnte. Man kann es auch so formulieren: Der Wooster im Fleische sah dem Mahle froh und gewässerten Mundes entgegen, während seine geistigen Bestandteile leicht schaudernd zurückwichen.

Nach meiner Erfahrung gibt es zwei Arten von Amerikanern im Seniorenalter. Die eine Sorte, wacker, massig und mit Hornbrille auf der Nase, ist der Inbegriff herzlicher Kameradschaftlichkeit. So ein Mann heißt einen willkommen wie seinen Lieblingssohn, setzt den Cocktail-Shaker schon scheppernd in Bewegung, bevor man überhaupt weiß, wo man ist, läßt einen mit breitem Lachen und schweren Schlägen auf den Rücken ein paar Gläser kippen und erzählt einem in irischem Dialekt eine Geschichte von Pat und Mike; ein Mann, der das Leben in vollen Zügen genießt. Mit einem Wort: ein Lebenskünstler.

Die andere Sorte, mit viereckigem Unterkiefer und einer Vorliebe, den Mitmenschen mit eisigen Blicken zu durchbohren, betrachtet den englischen Vetter mit mißtrauischer Unruhe. Von Schalkhaftigkeit ist hier keine Spur. Diese Sorte grübelt. Ist wortkarg. So ein Mann zieht den Atem ein mit einem schmerzlichen Zug um den Mund. Und wann immer sein Blick einen trifft, dann ist es so, als ob man in einen Schwarm von Quallen taumelt. Von diesem letzteren Verein war J. Washburn Stoker sein Leben lang der stellvertretende Vorstandsvorsitzende.

Deswegen war ich äußerst erleichtert, als ich ihn an diesem Abend ziemlich abgemildert vorfand. Umgänglichkeit war seine Sache wirklich nicht, doch vermittelte er unverkennbar den Eindruck, daß er sich im Rahmen seiner Möglichkeiten einer gewissen Umgänglichkeit anzunähern bemühte.

«Sie haben sicher nichts gegen ein kleines Abendessen im Familienkreis einzuwenden?» fragte er nach dem Händeschütteln.

«Bestimmt nicht. Übrigens sehr liebenswürdig von Ihnen, mich dazu einzuladen», antwortete ich, um ihm in hofmännischer Etikette nicht nachzustehen.

«Nur Sie und Dwight und ich. Meine Tochter liegt im Bett. Sie hat Kopfschmerzen.»

Das war ein Schock. Hatte damit nicht meine ganze Expedition ihren Sinn verloren, fragte ich mich.

«Oh!» sagte ich.

«Ich fürchte, was sie gestern nacht alles unternommen hat, war etwas zuviel für sie», sagte Papa Stoker und hatte dabei wieder diesen komischen Fischblick. Zwischen den Zeilen lesend, vermutete ich aber, daß Pauline wahrscheinlich schmachvoll ohne Abendessen zu Bett geschickt worden war. Der alte Stoker war keiner von diesen neumodisch liberal gesinnten Vätern. Wie ich früher schon Anlaß hatte anzudeuten, hatte er etwas von einem eisenharten, felsenbrüstigen Pilgervater an sich. Kurz, ein Mann, der im Umgang mit seiner Familie auf Zucht und Ordnung hält.

Angesichts des Fischauges hatte ich Mühe, die durch Höflichkeit gebotene Nachfrage in Worte zu fassen.

«Dann sind Sie... ich meine, sie... dann hat sie...?»

«Richtig. Sie haben ganz recht gehabt, Mr. Wooster. Sie war schwimmen gegangen.»

Abermals, während ich sprach, glitzerte es im Fischauge auf. Paulines Sache stand nicht zum besten an diesem Abend, das war deutlich zu sehen. Ich hätte ja gern ein gutes Wort für die kleine Kratzbürste eingelegt. Aber außer der klugen Bemerkung, Mädchen seien eben Mädchen, von der ich Abstand nahm, fiel mir nichts ein.

Doch in diesem Augenblick rief so eine Art Steward zum Essen, und wir gingen hinein.

Ich muß Ihnen gestehen, ich habe manchmal während dieses Abendessens bedauert, daß infolge unüberschaubarer Vorgänge die übrige Gesellschaft von Chuffnell Hall nicht anwesend war. Diese Feststellung wird Sie sicher in Staunen setzen, da Sie zweifellos der Ansicht zuneigen werden, die einzige Vorbedingung, um aus einer Party eine erfolgreiche Party zu machen, sei lediglich, daß Sir Roderick Glossop, die ehrwürdige Witwe Lady Chuffnell samt Sproß Seabury nicht dabei sind. Dennoch beharre ich auf meiner Meinung.

Denn ein unerklärliches Unbehagen hing in der Luft und verwandelte gewissermaßen die Bissen in meinem Munde zu Asche. Hätte ich nicht anerkennen müssen, daß dieser Stoker sich alle Mühe gegeben hatte, um mich an seinen Tisch zu bekommen, dann wäre ich überzeugt gewesen, er hätte mich für ein lästiges

Insekt gehalten. Die meiste Zeit saß er einfach stumpf da und kaute düster schweigend vor sich hin wie jemand, dem irgend etwas schwer auf der Seele liegt. Wenn er aber einmal etwas sagte, dann mit einem ausgesprochen tückischen Unterton, nicht gerade aus dem Mundwinkel heraus, aber doch ziemlich dort in der Nähe.

Ich tat mein Bestes, um das Gespräch in Fluß zu halten. Aber erst, nachdem Klein Dwight den Tisch verlassen hatte und wir uns Zigarren anzündeten, gelang es mir offenbar, ein Thema anzusprechen, das Unterhaltungswert besaß und ihn interessierte.

«Schönes Schiff, das hier», sagte ich.

Zum ersten Mal zuckte eine Spur von Leben über sein Gesicht.

«Sie finden kaum ein besseres.»

«Ich fahre selten auf einer Jacht. Und auf einer so großen Jacht bin ich noch nie gewesen, abgesehen von einem einzigen Mal, das war in Cowes.»

Er paffte seine Zigarre und warf mir einen kurzen Seitenblick zu, bevor er wieder geradeaus starrte. «Hat manchen Vorteil, so eine Jacht.»

«Ganz zweifellos.»

«Menge Platz, um Freunde unterzubringen.»

«Haufenweise.»

«Und wenn sie erst einmal hier sind, dann können sie auch nicht mehr so schnell verschwinden wie an Land.»

Das war ja eine sonderbare Betrachtungsweise. Aber ich kann mir schon vorstellen, daß ein Mann wie Stoker natürlich Schwierigkeiten hat, seine Gäste auch festzuhalten. Der Mann hatte sicher schon schmerzliche Erfahrungen machen müssen. Nun gibt es ja auch kaum etwas, bei dem sich ein Gastgeber so verhohnepipelt vorkommt wie bei einem Gast, den er für längere Zeit eingeladen hat und der sich am zweiten Tag nach dem Mittagessen schon wieder klammheimlich auf die Socken macht.

«Wie wär's mit einem kleinen Rundgang?» fragte er.

«Wunderbar», erwiderte ich.

«Führe Sie gern mal rum. Das ist hier unser Gesellschaftsraum.»

«Aha», sagte ich.

«Zeig Ihnen mal die Kabinen.»

Er stand auf, und wir liefen durch Gänge und über Treppen. Vor einer Tür blieb er stehen, machte sie auf und schaltete das Licht ein. «Das ist eine der größeren Gästekabinen.»

«Hübsch. Sehr hübsch.»

«Gehen Sie doch mal rein und schauen sich um.»

Nun gab es drinnen nichts zu sehen, was ich nicht schon von der Tür aus gesehen hätte, aber in solchen Fällen gehorcht man dem Gesetz der Höflichkeit. Ich tappte also hinein und schlug spielerisch auf das Bett. Und währenddessen fiel die Tür ins Schloß.

Ich fuhr herum. Der alte Stoker war verschwunden. Bißchen komisch, war mein Eindruck. Allerdings schon ziemlich komisch. Ich ging zur Tür und drückte auf die Klinke.

Die blöde Tür war zugeschlossen.

«He!» rief ich.

Keine Antwort.

«He!» sagte ich. «Mr. Stoker?»

Stille, doch diese in riesigen Mengen.

Ich ging zum Bett und setzte mich. Ich hatte das Gefühl, daß es jetzt gründlich nachzudenken galt.

12

Bertram wird angeschmiert

Ich kann nicht behaupten, daß meine Lage mich begeistert hätte. Ich war nicht nur zutiefst verunsichert und völlig unfähig, das Szenario zu durchschauen, sondern darüber hinaus in den Klauen großen Unbehagens. Haben Sie wohl jemals das Buch ‹Die maskierten Sieben› gelesen? Das ist so ein Krimi-Schocker, in dem ein Bursche namens Drexdale Yeats, ein Privatdetektiv, eines Nachts in einem Keller nach Spuren sucht, und kaum hat er auch ein paar entdeckt, als – patsch! – die Falltür mit metallischem Klirren zufällt und auf der anderen Seite jemand hämisch kichert. Einen Moment lang stand sein Herz still – so wie meins. Abgesehen von dem hämischen Gekicher – das allerdings auch Stoker von sich gegeben haben könnte, ohne daß ich es hörte –, war meine Lage mehr oder weniger identisch mit seiner. Genau wie der gute alte Drexdale spürte ich drohendes Unheil auf Katzenpfötchen näherkommen.

Wohlgemerkt, wenn mir dergleichen in einem Landhaus zugestoßen wäre, in dem ich als Gast weilte, und die Hand, die den Schlüssel gedreht hätte, wäre die eines alten Freundes gewesen, so hätte sich das Rätsel alsbald gelöst. So etwas wäre für mich nur ein Beispiel herzhaften Humors. In meinem Freundeskreis sind viele Leute, die es irrsinnig spaßig finden, jemanden in ein Zimmer zu schubsen und hinter ihm die Tür zu verriegeln. Aber im gegenwärtigen Falle schien mir das nicht die richtige Erklärung zu sein. Der alte Stoker hatte nichts Schelmisches an sich. Wie immer man auch dieses fischäugige Monstrum beurteilen mochte, verspielt war es jedenfalls nicht. Wenn Papa Stoker seine Gäste auf Eis zu legen beliebte, dann sicher nur in übelster Absicht.

Kein Wunder also, daß Bertram, auf der Bettkante sitzend und nachdenklich an seiner Zigarre ziehend, die Situation einigermaßen ungemütlich fand. Der Gedanke an Stokers Vetter zweiten Grades, George, überschattete das Gemüt. Umnachtet, das war gar keine Frage. Wer weiß denn, ob nicht die ganze Familie von dieser Umnachtung befallen war? Da war doch nur ein kleiner Schritt, will ich damit sagen, von einem Stoker, der Leute in Kabinen einsperrt, zu einem Stoker mit Sabber vor dem Mund und entmenschtem Blick, der diesen Leuten dann mit einem Hackebeilchen Saures gibt. Ich muß Ihnen wirklich gestehen, als nach einem Klicken die Tür aufging und den Blick auf meinen Gastgeber freigab, da zog sich alles in mir zusammen, und ich war auf das Schlimmste gefaßt.

Doch sein Gebaren ließ mich Zuversicht gewinnen. Er kam mit einem geröteten, aufgedunsenen Gesicht, das ist wahr, aber nicht wie ein reißender Wolf im Schafspelz. Die Augen flackerten nicht, auch hing ihm kein Sabber am Kinn. Er rauchte immer noch seine Zigarre, was mir gleichfalls tröstlich erschien. Ich bin ja noch nie einem blutrünstigen Irren begegnet, aber ich stelle mir vor, bevor er einen anfällt, schmeißt er erst einmal die Zigarre weg.

«Na, Mr. Wooster?»

Ich habe noch nie gewußt, was man auf «Na?» antworten soll, und jetzt wußte ich es auch nicht.

«Ich muß mich entschuldigen, daß ich Sie so plötzlich verlassen habe», fuhr dieser Stoker fort, «aber ich mußte mich um das Konzert kümmern.»

«Ich bin sehr gespannt auf das Konzert», sagte ich.

«Das ist bedauerlich», meinte Papa Stoker. «Denn Sie werden es nicht hören.» Versonnen ließ er seine Augen auf mir ruhen. «Es gab Zeiten, als ich noch jünger war, da hätte ich Ihnen das Genick gebrochen.»

Es war mir sehr unlieb, in welche Bahnen das Gespräch auf einmal abglitt. Ein Mensch ist schließlich so jung, wie er sich fühlt, und wer weiß denn, ob er nicht unvermittelt von so einer Art Johannistrieb gepackt wird und sich einbildet, wieder im Mai seines Lebens zu stehen? Ein Onkel von mir wollte mit seinen sechsundsiebzig Jahren nach dem Genuß von nur einer Flasche guten alten Portweins noch einige Bäume erklettern.

«Hören Sie bitte», sagte ich höflich, aber doch mit meisterlich getarntem Drängen, «ich weiß, daß ich Ihre kostbare Zeit in Anspruch nehme, aber könnten Sie mir vielleicht verraten, um was es hier eigentlich geht?»

«Das wissen Sie nicht?»

«Ich weiß es nicht.»

«Sie ahnen's auch nicht?»

«Ich ahne es auch nicht.»

«Dann fange ich am besten ganz von vorne an. Sie erinnern sich noch an meinen Besuch gestern nacht?»

Ich versicherte ihm, ich würde ihn nie vergessen.

«Ich hatte gedacht, meine Tochter sei bei Ihnen. Ich durchsuchte Ihr Haus. Ich fand sie nicht.»

Ich wedelte großmütig mit der Hand. «Wir machen alle mal Fehler.»

Er nickte. «Ja. Daraufhin ging ich weg. Und wissen Sie, was dann passiert ist, Mr. Wooster? Als ich gerade durch Ihre Gartentür ging, hielt mich Ihr hiesiger Polizeisergeant auf. Er war sehr mißtrauisch.»

Ich wedelte mitfühlend mit der Zigarre. «Mit diesem Voules muß bald etwas geschehen», sagte ich. «Dieser Mensch ist eine Pest. Ich hoffe, Sie haben ihm ordentlich Bescheid gesagt.»

«Keineswegs. Der Mann tat ja nur seine Pflicht. Ich sagte ihm, wer ich bin und wo ich wohne, nämlich auf der Jacht. Als er das hörte, bat er mich, mit auf die Wache zu kommen.»

Das verblüffte mich. «Das ist doch die Höhe! Hat er Sie etwa festgenommen?»

«Nein, er hat mich nicht festgenommen. Er hat mich nur gebeten, jemanden in seinem Gewahrsam zu identifizieren.»

«Eine Frechheit, trotzdem. Wieso kommt dieser Rüpel dazu, Sie mit so etwas zu behelligen? Und wie hätten Sie denn jemanden identifizieren können? Sie, ein Fremder hierzulande und so weiter und so fort.»

«In diesem Fall war es einfach. Die Person in seinem Gewahrsam war zufällig meine Tocher Pauline.»

«Was?»

«Ja, Mr. Wooster. Es war offenbar so, daß dieser Voules gestern nacht in seinem Gärtchen war, das bekanntlich an Ihres angrenzt. Da sah er eine Gestalt aus einem Ihrer unteren Fenster klettern. Er rannte hin und packte diese Person. Es war meine Tochter Pauline. Sie trug einen Badeanzug und darüber einen Mantel von Ihnen. Sie sehen also, Sie hatten ganz recht mit Ihrer Vermutung, sie sei wahrscheinlich schwimmen gegangen.»

Er klopfte sorgfältig die Asche seiner Zigarre ab. Ich brauchte das bei meiner nicht mehr zu tun. «Sie muß also noch bei Ihnen gewesen sein, kurz bevor ich kam. Jetzt verstehen Sie vielleicht, Mr. Wooster, was ich meinte, als ich sagte, in jüngeren Jahren hätte ich Ihnen das Genick gebrochen.»

Ich konnte nichts erwidern. Manchmal kann man nichts erwidern.

«Doch inzwischen bin ich vernünftiger geworden», fuhr er fort. «Ich wähle den leichteren Weg. Ich sage mir, Mr. Wooster ist zwar nicht der Schwiegersohn, den ich mir ausgesucht hätte, doch wenn mir die Hände gebunden sind, dann kann ich nichts daran ändern. Immerhin sind Sie zum Glück nicht der idiotische Quatschkopf, für den ich Sie gehalten hatte. Ich habe mir sagen lassen, daß all die Geschichten, derentwegen ich einmal Ihr Verlöbnis mit Pauline in New York auflöste, auf Unwahrheit beruhen. Wir knüpfen also dort wieder an, wo wir vor drei Monaten waren, und betrachten Paulines Brief als nicht geschrieben.»

Man kann nicht zurückweichen, wenn man auf einer Bettkante sitzt. Sonst hätte ich es mit Wonne getan. Ich hatte das Gefühl, eine unsichtbare Faust wäre mir mit aller Wucht in die Magengrube gefahren.

«Wollen Sie damit sagen … ?»

Er sah mir genau in die Augen. Es war ein schauerlicher Blick, eisig kalt und zugleich heiß, wenn Sie wissen, was ich meine, und er fuhr so schneidend durch mich hindurch, daß ich den Faden verlor.

«Ich setze voraus, daß Sie meine Tocher heiraten wollen.»

Na ja, natürlich ... das heißt, Himmel noch mal ... ja was soll man denn auf so eine Bemerkung antworten? Alles, was ich noch hervorbringen konnte, war ein tonloses «Oh, ah!»

«Ich bin nicht ganz sicher, ob ich die Bedeutung Ihres Beitrags ‹Oh, ah!› präzise erfasse», sagte er, und da frage ich mich doch, ob Ihnen dabei nicht etwas Seltsames auffällt. Ich möchte darauf aufmerksam machen, daß dieser Mann nur etwa vierundzwanzig Stunden lang in den Genuß von Jeeves' Gegenwart gekommen war, und schon hatte das auf seine Sprache abgefärbt. Jeeves hätte vielleicht höchstens «exakt» statt «präzise» gesagt und hie und da ein «Sir» eingestreut. Aber so etwas zeigt sich eben sofort. Dabei fällt mir der junge Catsmeat Potter-Pirbright ein, den hatte ich einmal eine Woche lang bei mir in der Wohnung gehabt, und am zweiten Tag sprach der doch schon von der «Auslotung potentieller Entfaltungsmöglichkeiten eines Menschen». Dabei war Catsmeat früher einer von diesen Typen, die sich immer totlachten, wenn man ihnen versicherte, es gebe auch Wörter mit mehr als zwei Silben. Aber wie gesagt, es zeigt sich eben sofort.

Wo war ich stehengeblieben?

«Ich bin nicht ganz sicher, ob ich die Bedeutung Ihres Beitrags ‹Oh, ah!›, präzise erfasse», sagte dieser Stoker, «doch nehme ich an, das ist Ihre Art, ja zu sagen. Ich will nicht so tun, als wäre ich vor Freude außer mir, aber man kann nicht alles haben. Wie denken Sie über die Dauer einer Verlobung, Mr. Wooster?»

«Dauer einer Verlobung?»

«Sollte sie eher kürzer oder eher länger sein?»

«Nun ...»

«Kürzer wäre mir lieber. Ich möchte diese Hochzeit so bald wie möglich ansetzen. Ich werde noch klären, wie schnell so etwas machbar ist auf dieser Seite des Ozeans. Soviel ich weiß, kann man in diesem Land nicht einfach zum nächsten Pfarrer gehen wie bei uns. Es gibt Formalitäten. Während wir uns darum kümmern, sind Sie selbstverständlich mein Gast. Ich kann Ihnen leider nicht den Auslauf auf dem ganzen Schiff anbieten, Sie sind ein ziemlich gerissener junger Mann und sind imstande, sich plötzlich eine Verabredung einfallen zu lassen, irgendein entscheidendes Treffen, das Ihre Anwesenheit irgendwo anders erforderlich macht. Aber ich werde alles tun, um Ihnen den Aufenthalt hier in diesem Zimmer in den nächsten paar Tagen so gemütlich wie möglich zu machen. Dort im Regal stehen Bücher – ich nehme an, Sie können lesen –, und auf dem Tisch sind Zigaretten. Ich schicke Ihnen nachher meinen Diener, der bringt Ihnen einen Pyjama und was Sie so brauchen. Und jetzt wünsche ich Ihnen gute Nacht, Mr. Wooster, ich muß zurück zum Konzert. Ich kann doch nicht fernbleiben, wenn mein Sohn Geburtstag feiert, nicht wahr? Selbst wenn ich deswegen auf das Vergnügen einer Unterhaltung mit Ihnen verzichten muß, nicht wahr?»

Er verschwand durch die Tür, und ich war allein.

Der Zufall will es, daß ich früher schon zweimal auf meinem Lebensweg erfahren mußte, wie es ist, wenn man in einer Zelle eingesperrt ist und hört, wie sich große Schlüssel in großen Schlössern drehen. Das erste Erlebnis dieser Art hatte Chuffy ja schon kurz gestreift, das war, als ich gezwungenermaßen dem Friedensrichter versichern mußte, ich sei einer der Plimsolls aus West Dulwich. Das andere Mal – und wunderlicherweise geschah es jedesmal bei der Siegesfeier nach einer Regatta – hatte ich mich mit einem alten Freund, Oliver Sipperley, zusammengetan, um einen Polizeihelm als Souvenir zu schnappen, und wir entdeckten zu spät, daß in dem Helm schon jemand drinsteckte, nämlich ein Polizist. In beiden Fällen landete ich hinter Gittern, und eigentlich müßte man annehmen, so ein alter Knastbruder wie ich hätte sich inzwischen ans Kittchen gewöhnt.

Aber das gegenwärtige Abenteuer war etwas ganz anderes. Vorher hatte ich immer nur eine mäßige Geldstrafe zu gewärtigen. Aber diesmal flackerte vor meinen müden Augen in Flammenschrift das Wörtchen «lebenslänglich». Ein oberflächlicher Beobachter, Paulines überwältigende Schönheit vor Augen und darüber in Kenntnis gesetzt, sie sei die Erbin von über fünfzig Millionen Piepen, hätte sicherlich meine Verzweiflung angesichts der Aussicht, sie heiraten zu müssen, für etwas übertrieben gehalten. So ein Beobachter hätte sich bestimmt gedacht, meine Sorgen möchte er haben. Tatsache aber bleibt, daß ich mich in Seelenqualen wand, und das nicht zu knapp. Aber ganz abgesehen davon, daß ich Pauline Stoker nicht heiraten wollte, war da nun noch die weitere Belastung, daß sie mich ja gleichfalls nicht heiraten wollte, wie ich ziemlich genau zu wissen glaubte. Sie hatte Chuffy vielleicht bei ihrem Streit heruntergeputzt, daß es nur so knallte, und dennoch war ich überzeugt, daß tief in ihrem Herzen die alte Liebe für Chuffy immer noch glimmte und daß es nur geringer Korkenzieherarbeit bedurfte, um sie an den Tag zu bringen. Auch Chuffy, der verbissen in die Nacht hinausgeschritten war, liebte sie trotz Treppensturz sicher noch genauso wie vorher. Wenn man nun alle Argumente gegeneinander abwog, so lief das Ganze darauf hinaus, daß eine eheliche Verbindung von Pauline und Bertram nicht nur mich in eine klaftertiefe Patsche versenkte, sondern darüber hinaus der armen Pauline und einem alten Schulfreund das Herz brechen würde. Wenn das noch nicht reicht, daß sich einer in Seelenqualen windet, dann weiß ich nicht, was sonst.

Nur ein Lichtstrählchen leuchtete schwach in der Finsternis, nämlich daß der alte Stoker angekündigt hatte, er werde seinen Diener mit einigen Übernachtungsutensilien vorbeischicken. Möglicherweise fand Jeeves einen Ausweg. Wie aber selbst ein Mann wie Jeeves imstande sein wollte, mich aus diesem Schlamassel zu befreien, das überforderte meine Phantasie. Mit der niederdrückenden Gewißheit, daß jeder Buchmacher jetzt, ohne eine Sekunde zu zögern, hundert zu eins gegen meine Rettung ansetzen würde, rauchte ich meine Zigarre zu Ende und warf mich aufs Bett. Ich zupfte noch an der Bettdecke herum, als die Tür sich öffnete und ein respektvolles Hüsteln mir kundtat, daß Jeeves unter uns weilte. Er hatte den Arm voller Textilien verschiedener Art, die er über einen Stuhl breitete. Danach sah er mich ernst an mit einem Ausdruck, den ich wohl am treffendsten mit «Erbarmen» umreiße.

«Mr. Stoker hat mir aufgetragen, Ihnen einen Schlafanzug zu bringen.»

Ein ächzender Laut entrang sich meiner Brust. «Nicht Schlafanzüge sind es, die ich brauche, sondern die Schwingen einer Taube. Jeeves, sind Sie vertraut mit den neuesten Entwicklungen?»

«Jawohl, Sir.»

«Wer hat Sie informiert?»

«Mein Informant war Miss Stoker, Sir.»

«Sie haben mit ihr gesprochen?»

«Jawohl, Sir. Sie enthüllte mir in großen Zügen Mr. Stokers Pläne.»

Da sah ich einen Hoffnungsschimmer, den ersten seit Beginn dieser alptraumhaften Geschichte, und er wärmte mir das Herz.

«Jeeves! Jetzt wird mir etwas klar. Es steht ja gar nicht so schlecht, wie ich dachte.»

«Wirklich nicht, Sir?»

«Nein. Sehen Sie das denn nicht? Ist ja schön und gut, wenn der alte Stoker so daherredet, so mir nichts, dir nichts, so...»

«Zungenfertig, Sir?»

«Leichtfertig.»

«Zungenfertig oder leichtfertig, Sir, bitte, wie Sie es wünschen.»

«Ist ja schön und gut, wenn der alte Stoker mit leichtfertiger Zungenfertigkeit daherredet, daß er uns verheiraten will. Aber das kann er ja gar nicht, Jeeves, wenn Miss Stoker sich auf die Hinterbeine stellt und einfach nicht mitspielt. Jeeves, man kann ein Pferd zum Altar führen, aber man kann es nicht zum Trinken zwingen.»

«In der Unterhaltung, die ich kürzlich mit der jungen Dame führte, wurde mir nicht der Eindruck zuteil, daß sie etwa der vorgesehenen Regelung abgeneigt wäre.»

«Was?»

«Wirklich, Sir. Sie erschien mir, wenn Sie gestatten, resigniert und voller Trotz.»

«Beides auf einmal geht doch nicht.»

«Doch, Sir. Miss Stokers Einstellung war zum Teil bestimmt von großer Teilnahmslosigkeit, so als hätte sie das Gefühl, alles sei sinnlos, doch war sie wohl auch, wie ich vermuten darf, stark beeindruckt von der Vorstellung, daß sie vermittels einer Eheschließung mit Ihnen Seiner Lordschaft eine gehörige Kränkung zufügen könnte.»

«Eine Trotzreaktion?»

«Jawohl, Sir.»

«Um ihm eins auszuwischen?»

«Genau, Sir.»

«Was für eine idiotische Idee. Das Mädchen ist doch verrückt.»

«Die weibliche Psyche ist zugegebenermaßen ein merkwürdig Ding, Sir. Wie der Dichter Pope schon beschrieb...»

«Lassen Sie Pope aus dem Spiel, Jeeves.»

«Jawohl, Sir.»

«Es gibt Zeiten, da will man alles über den Dichter Pope hören, und Zeiten, da will man das nicht.»

«Sehr wahr, Sir.»

«Der springende Punkt ist, ich bin geliefert. Wenn das ihre Einstellung ist, kann mich nichts mehr retten. Jeeves, ich bin verloren.»

«Jawohl, Sir. Es sei denn...»

«Es sei denn?»

«Nun, Sir, es ist die Frage, ob es nicht insgesamt gesehen besser wäre, allem Ungemach und aller Peinlichkeit dadurch aus dem Wege zu gehen, daß Sie einfach der Jacht den Rücken kehrten.»

«Was?»

«Den Rücken kehrten, Sir.»

«Ich weiß, Sie sagten: ‹Rücken kehrten›, und ich sagte: ‹Was?›», fuhr ich fort, und meine Stimme fing an, ein wenig zu beben. «Jeeves, das ist doch sonst nicht Ihre Art, in kritischen Situationen wie ein Narr herumzulaufen und verworrenes Zeug von sich zu geben. Wie zum Teufel soll ich der Jacht den Rücken kehren?»

«Das ließe sich ohne weiteres arrangieren, Sir, wenn Sie einverstanden wären. Sie müßten allerdings eine kleine Unannehmlichkeit in Kauf nehmen.»

«Jeeves», sagte ich, «ich mache alles, außer mich durchs Bullauge zu zwängen, was sowieso unmöglich ist. Ich werde jede Unannehmlichkeit der Welt in Kauf nehmen, wenn sie nur dazu führt, daß ich von dieser Galeere runterkomme und wieder Fuß fassen kann auf Terra firma.» Ich hielt inne und betrachtete ihn mit Bangnis. «Oder machen Sie nur Wind? Haben Sie wirklich einen Plan?»

«Jawohl, Sir. Ich habe nur deshalb gezögert, Ihnen denselben zu unterbreiten, weil ich fürchtete, Sie könnten der Vorstellung, Ihr Gesicht mit Schuhwichse einzuschmieren, vielleicht ablehnend gegenüberstehen.»

«Was?»

«Korkenruß wäre in diesem Fall nicht ratsam, Sir, denn der Faktor Zeit ist von eminenter Tragweite.»

Ich drehte mein Gesicht zur Wand. Das war das Ende.

«Gehen Sie, Jeeves», sagte ich. «Sie haben zuviel getrunken.»

Ich weiß nicht, ob dieser Stich, der mich durchfuhr, schmerzlicher noch als meine Seelenqualen und die entsetzliche Lage, in der ich mich befand, nicht vielleicht die Folge meiner plötzlichen Einsicht war, daß mein ursprünglicher Verdacht sich nun bewahrheitet hatte: Nach all diesen Jahren war dieses grandiose Gehirn außer Kontrolle geraten. Ich hatte zwar taktvollerweise das dumme Geschwätz von Korkenruß und Schuhwichse als den Ausfluß einer angeheiterten Verfassung hingestellt, doch in meinem Herzen war ich überzeugt, daß der arme Kerl den Verstand verloren hatte.

Er hüstelte. «Erlauben Sie mir, das zu erklären, Sir. Die Musikanten sind dabei, ihre Darbietung zu beenden, und werden alsbald von Bord gehen.»

Ich fuhr hoch. Neue Hoffnung dämmerte auf, und die Reue nagte an mir wie ein Bulldoggenbaby an einem Gummiknochen bei dem Gedanken, ich hätte dem Manne unrecht getan. Schon erkannte ich im Umriß, was dieses gigantische Gehirn ausgebrütet hatte.

«Sie meinen ...»

«Ich habe hier ein Döschen Schuhwichse, Sir, das ich vorsorglich mitgebracht habe. Es wäre kein schwieriges Unterfangen, Ihr Gesicht und Ihre Hände in einer Weise anzuschmieren, daß im Falle einer Begegnung Mr. Stoker den Eindruck haben müßte, Sie gehörten zu dieser Truppe negroider Unterhalter.»

«Jeeves!»

«Mein Vorschlag, den ich Ihnen vortragen möchte und den Sie gütigerweise akzeptieren müßten, wäre folgender: Wir warten ab, bis diese schwarzhäutigen Individuen das Schiff verlassen haben. Ich würde dann den Kapitän informieren, daß einer derselben, ein Freund von mir, noch hier verweilt hat, um mit mir zu plaudern, und infolgedessen das Motorboot zum Kai versäumt hat. Ich hege keinen Zweifel, daß er mir die Erlaubnis erteilen wird, Sie in einem der kleineren Beiboote an Land zu rudern.»

Es verschlug mir die Sprache. Jahre intimsten Zusammenlebens, die Erinnerung an seine vielen Geniestreiche in der Vergangenheit, das Wissen, daß er sich hauptsächlich von Fisch ernährte, wobei er sein Gehirn bis an die Grenze menschlichen Fassungsvermögens mit Phosphor angereichert hatte, all das war noch nicht genug gewesen, um mich auf eine solche übermenschliche Leistung gefaßt zu machen.

«Jeeves», brachte ich hervor, «ich habe es schon so oft aus gutem Grund gesagt, und ich sage es abermals: Sie sind einzigartig.»

«Ich danke Ihnen, Sir.»

«Doch du, Liebling Apolls, der Sterblichen weiser Gefährte...»

«Ich bin nur bestrebt, Sir, Ihnen dienlich zu sein.»

«Glauben Sie, es klappt?»

«Jawohl, Sir.»

«Das Unternehmen ist durch Ihre persönliche Garantie gedeckt?»

«Jawohl, Sir.»

«Und Sie haben das Zeug dabei?»

«Jawohl, Sir.»

Ich warf mich in den Stuhl und reckte das Wooster-Antlitz himmelwärts. «Schmieren Sie», sagte ich, «schmieren Sie, Jeeves, schmieren Sie nach Herzenslust und hören Sie nicht auf zu schmieren, bis der Augenschein Ihnen sagt, es sei genug geschmiert.»

13

Ein Diener schlägt über die Stränge

Ich möchte einmal feststellen, daß ich, ganz allgemein gesprochen, bestimmte Geschichten nicht leiden kann, in denen der Erzähler leichtfüßig von Höhepunkt zu Höhepunkt springt und es Ihnen überläßt, sich selber nach Maßgabe Ihrer Fähigkeiten auszudenken, was immer zwischendrin passiert. Ich meine damit diese Art von Geschichten, in denen der Held am Ende von Kapitel zehn in einer unterirdischen Mördergrube festsitzt und sich gleich zu Anfang in Kapitel elf als witziger, spritziger Mittelpunkt bei einem Empfang in der spanischen Botschaft erweist. In eigener Sache heißt das, ich müßte Ihnen jetzt eigentlich an diesem Punkt der Entwicklung in allen Einzelheiten schildern, wie ich auf sicherem Boden wieder in Freiheit kam.

Doch wenn ein gewiefter Taktiker wie Jeeves eine Sache in die Hand nimmt, ist das alles ziemlich überflüssig. Die reine Zeitverschwendung. Wenn Jeeves es sich in den Kopf setzt, jemanden von Punkt A zu Punkt B zu befördern, sagen wir, aus einer Schiffskabine an die Uferstelle, die vor dem betreffenden Landhäuschen liegt, dann tut er das einfach. Keine Schwierigkeiten. Keine Probleme. Keine Panik. Keine Unruhe. Keine besonderen Vorkommnisse. Ich will nur damit sagen, man greift sich das erste beste Schuhwichsdöschen, schmiert sich das Gesicht an, schlendert an Deck, geht lässig die Gangway hinab, winkt noch einmal der Mannschaft, die möglicherweise am Geländer lehnt, spuckt ins Wasser, steigt ins Boot und ist etwa zehn Minuten später am Ziel, betritt das Festland und schnuppert in die frische Luft. Eine saubere Arbeit.

Ich sagte das auch Jeeves, als wir das Boot festmachten, und er meinte, es sei außerordentlich freundlich, das auszusprechen.

«Keineswegs, Jeeves», sagte ich. «Ich wiederhole: ein sauberes Stück Arbeit, das Ihnen hoch anzurechnen ist.»

«Vielen Dank, Sir.»

«Ich danke Ihnen, Jeeves. Und was jetzt?»

Wir hatten die Anlegestelle hinter uns gelassen und standen nun auf der Straße, die an meinem Gartentor vorbeiführte. Alles war still. Die Sterne funkelten. Nicht einmal ein Zeichen von Polizeisergeant Voules oder Constable Dobson. Man könnte sagen, Chuffnell Regis schlief wie ein Dornröschenschloß. Aber als ich auf meine Uhr sah, mußte ich erkennen, es war erst ein paar Minuten nach neun. Ich weiß noch, wie ich förmlich zusammenfuhr. Nach all diesen schrecklichen Turbulenzen, nach den Folterqualen, die mein Geist durchlitten hatte, wenn ich das mal so sagen darf, hatte ich das Gefühl, es müßte eigentlich schon viel später sein; es hätte mich nicht überrascht, wenn es schon ein Uhr nachts gewesen wäre.

«Und jetzt, Jeeves?» fragte ich.

Ich sah ein subtiles Lächeln über seine feinen Züge gleiten. Das verdroß mich. Ich war dem Mann natürlich dankbar, daß er mich vor einem Schicksal, schlimmer als der Tod, errettet hatte, aber bei solchen Sachen muß man auf der Stelle einen Riegel vorschieben. Ich warf ihm einen meiner Blicke zu.

«Was erregt Ihre Heiterkeit, Jeeves?» fragte ich kühl.

«Ich bitte um Vergebung, Sir. Es war nicht meine Absicht, einer gewissen Belustigung Raum zu geben, doch konnte ich nicht umhin, Ihre Erscheinung in gewisser Weise ergötzlich zu finden. Sie wirken irgendwie ausgefallen, Sir.»

«Die meisten Leute wirken irgendwie ausgefallen, wenn sie mit Schuhwichse bedeckt sind, Jeeves.»

«Jawohl, Sir.»

«Stellen Sie sich Greta Garbo vor!»

«Jawohl, Sir.»

«Oder den Premierminister.»

«Sehr wahr, Sir.»

«Also ersparen Sie mir Ihre persönlichen Kommentare und beantworten Sie meine Frage.»

«Ich fürchte, es ist mir entfallen, was Sie mich fragten, Sir.»

«Die Frage war und ist: Was jetzt?»

«Erwarten Sie von mir eine Anregung hinsichtlich Ihrer nächsten Schritte, Sir?»

«Genau das.»

«Ich würde raten, Sir, daß Sie sich in Ihr Landhaus begeben und sich dort gründlich reinigen.»

«So weit, so gut. Daran habe ich schon selbst gedacht.»

«Danach, wenn Sie mir den weiterführenden Vorschlag erlauben, Sir, fände ich es opportun, wenn Sie den nächsten Zug nach London bestiegen.»

«Sehr vernünftig.»

«Einmal in London, Sir, hielte ich dafür, daß Sie den Besuch einer Großstadt auf dem Kontinent erwögen, eventuell Paris oder Berlin, vielleicht auch Italien.»

«Oder das sonnige Spanien?»

«Jawohl, Sir. Warum nicht auch Spanien?»

«Oder Ägypten?»

«Sie würden Ägypten in dieser Jahreszeit vielleicht ein wenig warm finden, Sir.»

«Nicht halb so warm wie in England, wenn Papa Stoker die Verbindung wiederherstellen sollte.»

«Sehr wahr, Sir.»

«Ein Berserker, der Mann, Jeeves. Ein Bulle. Ein Kerl, der Glas frißt. Der schlägt sich lieber einen Nagel ins Genick, als daß er einen Kragenknopf benutzt.»

«Mr. Stoker ist unbezweifelbar eine kraftvolle Persönlichkeit, Sir.»

«Weiß der liebe Himmel. Ich denke noch daran, wie ich früher mal Sir Roderick Glossop für einen Menschenfresser gehalten habe. Und sogar meine Tante Agatha. Aber die verblassen im Vergleich, Jeeves. Verblassen ganz entschieden. Das bringt mich übrigens auf Ihre Stellung. Haben Sie die Absicht, wieder an Bord zu gehen und mit diesem Riesenpopel weiter Umgang zu pflegen?»

«Nein, Sir. Es ist vorauszusehen, daß Mr. Stoker mich nicht

mit offenen Armen empfangen wird. Einem Herrn von seiner Intelligenz wird es bei der Aufdeckung Ihrer Flucht sogleich ersichtlich sein, daß ich Beihilfe geleistet haben muß. Ich werde wieder in den Dienst Seiner Lordschaft treten, Sir.»

«Da wird er sich aber sehr freuen.»

«Sie sind sehr gütig, Sir.»

«Keineswegs, Jeeves. Da würde sich jeder freuen.»

«Ich danke Ihnen, Sir.»

«Dann schwimmen Sie jetzt ab nach Chuffnell Hall?»

«Jawohl, Sir.»

«Na, dann wünsche ich Ihnen von Herzen gute Nacht. Ich werde Ihnen mal schreiben, wo ich mich aufhalte und wie ich hingekommen bin.»

«Vielen Dank, Sir.»

«Ich danke Ihnen, Jeeves. Ich werde übrigens noch ein kleines Zeichen meiner Wertschätzung in den Umschlag stecken.»

«Äußerst großzügig von Ihnen, Sir.»

«Großzügig, Jeeves? Begreifen Sie doch, ohne Sie säße ich jetzt noch hinter Schloß und Riegel auf dieser dämlichen Jacht. Sie wissen sicher, wie mir zumute ist.»

«Jawohl, Sir.»

«Da fällt mir ein, fährt heute nacht noch ein Zug nach London?»

«Jawohl, Sir. Der um 10.21. Sie erreichen ihn bequem. Es ist allerdings kein Schnellzug, Sir.»

Ich winkte ab. «Solange er nur fährt, Jeeves, solange sich die Räder drehen und er von Station zu Station immer weiterrumpelt, soll es mir recht sein. Gute Nacht, also.»

«Gute Nacht, Sir.»

Mit erhobenem Herzen betrat ich diesmal mein Häuschen. Nicht einmal die Entdeckung, daß Brinkley noch nicht zurückgekehrt war, konnte meine Laune trüben. Als Arbeitgeber hätte ich vielleicht ziemlich scheel auf diesen Elendswurm hinabgeblickt, der sich statt des einen Abends gleich einen ganzen Tag und eine Nacht freinimmt, aber in meiner Eigenschaft als einfacher Bürger mit Schuhwichse im Gesicht war es mir so ganz lieb. In solchen Fällen ist das Alleinsein, wie Jeeves sagen würde, von eminenter Tragweite.

Ich ging mit aller gebotenen Eile in mein Schlafzimmer und goß Wasser aus der Kanne in das Becken; in Chuffys kleinen Häuschen waren nämlich Badezimmer nicht vorgesehen. Dann tauchte ich mein Gesicht ein, machte verschwenderisch Gebrauch von der Seife, wusch mir das Gesicht dann gründlich ab und bemühte mich zum Spiegel. Wer schildert mein Entsetzen, als ich feststellte, daß sich gar nichts verändert hatte. Die Schwärze war ungebrochen.

Es gibt Augenblicke, da wird man gezwungen, sich den Kopf zu zermartern. Doch diesmal zermarterte ich ihn mir nicht allzu lange, denn ich erfaßte alsbald das Problem. Ich erinnerte mich dunkel, einmal gehört oder gelesen zu haben, daß in solchen Notfällen unbedingt Butter zur Hand sein muß. Ich wollte dieserhalb gerade hinuntergehen, als ich ein Geräusch vernahm.

Nun muß ein Mensch in meiner Lage, also gewissermaßen in der Lage eines gehetzten Wildes, größte Vorsicht walten lassen, wenn in seiner Lokalität plötzlich Geräusche hörbar werden. Es wäre ohne weiteres möglich, daß J. Washburn Stoker wie ein schnaubender Jagdhund der Schweißspur seines Wildes gefolgt ist; wäre er zufällig in die Kabine gekommen und hätte sie leer gefunden, würde er als erstes in dieses Landhaus eilen. Ich kam aus meinem Schlafzimmer also nicht so sehr wie ein Löwe, der mit machtvollem Sprung seine Höhle verläßt, sondern eher wie etwa eine einigermaßen scheue Schnecke, die während des Gewitters recht vorsichtig aus ihrem Häuschen lugt. Einstweilen verharrte ich im Flur und lauschte.

Wer immer diesen Höllenlärm veranstaltete, war unten im Wohnzimmer, und offenbar war er damit beschäftigt, Möbel durch die Gegend zu wirbeln. Ein so tatkräftiger und praktischer Mensch wie Papa Stoker, wenn er schon hinter mir her war, würde sicher keine Zeit mit solchem Unfug verlieren, und diese Überlegung ermutigte mich schließlich dazu, auf Zehenspitzen zum Geländer zu schleichen und hinabzuspähen.

Das Wohnzimmer, müssen Sie wissen, hatte eigentlich eher den Charakter einer Wohndiele und war, gemessen an dem relativ kleinen Raum, sehr großzügig möbliert mit einem Tisch, einer Standuhr, einem Sofa, zwei Sesseln und drei Vitrinen mit ausgestopften Vögeln. Von meinem Ausguck am Geländer hatte ich einen schönen Blick auf den ganzen Schauplatz. Die Beleuchtung da unten war zwar recht schwach, aber dennoch ausreichend. Auf dem Kaminsims brannte eine Petroleumlampe, und dank ihrem Licht konnte ich feststellen, daß das Sofa umgestürzt war, die zwei Sessel durchs Fenster geflogen waren und die Vitrinen mit den toten Vögeln in Trümmern lagen. In diesem Augenblick sah ich auch eine schattenhafte Gestalt in der hintersten Ecke mit der Standuhr ringen.

Es war schwierig, mit einiger Genauigkeit zu sagen, wer von den beiden gerade die Oberhand hatte. In sportlicher Stimmung hätte ich vermutlich eher dazu geneigt, mein Geld auf die Uhr zu setzen. Aber ich war nicht in sportlicher Stimmung. Eine plötzliche Drehung der Ringkämpfer zeigte mir das Gesicht der schattenhaften Gestalt, und mit beträchtlicher Gemütsaufwallung erkannte ich Brinkley. Wie ein verirrtes Schaf, das zu seinem Pferch heimfindet, war dieser verlotterte Bolschewik nach Hause getrabt, mit vierundzwanzigstündiger Verspätung und offensichtlich sternhagelvoll.

Da erwachte der Hausvater in mir. Ich vergaß, daß es jetzt sehr unbesonnen war, mich sehen zu lassen. Aber ich konnte an nichts anderes mehr denken, als daß dieser irre Fünfjahresplaner dabei war, das Wooster-Heim kurz und klein zu schlagen.

«Brinkley», brüllte ich.

Ich vermute, er wähnte zuerst, die Standuhr hätte ihn gerufen, denn mit neuem Elan warf er sich auf sie. Dann aber, ganz plötzlich, fiel sein Blick auf mich, und er stand da und gaffte herauf. Die Uhr wankte nach einigem Hin und Her ruckhaft in die Lotrechte, schlug dreizehn und versank in Schweigen.

«Brinkley», wiederholte ich und wollte gerade «verdammt noch mal» hinzusetzen, als in seinen Augen etwas aufblitzte, das Aufleuchten dessen, der alles begriffen hat. Einen Augenblick stand er da und rollte mit den Augen. Dann stieß er einen Schrei aus.

«Ha! Der Leibhaftige!» Darauf schnappte er sich ein Tranchiermesser, das er offenbar auf den Kaminsims gelegt hatte, wohl in dem Gedanken, daß man nie wissen kann, wann einem solche Dinger einmal zupaß kommen, und stürzte die Treppe hinauf.

Ich entkam um Haaresbreite. Sollte ich jemals Enkel haben – wenngleich das im Augenblick ja noch in weiter Ferne sein mag –, und sie drängen sich abends um mein Knie, um eine Geschichte zu hören, dann werde ich ihnen erzählen, wie ich mit knapper Not einem Tranchiermesser entging, das meine Schlafzimmertür nur den Bruchteil einer Sekunde später erreichte als ich. Wenn die Kleinen daraufhin in der Nacht Krämpfe bekommen und schreiend aufwachen, dann haben sie eine vage Vorstellung von dem Gefühlsaufruhr ihres hochbetagten Opas. Selbst die Hypothese, Bertram habe sich völlig in Sicherheit fühlen müssen, nachdem er die Tür zugeknallt, den Riegel vorgeschoben, einen Sessel gegen die Tür gewuchtet und das Bett gegen den Sessel gerückt hatte, wäre eine maßlose Übertreibung. Meine geistige Einstellung zu dem Geschehen wird Ihnen sofort klar, wenn ich an dieser Stelle festhalte, daß J. Washburn Stoker, wäre er jetzt aus dem Nichts aufgetaucht, von mir empfangen worden wäre wie ein Bruder.

Brinkley war am Schlüsselloch und bat mich dringend herauszukommen, auf daß er mich auseinandernehme. Aber was dieser ganzen Unerfreulichkeit die Krone aufsetzte, war der respektvolle Ton, mit dem er mich nach wie vor anredete. Er nannte mich auch immer noch «Sir», was mir ziemlich blödsinnig vorkam. Ich meine, wenn man schon jemanden drängt, aus dem Zimmer zu kommen, um ihn vermittels Tranchiermesser zergliedern zu können, dann ist das doch reichlich absurd, an jeden Satz auch noch ein «Sir» anzuhängen. Das paßt doch irgendwie nicht zusammen.

Zu diesem Zeitpunkt schien es mir angebracht, zuallererst dieses unsägliche Mißverständnis in seinem armen Gehirn zu eliminieren. Ich preßte mein Gesicht gegen den Türrahmen.

«Es ist alles in Ordnung, Brinkley.»

«Jawohl, Sir, wenn Sie rausgekommen sind», erwiderte er höflich.

«Ich meine, ich bin nicht der Teufel.»

«Doch, Sir, das sind Sie.»

«Aber ich sage Ihnen doch, ich bin's nicht!»

«Doch, Sir. O doch.»

«Ich bin Mr. Wooster.»

Er stieß einen durchdringenden Schrei aus. «Er hat Mr. Wooster in seiner Gewalt.»

Selbstgespräche dieser Art sind heutzutage eigentlich nicht mehr im Schwange, man hört sie nur noch selten, deshalb schloß ich, daß da irgendwo noch ein dritter Teilnehmer war. Und tatsächlich, ein lautes Schnaufen und Keuchen drang an mein Ohr, und dann sprach eine rachenmandelgeschädigte Stimme: «Was geht hier vor?»

Es war mein schlafloser Nachbar, Polizeisergeant Voules.

Als ich merkte, daß der Hüter des Gesetzes in unserer Mitte weilte, empfand ich zunächst eine unbeschreibliche Erleichterung. Da hätte man eine Menge gegen diesen umsichtigen Mann ins Feld führen können, so u.a. seine Gewohnheit, die Nase in fremder Leute Garagen oder Geräteschuppen zu stecken, aber wie immer man auch über manche seiner Unarten denken mochte, so war doch nicht zu leugnen, daß ein Mensch seiner Art in solchen Situationen ungemein nützlich ist. Mit einem vom Wahnsinn gepeitschten Diener fertig zu werden ist nicht jedermanns Sache. Es bedarf dazu einer gewissen Persönlichkeit und Präsenz. Beides war diesem unförmigen Friedenswächter in hohem Maße zu eigen. Aber als ich gerade ansetzen wollte, ihn mit kleinen ermutigenden Lauten durch die Tür zur Tat zu drängen, riet mir ein inneres Stimmchen wispernd zur Vorsicht.

Die Sache ist nämlich die, daß diese umsichtigen Polizeisergeants unmäßig darauf erpicht sind, Leute festzuhalten und zu verhören. Angenommen, Sergeant Voules ertappte Bertram Wooster in seiner fragwürdigen Verfremdung, will sagen mit geschwärztem Gesicht durch die Gegend spazierend, dann würde ein Sergeant Voules das nicht mit einem Achselzucken abtun und mir nichts, dir nichts gute Nacht wünschen. Nein, er würde Bertram, wie gesagt, festhalten und verhören. Nach unseren Begegnungen in der vorigen Nacht würde er mich mit mißtrauischer Sorge betrachten und mich nachdrücklich bitten, ihn zur Wache zu begleiten, und zugleich nach Chuffy schicken, um zu hören, was der ihm raten würde zu tun. Da würden dann Ärzte herbeizitiert und Eisbeutel gepackt. Im Endeffekt wäre ich so lange in meiner Bewegungsfreiheit eingeschränkt, bis Papa Stoker endlich entdeckt hätte, daß die Kabine leer und das Bett unbenutzt geblieben wäre, und an Land geeilt käme, um mich am Schlafittchen zu packen und auf die Jacht zu verschleppen.

Deshalb schwieg ich fein stille. Ich atmete nur unvorstellbar leise durch die Nase.

Vor der Tür enstand eine lebhafte Unterhaltung, und ich gebe Ihnen mein Ehrenwort, hätte ich nicht aus erster Hand die beweiskräftige Information über das Gegenteil erfahren, dann hätte ich geschworen, daß dieser schräge Vogel Brinkley so nüchtern war wie ein abstinentes Pfadfindermädchen. Als einzige Folge einer der größten Sauftouren der Weltgeschichte war ihm lediglich anzumerken, daß er seine Worte jetzt sehr scharf artikulierte, und zwar mit einer kristallenen Klarheit, die mehr an ein silbernes Glöckchen gemahnte als an irgend etwas anderes.

«Der Teufel ist da drinnen und mordet Mr. Wooster, Sir», sagte er gerade, und außer von Rundfunkansagern habe ich nie eine schöner modulierte Stimme gehört.

Sie hätten seine Worte sicher für eine ziemlich sensationelle Neuigkeit gehalten. Nicht so Sergeant Voules. Der Mann brauchte seine Ordnung. Eins nach dem anderen, war sein Wahlspruch, und alles an seinem Platz. Im Augenblick schien er ausschließlich an dem Tranchiermesser interessiert.

«Was machen Sie mit dem Messer?» forschte er.

Nichts könnte gesitteter und ehrerbietiger geklungen haben als Brinkleys Anwort: «Ich habe es mitgenommen, um den Teufel anzugreifen, Sir.»

«Was für ’n Teufel?» fragte Sergeant Voules, der nun zum nächsten Punkt überging.

«Ein schwarzer Teufel, Sir.»

«Schwarz?»

«Ja, Sir. Er ist im Zimmer und ermordet Mr. Wooster.»

Nun hatte Sergeant Voules auch diesen Punkt in der richtigen Ordnung abgehakt, und sein Interesse schien zu erwachen.

«In diesem Zimmer hier?»

«Ja, Sir.»

«Ermordet Mr. Wooster?»

«Ja, Sir.»

«So etwas können wir hier nicht dulden», sagte Sergeant Voules mit einiger Strenge. Er schnalzte mit der Zunge.

An der Tür ein gebieterisches Klopfen. «Heda!»

Ich bewahrte Stillschweigen.

«Entschuldigen Sie, Sir», hörte ich Brinkley sagen, und dem Geräusch seiner Füße auf der Treppe zufolge war er dabei, unser kleines Symposium zu verlassen. Vielleicht hatte er Lust auf eine neue Runde mit der Standuhr.

Knöchel hieben heftig gegen Holz. «Heda drinnen! Heda!»

Ich gab keinen Laut von mir.

«Sind Sie da drinnen, Mr. Wooster?»

Ich empfand sehr deutlich, daß das Gespräch etwas einseitig verlief, aber ich wußte nicht, wie ich das ändern sollte. Ich ging zum Fenster und schaute hinaus, ohne einen bestimmten Grund, einfach aus Zeitvertreib, und erst jetzt, glauben Sie es mir, erst jetzt kam mir die Idee, daß es möglich wäre, mich von diesem menschenunwürdigen Schauplatz hinwegzuheben. Die Falltiefe war nicht sehr groß, und erleichtert fing ich an, Knoten ins Laken zu machen, um meinen Abstieg vorzubereiten.

In diesem Augenblick hörte ich Sergeant Voules plötzlich rufen: «Heda!»

Und von unten kam Brinkleys Stimme: «Sir?»

«Passen Sie auf, was Sie da mit der Lampe machen.»

«Ja, Sir.»

«Sie werden sie noch umwerfen.»

«Ja, Sir.»

«Heda!»

«Sir?»

«Sie setzen das Haus in Brand.»

«Ja, Sir.»

Dann war da ein fernes Splittern und Brechen von Glas, und der Sergeant sprang die Treppe hinunter. Bei dem darauffolgenden Lärm hatte ich den Eindruck, als ob Brinkley, wohl in der Meinung, er hätte seinen Teil getan, zur Haustür galoppierte und sie hinter sich zuwarf. Dann wieder ein Türknallen, als hätte auch der Sergeant den Ausbruch gewagt. Und dann zwängte sich ein Rauchwölkchen durchs Schlüsselloch herein.

Ich glaube kaum, daß irgend etwas besser zum Brennen geeignet ist als diese wunderbaren alten Landhäuschen. Man braucht nur ein Streichhölzchen dranzuhalten oder, je nach Fall, eine Petroleumlampe im Flur umzuwerfen, und schon lösen sie sich in Rauch auf. Es hat sicher keine halbe Minute gedauert, bis ein lustiges Knistern und Prasseln an meine Ohren drang und ein Stückchen Fußboden in einer Ecke plötzlich in einem munteren Feuerchen aufging.

Das reichte mir. Kurz zuvor hatte ich noch mit dem verknoteten Leinen herumgefuhrwerkt, um mir in aller Ruhe zu sichern, was Sie vielleicht einen luxuriösen Abgang nennen würden, und ich hatte mir dabei viel Zeit gelassen. Nun aber beschleunigte ich meinen Exodus, denn es drängte sich mir der Gedanke auf, daß ich nicht mehr auf eine Evakuierung in Muße und Bequemlichkeit hoffen dürfte. In den nächsten dreißig Sekunden hätten Katzen auf heißen Dächern so manchen Tip von mir bekommen können.

Einmal habe ich in einer Zeitung so eine Problemaufgabe gelesen: «Angenommen, Sie wären in einem brennenden Haus, was würden Sie retten?» Wenn ich mich recht erinnere, war da auch die Rede von einem Baby. Ein kostbares Gemälde war ebenfalls erwähnt und, wenn ich nicht irre, sogar eine bettlägerige Tante. Ich weiß noch, es war eine Riesenauswahl, und man war aufgerufen, scharf nachzudenken und die Sache geistig nach allen Richtungen durchzuspielen.

Aber in diesem Fall brauchte ich mein Köpfchen nicht anzustrengen. Sofort sah ich mich nach meinem Banjolele um. Aber stellen Sie sich vor, zu meiner größten Bestürzung fiel mir ein, daß ich es ja im Wohnzimmer gelassen hatte. Aber ich wollte nicht mehr ins Wohnzimmer hinuntergehen, nicht einmal für mein liebes und treues altes Instrument. Außerdem rückte geschwind der Augenblick näher, an dem es sich entscheiden sollte, ob ich nicht sogleich knusprig gebraten dastehen würde, denn die freundlich wärmende Glut in der Ecke hatte erheblich an Raum gewonnen. Mit einem ärgerlichen Seufzer hüpfte ich hurtig zum Fenster und fiel im nächsten Augenblick wie der sanfte Tau senkrecht hinab.

Oder ist es der sanfte Regen? Ich vergesse das immer. Jeeves wüßte das sofort.

Es war eine weiche Landung, und ich sauste lautlos durch die Hecke, dort wo mein Gärtchen an Sergeant Voules' kleines Eckchen angrenzte, und sauste weiter, bis ich in ein Wäldchen kam, das etwa eine halbe Meile vom Epizentrum entfernt gewesen sein muß. Der Himmel war hell erleuchtet, und in der Ferne hörte ich die Sirenen der Ortsfeuerwehr, die nun ihrer Pflicht oblag.

Ich setzte mich auf einen Baumstumpf und ließ mir jetzt Zeit, um mir einen Überblick über das Geschehen zu verschaffen.

Ich glaube, es war Robinson Crusoe oder sonstjemand, der in Zeiten rüder Bedrängnis so eine Art Bilanz aufzustellen pflegte, um exakt zu bestimmen, wo er stand und ob er in genau diesem Augenblick den Ereignissen vorauseilte oder im Hintertreffen war. Da war jemand, der so arbeitete. Ich hielt das auch immer für eine ganz gute Idee, und ich machte es diesem Jemand jetzt nach, im Kopf natürlich, und immer auf dem Quivive wegen eventueller Verfolger.

Die Buchhaltung kam zu folgendem Abschluß:

Haben	*Soll*
Also da bin ich, gesund und munter.	Ja, aber dein verdammtes Haus ist abgebrannt.
Ist ja nicht meins, gehört Chuffy.	Richtig, aber all deine Sachen waren darin.
Nichts Wertvolles.	Und dein Banjolele?
Verdammte Pest. Das ist wahr.	Dachte mir schon, daß dir das zu schaffen macht.
Brauchst ja nicht drin rumzurühren.	Ich rühr nicht drin rum. Ich sag ja nur, daß dein Banjolele zu einem Häufchen Asche zusammengeschrumpelt ist.
Na ja, wär ich's gewesen, dann sähe ich jetzt bestimmt sehr viel blöder aus.	Das ist vielleicht eine alberne Art zu argumentieren.
Auf jeden Fall bin ich dem alten Stoker entwischt.	Woher willst du das wissen?
Er hat mich noch nicht wieder geschnappt.	Betonung auf «noch».
Es ist immer noch Zeit genug, den 10.21 zu erwischen.	Du Affenkopf, du erwischst überhaupt keinen Zug mit deiner schwarzen Rübe.
Mit Butter krieg ich das weg.	Ja, aber du hast keine Butter.
Kann ja welche kaufen.	Wie denn? Hast du Geld dabei?
Das nicht.	Aha.
Vielleicht finde ich einen, der mir Butter gibt.	Wen denn?
Ja Jeeves zum Beispiel. Ich brauche nur nach Chuffnell Hall zu gehen und Jeeves die ganze Sache vorzutragen und	

zu sagen: Los! Dann kann ich
guter Dinge sein und hab keine
Sorgen mehr. Jeeves weiß
Bescheid, wohin er gehen muß,
um ganze Butterberge zu finden.
Was sagst du jetzt? Es ist
alles ganz einfach, wenn du's
nur richtig planst und einen
kühlen Kopf behältst.

Was soll ich Ihnen sagen? Von der Soll-Seite kam kein Muckser mehr rüber. Ich überprüfte die Bilanz noch einmal gründlich auf Schwachstellen, aber es gab keine. Soll war hoffnungslos blockiert, ich hatte es zum Schweigen gebracht, und nach fünf Minuten zog ich den Schlußstrich.

Eigentlich, dachte ich so bei mir, hätte mir diese Lösung schon viel früher einfallen müssen. Genau betrachtet, lag das doch klar auf der Hand. Jeeves würde ja schon längst in Chuffnell Hall sein. Ich brauchte nur noch hinzugehen und die Verbindung mit ihm aufzunehmen, worauf er mir Butter pfundweise auf silbernem Tablett präsentieren würde. Nicht nur das, er würde mir auch noch für die Fahrkarte nach London und sogar noch für eine Packung Kakao aus dem Getränkeautomaten die nötigen Penunzen leihen. Ab jetzt war die Sache nur noch ein Kinderspiel.

Ich erhob mich von meinem Baumstumpf, reckte mich maßvoll und machte mich auf. Bei meiner wilden Flucht hatte ich ein wenig die Orientierung verloren, aber bald gelangte ich auf die Landstraße, und ich glaube, es dauerte nicht einmal eine Viertelstunde, bis ich an die Hintertür von Chuffnell Hall klopfte.

Eine kleinwüchsige Person weiblichen Geschlechts machte mir auf, so eine Art Scheuermagd, nehme ich an. Sie sah mich, schnappte mit einem auffallend verzerrten Mund nach Luft und stieß einen durchdringenden Kreischton aus, kippte nach hinten um, rollte ein bißchen in die Runde und trommelte mit den Fersen auf den Boden. Ich glaube, sie hatte auch Schaum vor dem Mund, aber ich bin nicht sicher.

14

Die Butterlage

Ich muß bekennen, es war ein harter Schlag für mich. Ich hätte doch nie gedacht, daß der Teint eines Menschen so eine Rolle spielt. Ich will mal sagen, wenn Bertram Wooster mit einer leichten Brauntönung an der Hintertür von Chuffnell Hall anklopft, wird er bestimmt ehrerbietig begrüßt, ja es würde mich nicht einmal wundern, wenn ein Mädchen vom Status einer Scheuermagd sogar knickst. Es hätte bestimmt auch keinen Unterschied gemacht, wäre ich mit einer interessanten Blässe oder mit Pickeln aufgetreten. Aber einzig und allein, weil sich nun zufällig etwas Schuhwichse auf meinem Gesicht befand, krümmte und wand sich das junge Weib auf der Türmatte herum und schlug um sich, wie von der Tarantel gebissen.

Da gibt es natürlich nur eines. Schon wurden fragende Stimmen im Flur laut, und in der nächsten Sekunde, fürchtete ich, dürfte ich wohl ein chorisches Gemurmel der versammelten Domestiken auf dem Schauplatz erwarten. Ich nahm die Beine in die Hand und Reißaus. In der Annahme, daß die ganze Umgebung vor der Hintertür alsbald zum Gegenstand gründlicher Untersuchung würde, flitzte ich zur Vorderfront und fand in einem größeren Gebüsch nicht weit vom Haupteingang entfernt erst einmal Unterschlupf.

Hier machte ich Rast. Vor weitergehenden Ausflügen schien es mir jetzt angebrachter, die Situation zunächst zu überdenken und die folgenden Schritte ins Auge zu fassen.

Unter anderen Umständen, zum Beispiel angenommen, ich läge bequem im Liegestuhl, eine Zigarette in der Hand, statt in diesem haarsträubenden Dschungelloch zu kauern, wo einem außerdem noch die Käfer in den Hemdkragen purzelten, hätte mich wahrscheinlich der ganze Ausblick erfreut und erbaut. Ich bin immer ein Liebhaber des friedlichen englischen Gartens alten Stils gewesen, besonders um die Zeit zwischen dem Abendessen und dem Mixen des Nachttrunks. Von meinem Platz aus sah ich den großen Komplex von Chuffnell Hall scharf gegen den Nachthimmel abgezeichnet, und ich muß sagen, es war sehr imposant. Vögel raschelten in den Bäumen, und es müssen wohl Blumenbeete mit Levkojen und Tabakpflanzen in der Nähe gewesen sein, denn die Luft duftete wunderbar würzig. Denken Sie sich jetzt noch die Stille einer Sommernacht hinzu, und dann sind Sie im Bilde.

Doch schon zehn Minuten später zerriß die Stille einer Sommernacht. Aus einem der Zimmer drang Gebrüll. Ich erkannte das Organ Klein Seaburys, und ich erinnere mich, wie dankbar ich anerkannte, daß auch dieser Wicht sein Päckchen zu tragen hatte. Nach einem Weilchen stellte er sein Schreien ein; vermutlich hatte die Aufforderung, zu Bett zu gehen, als er sich noch nicht reif dafür fühlte, seinen Mißmut erweckt. Und wieder war alles still.

Gleich anschließend kamen Schritte näher. Jemand stapfte die Auffahrt herauf. Mein erster Gedanke war: Sergeant Voules. Sie müssen nämlich wissen, Chuffy ist der Friedensrichter am Ort, und ich dachte mir, daß Voules nach dem Feuerchen als erstes zum Großen Häuptling eilen würde, um Bericht zu erstatten. Ich drückte mich tiefer ins Gebüsch.

Jedoch nein, es war nicht Sergeant Voules. Ich sah den Mann jetzt gegen den Himmel; er war größer und eher unrund. Er ging die Stufen hinauf und klopfte mit dem Türklopfer an die Eingangstür. Und wenn ich klopfen sage, dann meine ich das wörtlich. Ich hätte gedacht, Voules' Darbietung in meinem Landhaus in der vergangenen Nacht wäre schon ein Meisterwerk gelenkiger Handarbeit gewesen, aber dieser Bursche hier stellte ihn gewaltig in den Schatten. Das war einfach eine andere Klasse. Er gab diesem Türklopfer mehr Wirkungsmöglichkeit, als der je gehabt haben dürfte, seit ihn der erste Chuffnell oder wer immer angeschraubt hatte.

In den Pausen zwischen den Klopferschlägen sang er auf eine fast meditative Art ein geistliches Lied, ich glaube, es war ‹O Licht, das du uns führest›, und das machte es mir möglich, ihn richtig einzuordnen. Diesen plärrenden Tenor, den kannte ich. Das war nach unserem Einzug ins Häuschen einer der ersten Anlässe gewesen, um ganz energisch auf den Tisch zu schlagen, weil nämlich Brinkley die Gewohnheit hatte, in der Küche Kirchenlieder zu intonieren, während ich im Wohnzimmer Foxtrotts auf dem Banjolele üben wollte. In Chuffnell Regis gab es bestimmt nicht zwei Stimmen dieser Art; dieser nächtliche Besucher war kein anderer als mein sauflustiger Betreuer, und was er im Herrschaftshaus wollte, ging über meinen Horizont.

Jetzt flammten überall Lichter auf, und die Eingangstür wurde heftig aufgestoßen. Eine Stimme erschallte. Es war eine mit Wut aufgeladene Stimme, und sie gehörte Chuffy. In der Regel hat der Herr über Chuffnell Regis natürlich die Aufgabe des Türöffnens seinem Personal übertragen, aber vielleicht dachte er diesmal, daß so ein unbeschreiblicher Lärm einen Sonderfall darstellte. Jedenfalls stand er nun da, und er war nicht erfreut.

«Warum zum Teufel machen Sie so einen säuischen Krach?»

«Guten Abend, Sir.»

«Was heißt hier ‹Guten Abend›? Was soll...»

Ich glaube, er wäre noch ausführlicher geworden, denn er war sichtlich in großer Erregung, aber hier unterbrach ihn Brinkley.

«Ist der Teufel drinnen?»

Es war eine einfache Frage, die ohne weiteres mit einem klaren Ja oder Nein zu beantworten war, aber offenbar hatte sie Chuffy seiner Fassung beraubt.

«Ist... was? Wer?»

«Der Teufel, Sir.»

Also ich habe Chuffy niemals eine schnelle Auffassungsgabe zugetraut, er verließ sich immer lieber auf seine Muskeln und Sehnen als auf seine kleinen grauen Zellen, aber diesmal kann ich nicht umhin zuzugeben, daß er einen intuitiven Scharfsinn zur Schau stellte, der für ihn einnahm.

«Sie sind ja besoffen!»

«Ja, Sir.»

Jetzt platzte Chuffy wie eine aufgeblasene Papiertüte. Ich konnte seine Gedankengänge ziemlich genau nachvollziehen, wenn Sie wissen, was ich meine. Seit der unglückseligen Episode im Häuschen, als das Mädchen, das er liebte, ihm einen Korb gegeben hatte und aus seinem Leben gegangen war, hatte es in ihm, wie ich vermute, gebrodelt, geschäumt, gegärt und was sonst noch alles, und seine gepeinigte Seele hatte sicher mit Inbrunst auf ein Ventil für seine komprimierten Gefühle gewartet, und jetzt stand eines vor ihm. Seit der bedauerlichen Szene hatte er sich gewünscht, die aufgestaute Wut an jemandem auszulassen, und siehe, der Himmel schickte ihm dieses klopferschwingende Sumpfhuhn.

Brinkley die Treppe hinunter und auf die Auffahrt zu kicken und ihm dabei nach jedem Schritt einen Tritt zu versetzen war für den fünften Baron Chuffnell das Werk von Sekunden. Sie schossen an meiner kleinen Buschkolonie mit etwa vierzig Meilen die Stunde vorbei und verzogen sich in weiter Ferne. Nach längerer Pause hörte ich Schritte und ein Pfeifen wie von jemandem, dem eine Last von der Seele genommen worden ist. Es war Chuffy auf dem Rückweg.

Meinem Unterstand genau gegenüber hielt er an, um sich eine Zigarette anzuzünden, und jetzt schien mir der rechte Augenblick gekommen, um Kontakt aufzunehmen.

Wohlgemerkt, ich war gar nicht so erpicht darauf, mit dem alten Chuffy zu plaudern, denn als wir uns das letzte Mal getrennt hatten, war von seiner Seite nicht gerade das Licht der Menschenliebe ausgegangen. Wären meine Aussichten auch nur eine Spur rosiger gewesen, dann wäre ich ihm bestimmt aus dem Weg gegangen. Aber er war sozusagen mein Strohhalm. Denn wenn jedesmal, kaum daß man an die Hintertür klopft, Scharen von Scheuermägden hysterisch zu Boden gehen, war es wohl auch kaum möglich, noch in dieser Nacht mit Jeeves zusammenzutreffen. Genauso unmöglich war es auch, in der Nachbarschaft umherzulaufen und fremde Leute um ihre Butter anzugehen. Sie wissen ja selbst, wie das ist, wenn Ihnen da ein Unbekannter ins

Haus fällt und aus Ihnen das Molkereiprodukt herausholen will. Da kann sich kein Mitgefühl entwickeln.

Nein, alles deutete auf Chuffy als den einzig denkbaren Retter in der Not. Er war der Mann, der über Butter verfügte, und jetzt, nachdem er all seinen Groll an Brinkley abgearbeitet hatte, könnte er in milderer Gemütsverfassung durchaus geneigt sein, einem alten Schulfreund mit einem Viertelpfund unter die Arme zu greifen. Infolgedessen kroch ich behutsam aus dem Gestrüpp und kam direkt hinter ihm hoch.

«Chuffy», sagte ich.

Ich sehe ein, eine kleine Vorwarnung wäre hier angebracht gewesen. Niemand schätzt es besonders, plötzlich geisterhafte Stimmen in Höhe des eigenen Genicks zu hören, und wäre ich weniger aufgeregt gewesen, hätte ich das auch in Betracht gezogen. Es war nicht direkt eine Reprise der Scheuermagd-Episode, aber es war doch sehr ähnlich. Der arme Kerl ging mit einem Satz senkrecht in die Luft. Die Zigarette flog ihm aus der Hand, seine Zähne klapperten, und er bebte am ganzen Leibe. Alles in allem war es etwa so, als hätte ich ihm mit einem Nagelvorbohrer oder einer Ahle durch den Hosenstoff gepiekt. Ich habe Lachse in der Laichzeit gesehen, die sich genauso merkwürdig benahmen.

Ich griff sofort ein, um den Sturm im Keim zu ersticken.

«Ich bin's nur, Chuffy», sagte ich begütigend.

«Wer?»

«Bertie.»

«Bertie?»

«Derselbe.»

«Hoh!»

Es gefiel mir nicht, dieses «Hoh!» Es gefiel mir ganz und gar nicht. Es klang nicht nach Begrüßung. Allmählich bekommt man ein Gespür dafür, ob man irgendwo willkommen ist oder nicht. Ich war es nicht, jedenfalls nicht zu diesem Zeitpunkt, das merkte ich ganz deutlich. Deshalb hielt ich es für richtig, ihm zunächst einmal, bevor ich zum eigentlichen Thema kam, ein dickes Kompliment zu machen.

«Diesem Burschen hast du es ordentlich gegeben, Chuffy»,

sagte ich. «War eine Wonne, dir zuzusehen. Und um so lieber habe ich dir zugesehen, wie du ihn nach Verdienst behandelt hast, als ich mir immer schon gewünscht hätte, ich könnte ihm einmal aus eigener Kraft so eine Abreibung verpassen.»

«Wer war das?»

«Mein Diener Brinkley.»

«Was macht er hier?»

«Hat wahrscheinlich nach mir gesucht.»

«Warum ist er dann nicht im Landhaus?»

Ich hatte insgeheim schon auf eine Gelegenheit gehofft, um ihm die Nachricht schonend beizubringen.

«Ich muß dir leider sagen, daß sich die Zahl deiner Häuschen um eines vermindert hat, Chuffy», sagte ich. «Leider hat Brinkley das Häuschen niedergebrannt.»

«Was?»

«Versichert, darf ich doch hoffen?»

«Er hat das Haus niedergebrannt? Wie denn? Warum?»

«Eine Laune. Vielleicht hat er gedacht, es wär mal was anderes.»

Chuffy nahm es wirklich schwer. Ich sah deutlich, daß er am Grübeln war, und meinetwegen hätte er ja brüten können, soviel er wollte. Doch wenn ich den 10.21 erreichen wollte, mußte ich auf Eile drängen. Zeit war von eminenter Tragweite.

«Na, ja», sagte ich, «so leid es mir tut, ich muß dich um etwas bitten, alter Freund.»

«Aber warum zum Teufel sollte er das Haus niederbrennen?»

«Es ist zwecklos zu versuchen, die Psyche von Ochsen wie Brinkley zu ergründen. Sie wesen im Dunkel ihrer animalischen Natur. Genüge es zu sagen, daß er es tat.»

«Bist zu sicher, daß du's nicht selber warst?»

«Aber mein lieber Junge!»

«Es ist genau der niederträchtige und idiotische Aberwitz, der dir zuzutrauen ist», sagte Chuffy, und ich bemerkte bestürzt, wieviel von der alten Bitterkeit noch in seiner Stimme mitschwang. «Was machst du überhaupt hier? Wer hat dich gerufen? Wenn du denkst, du kannst nach allem Vorgefallenen hier nach Belieben...»

«Ich weiß, ich weiß. Verstehe völlig. Peinliches Mißverständnis. Ruhig Blut. Jedoch...»

«Und aus welchem Loch kommst du auf einmal? Ich hab dich nicht gesehen.»

«Ich saß im Gebüsch.»

«Du saßest im Gebüsch?»

Der Ton seiner Worte verriet mir, daß er, immer schnell bei der Hand, einen Freund falsch einzuschätzen, schon wieder Mißdeutungen anheimfiel. Ich hörte, wie ein Streichholz angezündet wurde, und im nächsten Augenblick leuchtete er mir ins Gesicht und schaute mich prüfend an. Das Licht ging aus, und ich hörte ihn im Dunkeln heftig atmen.

Ich wußte genau, was jetzt in seinem Kopf vor sich ging. Er kämpfte mit sich. Nach der schlimmen Auseinandersetzung in der letzten Nacht wollte er nicht mehr das geringste mit mir zu tun haben. Dieser Entschluß stand nun gegen die Überlegung, daß man dennoch Verpflichtungen hat gegenüber Leuten, mit denen man jahrelang befreundet war. Wenn man auch die freundschaftlichen Beziehungen zu einem alten Schulkameraden abgebrochen hat, so dachte er zweifellos, kann man ihn doch kaum in der Verfassung, die er bei mir vermutete, frei herumlaufen lassen.

«Komm besser rein und schlaf dich aus», sagte er abgekämpft. «Kannst du noch gehen?»

«Ich bin ganz in Ordnung», versicherte ich ihm hastig. «Du irrst dich. Hör mir mal zu.» Mit überzeugendem Sprachfluß leierte ich die britische Verfassung herunter und fügte noch alle gängigen Zungenbrecher fehlerlos an. Die Demonstration zeigte Wirkung.

«Du hast also keinen in der Krone?»

«Bestimmt nicht.»

«Aber du sitzt im Gebüsch!»

«Ja, aber...»

«Dein Gesicht ist schwarz.»

«Ich weiß. Jetzt halt mal die Luft an, alter Freund, dann erzähle ich dir alles haarklein.»

Sie kennen das wahrscheinlich, wenn man eine längere Geschichte erzählt und so ungefähr in der Hälfte merkt, daß das Publikum abweisend reagiert. Eine unliebsame Erfahrung. Sie wurde mir jetzt zuteil. Dabei hatte er gar nichts gesagt. Während ich von Höhepunkt zu Höhepunkt fortschritt, strahlte er sozusagen eine raubtierhafte Ergrimmtheit aus. Ich erzählte und erzählte, und immer schwerer lastete auf mir der Eindruck, daß ich mich um Kopf und Kragen redete. Dennoch trug ich tapfer mein Stücklein vor, und nachdem ich die wesentlichen Fakten alle hervorgehoben hatte, endete ich mit einem beredten Schlußplädoyer für eine baldige Übergabe der fettigen Substanzen.

«Butter, Chuffy, alter Freund», sagte ich. «Dicke Scheiben Butter. Wenn du Butter hast, zögere nicht, sie an die Bedürftigen zu verteilen. Ich werde mir hier die Füße vertreten, wenn's recht ist, während du in die Küche huschst und das Zeug beschlagnahmst. Du weißt doch, Zeit ist von eminenter Tragweite, nicht wahr? Ich werde diesen Zug gerade noch mit knapper Not erreichen.»

Ein paar Sekunden lang sagte er kein Wort. Als er dann ein Wort sagte, war so ein böser Unterton in seiner Stimme, daß ich Unheil witterte. «Moment mal», sagte er. «Hab ich dich richtig verstanden? Du willst also, daß ich dir Butter bringe?»

«Darum geht es.»

«Damit du dein Gesicht entschwärzen kannst und den Zug nach London noch kriegst?»

«Richtig.»

«Und somit Mr. Stoker entwischst?»

«So ist es. Fabelhaft, wie du das alles begriffen hast», beglückwünschte ich ihn freudig und hielt es für das beste, ihm zu schmeicheln, um ihn zu beschwichtigen. «Du, ich kenne nicht mal sechs Jungs, die so untrüglich und akkurat den Kern der Sache erfaßt hätten, denn die Geschichte ist verdammt kompliziert. Von deiner Intelligenz, Chuffy, alter Freund, da könnte sich mancher eine Scheibe abschneiden.»

Aber das Herz wurde mir schwer. Als ich ihn dann in der Dunkelheit erregt aufschnauben hörte, verlor ich vollends den Mut.

«Ich verstehe», sagte er. «Mit anderen Worten, du willst, daß ich dir helfe, dich vor deinen moralischen Verpflichtungen zu drücken.»

«Was?»

«Genau das hab ich gesagt. Was heißt da ‹Was?›. Gütiger Himmel», rief Chuffy aus, und ich möchte fast sagen, daß er von Kopf bis Fuß erbebte, aber ich konnte es nicht richtig sehen, da Dunkelheit herrschte. «Ich hab dich nicht unterbrochen, als du mir deine miese Geschichte erzählt hast, weil ich erst alles ganz genau wissen wollte. Und nun läßt du mich vielleicht auch einmal zu Wort kommen.»

Jetzt schnaubte er wieder.

«Du willst Züge nach London erwischen, was? Ja, ja. Ich weiß ja nicht, was du selber von dir hältst, Wooster, aber wenn du vielleicht wissen willst, wie du einem völlig neutralen Beobachter vorkommst, dann möchte ich dir frei von der Leber weg die Mitteilung machen, daß du dich in meinen Augen benommen hast wie ein Bluthund, ein Stinktier, ein Bandwurm, eine Zecke und ein Warzenschwein. Du lieber Himmel! Dieses Engelsgeschöpf liebt dich. Ihr Vater, anständig, wie er ist, willigt in eine baldige Hochzeit ein. Und du? Anstatt vor Freude zu jauchzen und in die Luft zu springen wie... wie mancher andere, willst du dich heimlich wegschleichen.»

«Aber Chuffy...»

«Wegschleichen sage ich. Gefühllos und brutal, wie du bist, willst du dich aus dem Staube machen und dieses herrliche Weib sitzenlassen, das sich die Augen aus dem Kopf weinen wird. Aber du, du wirfst sie einfach beiseite wie... wie... wie einen schmutzigen Handschuh.»

«Aber Chuffy...»

«Leugne nicht!»

«Aber Herrgott noch mal, sie liebt mich doch gar nicht.»

«Ha! Dabei ist sie so leidenschaftlich in dich verknallt, daß sie quer übers Meer schwimmt, nur um bei dir zu sein. Oder stimmt das etwa nicht?»

«Aber sie liebt dich.»

«Ha!»

«Dich liebt sie. Nur deinetwegen ist sie gestern an Land geschwommen. Sie hat nur verrückt gespielt und so getan, als wollte sie mich heiraten, um dir eins auszuwischen, weil du ihr nicht vertraut hast.»

«Ha!»

«Nun komm endlich zur Besinnung, alter Freund, und rück die Butter raus.»

«Ha!»

«Es wäre mir lieb, wenn du jetzt mal aufhörst mit deinem dauernden ‹Ha!›. Es bringt uns nicht weiter, und es klingt hundsgemein. Ich muß jetzt Butter haben, Chuffy. Das ist von eminenter Tragweite. Und wenn es nur ein Klümpchen ist, bring's. Hörst du mich? Hier spricht Wooster, alter Freund, der Junge, mit dem du auf der Schule warst, den du gekannt hast, als er soo groß war.»

Ich hielt inne. Einen Augenblick lang hatte ich den Eindruck, daß ich den bösen Bann gebrochen hätte. Ich fühlte seine Hand auf meiner Schulter und spürte deutlich, wie sich die Finger knetend hin und her bewegten. In dieser Sekunde hätte ich mein letztes Hemd darauf verwettet, daß diesmal Sanftmut sein Herz erfüllte.

Und so war es auch. Nur war es leider die falsche Art von Sanftmut.

«Ich will dir mal ganz ehrlich sagen, wie ich darüber denke, Bertie», sagte er, und seine Stimme troff von niederträchtiger Sanftmut. «Ich will nicht so tun, als liebte ich das Mädchen nicht. Selbst jetzt, nach allem, was geschehen ist, liebe ich sie noch. Ich werde sie immer lieben. Ich liebte sie vom ersten Augenblick an. Das war im Savoy Grill, ich erinnere mich genau, sie saß in der Vorhalle und hatte schon die Hälfte eines halb trockenen Martinis intus, weil wir etwas zu spät kamen, Sir Roderick und ich, und ihr Vater hatte gemeint, statt einfach zu warten, könnten sie auch ruhig einen Cocktail zu sich nehmen. Unsere Blicke trafen sich, und ich wußte, jetzt hatte ich das Mädchen gefunden, das für mich bestimmt war, das einzige auf der ganzen Welt. Dabei hatte ich nicht die leiseste Ahnung, daß sie im Grunde nur noch verrückt war nach dir.»

«Aber das stimmt doch nicht.»

«Jetzt weiß ich es natürlich, und ich weiß auch, daß ich sie nie mehr für mich gewinnen kann. Aber etwas kann ich tun, Bertie. Da ich sie von Herzen liebhabe, kann ich wenigstens dafür sorgen, daß man sie nicht ihres Glückes beraubt. Sie soll glücklich sein, nur darauf kommt es mir an. Aus irgendeinem Grund ist sie darauf versessen, deine Frau zu werden. Warum, könnte kein Mensch erklären, aber wir brauchen das auch nicht zu ergründen. Rätselhafterweise will sie gerade dich, und gerade dich soll sie verdammt noch mal auch kriegen. Das ist doch weiß Gott seltsam, daß ausgerechnet du von mir verlangst, ich solle dir helfen, ihre Mädchenträume zu zerschlagen und ihren liebreizenden Kinderglauben an das Gute im Menschen zu enttäuschen. Glaubst du wirklich, ich bin dein Handlanger bei deinen widerwärtigen, menschenverachtenden Plänen? Da hast du dich aber in den Finger geschnitten. Du kriegst keine Butter von mir, mein Junge. Du bleibst genauso, wie du bist, und wenn ich's mir recht überlege, dann habe ich überhaupt keinen Zweifel daran, daß dir dein höheres Selbst schon selber den Weg weisen wird und du der Weisung zur Jacht folgen wirst, willig und bereit, deinen Verpflichtungen nachzukommen, wie es sich für einen englischen Gentleman ziemt.»

«Aber Chuffy...»

«Wenn du willst, werde ich Trauzeuge sein. Mit einem blutenden Herzen, aber ich mach es, wenn du mich haben willst.»

Ich schüttelte ihn am Arm. «Butter, Chuffy!»

Er schüttelte den Kopf. «Keine Butter, Wooster. Es ist besser für dich, wenn du keine Butter bekommst.» Dabei warf er meinen Arm beiseite wie einen schmutzigen Handschuh und schritt an mir vorbei in die Nacht.

Ich weiß nicht, wie lange ich da gestanden habe. Vielleicht war es nur ein Weilchen. Vielleicht war es eine ziemliche Weile. Ich verharrte wie festgewurzelt, insgesamt gesehen eine Beute des Elends, und in diesem Zustand sieht man nicht auf die Uhr.

Irgendwann, fünf, zehn, fünfzehn oder vielleicht sogar zwanzig Minuten später wurde ich eines leichten Hüstelns an meiner Seite gewahr, so wie ein respektvolles Schaf die Aufmerksamkeit seines Hirten auf sich zu lenken versuchen mag, und ich kann Ihnen nicht beschreiben, wie überrascht und dankbar ich war, als ich Jeeves erkannte.

15

Weitere Entwicklung der Butterlage

Im ersten Moment war es wie eine dieser irrsinnigen Fata Morganas, aber es klärte sich alles ganz natürlich auf.

«Ich hatte gehofft, daß Sie das Anwesen noch nicht verlassen hätten, Sir», sagte er. «Ich habe schon seit einiger Zeit nach Ihnen Ausschau gehalten. Als ich hörte, daß die Scheuermagd an der Hintertür den Schwarzen Mann bemerkt zu haben glaubte und daraufhin das Opfer eines hysterischen Anfalls wurde, folgerte ich, daß Sie an der Tür gewesen sein müssen, zweifellos mit der Absicht, mich zu treffen. Ist etwas schiefgegangen, Sir?»

Ich wischte mir über die Stirn. «Jeeves», sagte ich, «ich fühle mich wie ein verirrtes Kind, das seine Mutter wiederfindet.»

«Tatsächlich, Sir?»

«Ich hoffe, es macht Ihnen nichts aus, wenn ich Sie Mutter nenne?»

«Keineswegs, Sir.»

«Danke sehr, Jeeves.»

«Also ist etwas schiefgegangen, Sir?»

«Schief ist das Wort. Wie heißt diese verdammte Dose, unter der die Menschheit leiden muß, Jeeves?»

«Die Büchse der Pandora, Sir?»

«Jeeves. Ich habe diese Büchse gefunden. Mehr noch. Ich sitze mittendrin. Es fängt damit an, daß dieses Zeug mit Wasser und Seife nicht weggeht.»

«Das ist richtig, Sir. Ich hätte Sie darauf aufmerksam machen sollen, daß Butter in diesem Fall ein *sine qua non* ist.»

«Ich war nahe dran, Butter zu bekommen, als Brinkley – der Neue, Sie wissen ja – plötzlich reinstürzte und das Haus niederbrannte.»

«Sehr mißlich, Sir.»

«Der Ausdruck ‹sehr mißlich› dürfte kaum als Übertreibung anzusehen sein, Jeeves. Jedenfalls landete ich im Schlund der Hölle. Ich bin dann hergekommen und versuchte, Sie zu erreichen. Aber diese Scheuermagd hat alles vermasselt.»

«Ein leicht erregbares Geschöpf, Sir. Das Unglück wollte es, daß diese Scheuermagd mit der Köchin just bei Ihrem Eintreffen über dem Ouija-Brett saß – Sie wissen ja, die Alphabettafel für spiritistische Sitzungen –, und wie es scheint, bekamen sie gerade eine aufregende Nachricht aus dem Jenseits. Sie hat Sie offenbar für einen materialisierten Geist gehalten.»

Ich erbebte ein wenig. «Wenn sich Köchinnen doch auf ihre Braten und Hacksteaks beschränkten», sagte ich mit einiger Strenge, «und ihre Zeit nicht mit okkulter Forschung vergeuden wollten, dann könnte das Leben ganz anders sein.»

«Sehr wahr, Sir.»

«Dann traf ich zufällig Chuffy. Er weigerte sich obstinat, mir etwas Butter zu leihen.»

«Tatsächlich, Sir?»

«Er war in übelster Laune.»

«Seine Lordschaft steht zur Zeit unter dem Druck großer seelischer Pein, Sir.»

«Das sah man. Er ließ mich stehen und wollte zu einer Wanderung über Land aufbrechen. Jetzt, mitten in der Nacht.»

«Körperliche Betätigung ist ein anerkanntes Palliativ in Fällen von Herzeleid, Sir.»

«Na schön, ich darf nicht zu hart über ihn urteilen. Ich muß mir immer vor Augen halten, wie sauber er Brinkley in die Weichteile getreten hat. War eine Wohltat, das zu sehen. Und jetzt sind Sie wieder da, Jeeves, und alles wird gut. Das Happy-End, wie man so sagt, was?»

«Genau, Sir. Mit dem größten Vergnügen werde ich Ihnen Butter beschaffen.»

«Bekomme ich noch den 10.21?»

«Ich fürchte nein, Sir. Doch ich habe mich vergewissert, daß noch einer fährt, und zwar um 11.50 Uhr.»

«Dann bin ich aus allem heraus.»

«Jawohl, Sir.»

Ich atmete tief ein. Was für eine Erlösung!

«Die Frage ist, ob Sie nicht vielleicht in der Lage wären, mir ein paar Sandwiches für die Reise einzupacken, wie?»

«Aber sicher, Sir.»

«Und vielleicht noch ein kleines, gutes Tröpfchen?»

«Aber selbstverständlich, Sir.»

«Und wenn Sie dann zufällig hier und jetzt auch noch so etwas wie eine Zigarette bei sich hätten, dann wäre die Welt mehr oder weniger vollkommen.»

«Türkisch oder Virginia?»

«Beides.»

So eine Zigarette besänftigt das ganze System. Eine Weile paffte ich so vor mich hin, und die Nerven, die einen Zollbreit und mit gekräuselten Enden aus meinem Körper herausgestanden hatten, kuschelten sich alle wieder an ihren Platz zurück. Erfrischt und gekräftigt, war ich jetzt in der Stimmung, mich zu unterhalten. «Was war das für ein Gebrüll vorhin, Jeeves?»

«Sir?»

«Kurz bevor ich Chuffy traf, drangen tierische Schreie von irgendwoher aus dem Hause heraus. Klang sehr nach Seabury.»

«Es war Master Seabury, Sir. Er ist heute abend etwas störrisch.»

«Was juckt ihn denn?»

«Irgendwie war er zutiefst enttäuscht, daß er die Schwarzen-Kapelle auf der Jacht nicht miterleben durfte.»

«Doch selber schuld, der dumme, kleine Stinker. Wenn man zu einer Geburtstags-Party gehen will, dann prügelt man sich doch nicht mit dem Geburtstagskind.»

«So ist es, Sir.»

«Seinem Gastgeber am Abend vor dem Geburtstag noch ein Schutzgeld aus der Tasche ziehen zu wollen, auf die Idee kommt doch nur einer, der sich die Hosen mit der Beißzange anzieht.»

«Sehr wahr, Sir.»

«Und was haben die mit ihm gemacht? Das Brüllen hat er ja eingestellt. Haben sie ihn chloroformiert?»

«Nein, Sir. Soviel ich weiß, wurden Maßnahmen getroffen, damit der Kleine doch noch in den Genuß einer ähnlichen Darbietung gelangt.»

«Was soll das heißen, Jeeves? Haben die jetzt etwa auch die Schwarzen?»

«Nein, Sir. Die diesbezüglichen Kosten rücken ein solches Projekt aus dem Bereich wahrzunehmender Möglichkeiten. Wie ich höre, hat Lady Chuffnell Sir Roderick Glossop dazu bewogen, sich in den Dienst der Sache zu stellen.»

Dem konnte ich nicht folgen. «Der alte Glossop?»

«Jawohl, Sir.»

«Was kann der denn machen?»

«Es hat den Anschein, Sir, daß Sir Roderick über eine wohltönende Baritonstimme verfügt und in seiner Jugend als Medizinstudent des öfteren Gesangsstücke in Konzerten und bei ähnlichen Veranstaltungen zum besten gegeben hat.»

«Der alte Glossop!»

«Jawohl, Sir. Ich war Ohrenzeuge, als er dies Lady Chuffnell erzählt hat.»

«Wer hätte das gedacht.»

«Ich muß Ihnen zustimmen, Sir. Angesichts seiner jetzigen Allüren würde man solche Talente kaum in ihm vermuten. Jedoch: *Tempora mutantur, nos et mutamur in illis.*»

«Sie glauben also, daß er Klein Seabury mit seinen Gesängen friedlich stimmen will?»

«Jawohl, Sir, von Lady Chuffnell auf dem Piano begleitet.»

Ich sah sofort, wo der Haken war. «Das kann nicht gutgehen, Jeeves. Denken Sie mal nach.»

«Sir?»

«Stellen Sie sich den Rotzlöffel doch mal vor. Die ganze Zeit freut er sich auf die große Schau mit der Schwarzen-Truppe, und statt dessen kommt so ein bleichgesichtiger Schrumpelgreis, den seine Mama auf dem Pianoforte begleitet. Ist das vielleicht ein angemessener Ersatz?»

«Nicht bleichgesichtig, Sir.»

«Was?»

«Nein, Sir. Die Lage wurde besprochen, und Lady Chuffnell war der Ansicht, daß zumindest die atmosphärische Anmutung einer negroiden Künstlergruppe unerläßlich sei. Der junge Herr ist gerade im jetzigen Gemütszustand ungewöhnlich anspruchsvoll.»

Ich war so perplex, daß mir eine ganze Ladung Rauch in die falsche Kehle kam. «Der alte Glossop schwärzt sich doch nicht etwa an?»

«Doch, Sir.»

«Jeeves, reißen Sie sich zusammen. Das kann doch nicht wahr sein. Er macht sich das Gesicht schwarz?»

«Jawohl, Sir.»

«Unmöglich.»

«Man darf nicht vergessen, Sir, daß Sir Roderick im Augenblick sehr zugänglich ist und jeder Anregung von den Lippen Lady Chuffnells auf der Stelle Folge leistet.»

«Sie wollen sagen, er ist verliebt?»

«Jawohl, Sir.»

«Und Liebe ist eine Himmelsmacht?»

«Jawohl, Sir.»

«Aber trotzdem... Wenn Sie verliebt wären, Jeeves, würden Sie sich anschwärzen, um den Sproß des geliebten Gegenstandes bei Laune zu halten?»

«Nein, Sir. Doch sind wir Menschen von sehr unterschiedlicher Beschaffenheit.»

«Das ist wahr.»

«Sir Roderick machte tatsächlich einen Ansatz zu protestieren, aber Lady Chuffnell verwarf seinen Einwand. Ich bin sogar der Überzeugung, daß sie, alles in allem, recht daran getan hat. Sir Rodericks freundliche Mithilfe wird dazu beitragen, den Bruch zwischen ihm und Master Seabury zu heilen. Zufällig habe ich erfahren, daß der junge Herr mit seinem Versuch, Sir Roderick ein Schutzgeld zu entlocken, gescheitert ist und auf diesen Fehlschlag äußerst giftig reagierte.»

«Der hat wirklich den alten Knacker noch melken wollen?»

«Jawohl, Sir. Um zehn Shilling. Der junge Herr hat mich persönlich davon unterrichtet.»

«Ihnen vertraut jeder sein Innerstes an, Jeeves.»

«Jawohl, Sir.»

«Aber Sir Glossop hat die Kohlen nicht lockergemacht?»

«Nein, Sir. Statt dessen las er dem jungen Herrn, wie man so sagt, die Leviten. Der junge Herr nannte es Moralpauke, und zufällig weiß ich, daß er dieselbe recht übelnahm, und zwar mit solcher Intensität, daß ich mich des Eindrucks nicht erwehren kann, er plane nun, gewisse Repressalien in die Wege zu leiten.»

«Das kann doch nicht sein Ernst sein? An seinem Stiefvater in spe will er sich rächen?»

«Junge Herren sind oft sehr eigenwillig, Sir.»

«Richtig. Da brauchen wir nur an Tanta Agathas Sohn Jung Thomas zu denken. Die Sache mit dem Minister.»

«Jawohl, Sir.»

«Von Groll getrieben, hatte er ihn auf einer Insel im See ausgesetzt, zusammen mit einem recht mißgelaunten Schwan.»

«Jawohl, Sir.»

«Wie sieht's denn hierzulande mit solchen Schwanenkämpfen aus? Ich muß sagen, ich sähe mit Wonne den alten Glossop, wie er vor einem wildgewordenen Schwan ausreißt und irgendwas sucht, um raufzuklettern.»

«Ich nehme eher an, daß Master Seaburys Pläne mehr in die Richtung altbewährter Fallenstellung tendieren, Sir.»

«Natürlich. Das sieht ihm ähnlich. Keine Vorstellungskraft, der Knabe. Das ist mir öfter aufgefallen. Seine Phantasie ist... wie heißt das noch?»

«Kleinkariert, Sir?»

«Genau. Mit all den unbegrenzten Möglichkeiten eines Herrenhauses zu seiner Verfügung, begnügt er sich mit dem traditionellen Eimer voller Rußwasser auf dem Türrahmen, was man auch in jeder Vorortvilla machen könnte. Ich habe noch nie eine hohe Meinung von Seabury gehabt, und jetzt sehe ich mein Urteil bestätigt.»

«Nicht Rußwasser, Sir. Der junge Herr denkt, wie ich glaube, an so etwas wie eine Butterrutsche alter Art, Sir. Er fragte mich gestern, wo man die Butter aufbewahre, und schob als Erklärung vor, er habe vor kurzem eine Filmkomödie in Bristol gesehen, in der eine solche Belustigung vorgekommen sei.»

Ich fand das abscheulich. Gott weiß, jeder Frevel, der einem so lümmelhaften Individuum wie Sir Roderick Glossop widerfährt, trifft auf jubelnden Widerhall in Bertram Woosters Brust, aber eine Butterrutsche... das ist doch die abgrundtiefste Einfallslosigkeit. Mit der hohen Kunst ausgeklügelter Fallenstellung hat das nicht mehr das geringste zu tun. Da ist keiner im Drones Club, nicht ein einziger, der je auf solch einen niedrigen Gedanken käme.

Ich wollte gerade verächtlich auflachen, als ich mich besann. Ein Wort hatte mich daran erinnert, daß das Leben ernst und grausam ist und daß die Zeit verstrich.

«Butter, Jeeves! Da stehen wir müßig herum und reden von Butter, und dabei hätten Sie schon längst zur Speisekammer eilen sollen, um mir selbige zu besorgen.»

«Ich eile, Sir.»

«Und Sie wissen genau, wo Sie Butter finden?»

«Jawohl, Sir.»

«Und Sie sind sicher, daß das Zeug mich wieder entschwärzt?»

«Ganz bestimmt, Sir.»

«Dann schnell hinweg mit Ihnen, Jeeves, und nicht länger gesäumt.»

Ich setzte mich auf einen umgedrehten Blumentopf und nahm meine Nachtwache wieder auf. Im Gegensatz zu meinen Gefühlen, die ich bei meinem ersten Verweilen in dieser Nacht hier hatte, war mir jetzt ganz anders zumute. Beim ersten Mal war ich sozusagen ein Paria ohne einen Penny in der Tasche, dem kein Mensch mehr ein Stück Brot gegeben hätte. Jetzt aber sah ich den Silberstreifen am Horizont. Gleich würde Jeeves mit dem benötigten Requisit auftauchen, das mich im Handumdrehen in einen rosenwangigen Mann von Welt zurückverwandeln würde.

Rechtzeitig würde ich dann den Zug um 11.50 erklimmen und alsbald in London und in Sicherheit sein.

Mir war leicht ums Herz. In gehobener Stimmung sog ich die Nachtluft ein. Und während ich sie einsog, entstand ein ungeheurer Aufruhr im Haus. Das meiste davon trug Seabury bei. Er brüllte, als ob er am Spieß steckte. Von Zeit zu Zeit hörte man zwischendurch schwächere und doch eindringliche Töne von seiten Lady Chuffnells. Offenbar machte sie jemandem Vorwürfe. In diesem Wirrwarr von Geräuschen war auch noch eine tiefere Stimme herauszuhören, der unverkennbare Tieftöner des Baritons von Sir Roderick Glossop. Der Lärm schien aus dem Wohnzimmer herauszuschallen, und mit Ausnahme einer einzigen Erfahrung, die ich machte, als ich einmal müßig durch den Hyde Park schlenderte und mich plötzlich inmitten eines Gemeinschaftssingens befand, hatte ich eine solche Kakophonie noch nie erlebt.

Es kann nicht so sehr lange gedauert haben, bis mit einem Male die Eingangstür aufgeworfen wurde. Eine Gestalt erschien. Die Tür knallte zu, und die Gestalt machte sich hurtig in Richtung auf das Einfahrtstor davon. Nur einen Moment lang war das Licht aus der Halle über das Gesicht gehuscht, aber es genügte, um den Menschen zu identifizieren.

Dieser schnelle Abgänger, der nun mit allen Anzeichen inbrünstigster Wut durch das Dunkel tappte, war kein anderer als Sir Roderick Glossop. Sein Gesicht war, wie ich wohl bemerkte, so schwarz wie ein Pikas.

Nach einer Weile, während ich noch über die Ursachen nachgrübelte und die Sache von mehreren Seiten beleuchtete, sah ich auf einmal Jeeves an der rechten Flanke undeutlich aufragen. Ich war froh, daß er da war. Ich dürstete nach Aufklärung.

«Was war los, Jeeves?»

«Die Störung, Sir?»

«Hörte sich an, als würde Klein Seabury umgebracht. Aber darauf darf man wohl nicht hoffen, wie?»

«Der junge Herr wurde das Opfer einer handgreiflichen Belehrung, Sir. Die Hände waren die von Sir Roderick Glossop. Ich war allerdings nicht selbst ein Augenzeuge dieses Schauspiels. Ich verdanke meine Information dem Hausmädchen Mary, das persönlich anwesend war.»

«Persönlich?»

«Qua Fernsicht durchs Schlüsselloch, Sir. Sie war Sir Roderick zufällig auf der Treppe begegnet, und seine Erscheinung muß sie dermaßen beeindruckt haben, daß sie, wie sie mir sagte, ihm sofort unauffällig gefolgt ist, immer neugierig, was er wohl vorhätte. Ich vermute, daß sein Aussehen sie faszinierte. Sie neigt etwas zur Frivolität, wie so viele dieser jungen Mädchen, Sir.»

«Was geschah dann?»

«Die Genese, gewissermaßen, der ganzen Affäre ist etwa dort anzusetzen, Sir, wo Sir Roderick im Flur die Butter-Rutschbahn des jungen Herrn betrat.»

«Ach. Er hat's also wirklich wahrgemacht?»

«Jawohl, Sir.»

«Und Sir Roderick schlug der Länge nach hin?»

«Er ist anscheinend mit großer Macht zu Boden gegangen, Sir. Mary berichtete noch ganz enthusiastisch darüber und meinte, es habe sie an die Anlieferung einer Tonne Kohlen erinnert. Ich muß gestehen, der bildhafte Vergleich überraschte mich nicht wenig, denn sie hat nicht viel Phantasie.»

Ich mußte anerkennend lächeln. Der Abend hatte vielleicht etwas trübe begonnen, dachte ich mir, aber Ende gut, alles gut.

«Sir Roderick hastete offenbar daraufhin in äußerster Erregung in den Salon, wo er Master Seabury ohne Säumen einer strengen Züchtigung unterzog. Lady Chuffnell beschwor ihn vergebens, er möge von seinem Tun ablassen, was er jedoch strikt ablehnte. Das Fazit war letztendlich ein absoluter Bruch zwischen Lady Chuffnell und Sir Roderick, wobei erstere ihm mitteilte, sie wünsche ihn nie mehr zu sehen, worauf letzterer versicherte, daß er, käme er nur heil aus diesem verpesteten Haus heraus, seinen Schatten nie mehr auf die Türfüllungen desselben fallen ließe.»

«Also ein solenner Krach?»

«Jawohl Sir.»

«Verlobung gelöst?»

«Jawohl, Sir. Die Zuneigung, die Lady Chuffnell Sir Roderick entgegenbrachte, wurde auf der Stelle von der Flutwelle verletzter Mutterliebe hinweggeschwemmt.»

«Sehr hübsch formuliert, Jeeves.»

«Danke sehr, Sir.»

«Sir Roderick ist auf Nimmerwiedersehen verschwunden?»

«Es hat den Anschein, Sir.»

«Eine richtige Unglückssträhne für Chuffnell Hall. Als läge ein Fluch auf dem Haus.»

«Hinge man abergläubischer Betrachtungsweise an, Sir, müßte es einem wirklich so vorkommen.»

«Und wenn vorher noch kein Fluch drauf gelegen hat, dann liegen jetzt rund fünfundsiebzig drauf. Ich hab sie gezählt, als der alte Glossop vorbeilief.»

«Ich nehme an, er war ziemlich erschüttert, Sir?»

«Erschüttert ist das Wort, Jeeves.»

«So muß es wohl sein. Anderenfalls hätte er das Haus wohl kaum in seinem Zustand verlassen.»

«Wie meinen Sie das?»

«Bitte, Sir, wenn Sie bedenken, daß es für ihn, unter den gegebenen Umständen, nicht gut möglich ist, in sein Hotel zurückzukommen. Sein Erscheinen würde Kommentare abträglichen Charakters hervorrufen. Ebensowenig aber kann er nach den stattgehabten Vorfällen nach Chuffnell Hall zurückkehren.»

Ich sah, worauf er hinauswollte. «Heiliger Himmel, Jeeves. Sie eröffnen einem da ganz neue Perspektiven. Lassen Sie mich das mal zusammenfassen. Also, er kann nicht ins Hotel zurück... ja klar, das sehe ich ein. Und er kann auch nicht zur lieben Witwe Chuffnell zurückkrauchen... ja klar, das sehe ich gleichfalls ein. Alle Wege sind blockiert. Wie will er nur aus dieser Falle je herauskommen?»

«Es ist in der Tat ein Problem, Sir.»

Ich blieb eine Weile stumm. In Gedanken versunken. Sie hätten sich jetzt vielleicht gedacht, daß ich in meinem Herzen einen gewissen verhaltenen Jubel empfunden hätte. Seltsamerweise war dem aber nicht so. In meinem Herzen regte sich verhaltenes Mitleid.

«Also wissen Sie, Jeeves, es ist ja wahr, daß dieser Mensch mir in der Vergangenheit nun wirklich mit Hinterlist und Tücke begegnet ist, und dennoch tut er mir leid. Er sitzt in einer furchtbaren Klemme. Für mich war's schon schlimm genug, als schwarzer Mann herumzulaufen, aber er muß ja an seine Stellung denken. Ich meine, wenn mich die Welt so sähe, wie ich jetzt bin, würde sie doch höchstens die Achseln zucken und vor sich hin murmeln: ‹Junges Blut tut nicht gut› oder so was Ähnliches. Stimmt's?»

«Jawohl, Sir.»

«Aber nicht bei einem Mann von seinem Ansehen.»

«Da haben Sie recht, Sir.»

«Na ja. Na ja. Na ja. Also so was. So was. So was. Wenn man's recht betrachtet, dann ist das so etwas wie die Rache des Himmels.»

«Durchaus möglich, Sir.»

Es geschieht nicht oft, daß ich die Moral einer Geschichte herausarbeite, doch diesmal fühlte ich mich dazu gedrängt.

«Da sieht man mal wieder, daß man immer freundlich sein soll, auch zu den Geringsten unter uns. Seit Jahren hat dieser Glossop auf mir herumgetrampelt wie mit Spikes, quer übers Gesicht. Und was hat er jetzt davon? Umgekehrt aber, stellen Sie sich mal vor, wir hätten freundschaftlich miteinander verkehrt. Na, und dann? Dann wäre er jetzt fein raus gewesen. Da wäre er an mir vorbeigesaust, und ich hätte ihn aufgehalten. Da hätte ich ihm zugerufen: ‹Hallo, Sir Roderick, nicht so eilig. Halten Sie ein, mein Freund. Sie brauchen hier doch nicht derart geschminkt umherzustreifen. Bleiben Sie ein Weilchen bei mir, gleich wird Jeeves mit dem benötigten Material eintreffen, und alles ist in Butter.› So hätte ich doch zu ihm gesprochen, Jeeves, glauben Sie nicht?»

«Ganz zweifellos, Sir, hätten Sie sich in etwa so ausgedrückt.»

«Das hätte ihn aus seiner schauerlichen Lage gerettet, aus dieser Büchse der Pandora, in der er jetzt herumkriecht. Aber jetzt? Ich täusche mich wohl kaum, wenn ich vermute, daß dieser Mensch nicht vor morgen vormittag zu seiner Butter kommt. Frühestens. Und nicht einmal dann, wenn er nicht dafür berappen kann. Und all das nur, weil er es nicht über sich brachte, mich menschenwürdig zu behandeln. Stimmt einen nachdenklich, so was, wie?»

«O ja, Sir.»

«Aber was soll's. Vorbei ist vorbei.»

«Sehr wahr, Sir. Der Finger an der Wand, er schrieb und schrieb und schwand. Und weder Mitleid noch List bringen ihn jemals zurück, um auch nur eine halbe Zeile zu löschen, und all Ihre Tränen wischen kein Wort davon weg.»

«Genau. Und nun, Jeeves, zu unserer Butter. Ich muß mich jetzt sputen.»

Er seufzte in höchst respektvoller Weise.

«Ich bin zutiefst betrübt, Ihnen mitteilen zu müssen, Sir, daß infolge des enormen Verbrauchs von seiten Master Seaburys betreffs Auf- und Ausbau einer Butterrutsche leider keine Butter mehr im Hause ist.»

16

Bekümmernis im Witwenhaus

Ich erinnere mich, wie einmal in New York einer dieser Italo-Knirpse mit den traurigen Augen, die in Scharen auf Rollschuhen auf dem Washington Square herumflitzen, sich mit ungebremster Gewalt in meine Weste bohrte, als ich nichtsahnend etwas Luft schnappen wollte. Er prallte auf den dritten Knopf von unten, und damals beseelten mich ähnliche Empfindungen wie jetzt, als ich wie am Boden festgefroren mit ausgestreckter Hand vor Jeeves verharrte. Alle Sinne wie betäubt. Schwer angeschlagen. Wie vom Donner gerührt. Unfähig zu atmen. Als hätte jemand einen Sandsack gegen den armen Bertram schwingen lassen.

«Was?»

«Jawohl, Sir.»

«Keine Butter?»

«Keine Butter, Sir!»

«Jeeves, das ist entsetzlich!»

«Sehr unbefriedigend, Sir.»

Wenn Jeeves einen Fehler hat, dann den, daß er in solchen Situationen allzu häufig dazu neigt, kühler und gelassener zu bleiben, als einem lieb wäre. Aber normalerweise legt man keinen Protest ein, weil er ja im allgemeinen die Lage im Griff hat und ungesäumt mit einem seiner ausgereiften Vorschläge vor den Vorstand tritt. Aber oft hätte ich doch gewünscht, ich hätte eine Art von Aufwallung und etwas Haareraufen und Augenrollen bei ihm wahrgenommen. So was fehlt einem. Und so war es auch jetzt. Unter den gegebenen Umständen schien mir ein Adjektiv wie «unbefriedigend» doch meilenweit an der Wirklichkeit vorbeizutreffen.

«Was soll ich denn machen?»

«Ich fürchte, es wird unabdingbar sein, das Abschminken auf später zu verschieben, Sir. Morgen allerdings werde ich in der Lage sein, Sie mit Butter zu versorgen.»

«Und heute nacht?»

«Heute nacht, Sir, werden Sie sich unglücklicherweise damit bescheiden müssen, *in statu quo* zu verbleiben.»

«He?»

«Eine lateinische Wendung, Sir.»

«Sie meinen, wir können bis morgen nichts tun?»

«Ich fürchte nein, Sir. Sehr verdrießlich, Sir.»

«So ein starkes Wort gebrauchen Sie, um diesen Zustand zu beschreiben?»

«Jawohl, Sir. Äußerst verdrießlich.»

Ich atmete etwas mühsam. «Nun ja, sei's drum.» Ich dachte nach. «Und was mache ich in der Zwischenzeit?»

«Sie haben einen sehr aufreibenden Abend hinter sich, Sir, deshalb halte ich es für das beste, daß Sie schlafen gehen, um sich richtig zu erholen.»

«Auf dem Rasen?»

«Wenn ich mir den Vorschlag erlauben darf, Sir, ich glaube, Sie wären im Witwenhaus ganz bequem untergebracht. Es ist nicht weit von hier, gleich hinter dem Park, und es steht leer.»

«Unmöglich. Das lassen die doch nicht unbewacht.»

«Einer der Gärtner paßt auf das Haus auf, solange Lady Chuffnell und Master Seabury in Chuffnell Hall weilen, aber um diese Zeit sitzt er immer im Pub unten im Dorf. Es wird Ihnen leichtfallen, sich Einlaß zu verschaffen und sich in einem der oberen Räume einzurichten, ohne daß er es bemerkt. Morgen früh werde ich dann mit den nötigen Hilfsmitteln zu Ihnen stoßen.»

Ich muß sagen, es war nicht gerade meine Vorstellung von einem besonders gelungenen Abend.

«Etwas Besseres haben Sie nicht anzubieten?»

«Nein, Sir.»

«Sie würden nicht in Erwägung ziehen, mir Ihr Bett für die Nacht zu überlassen?»

«Nein, Sir.»
«Na, dann kann ich ja gehen.»
«Jawohl, Sir.»
«Gute Nacht, Jeeves», sagte ich verstimmt.
«Gute Nacht, Sir.»

Ich brauchte nicht lange bis zum Witwenhaus. Der Gang kam mir auch kürzer vor, als er in Wirklichkeit war, denn ich war innerlich völlig davon in Anspruch genommen, ganze Serien von Haßgesängen auf die Widerlinge loszulassen, die sich zusammengerottet hatten, um mir Heimsuchungen zu bescheren, die Jeeves mit dem schmückenden Beiwort «verdrießlich» belegen würde – allen voran Klein Seabury.

Je mehr ich an diesen Frischling dachte, um so tiefer senkte sich ein Stachel in mein Herz. Meine Meditationen über sein Wesen, oder besser Unwesen, hatten unter anderem zur Folge, daß sich im Hinblick auf Sir Roderick Glossop in mir neue, zartere Gefühle entfalteten, welche beinahe an Zuneigung grenzten.

Sie wissen ja selbst, wie das ist. Jahrelang betrachten Sie so einen Typen als Pestbeule und eine Gefahr für das gemeine Wohl, und eines Tages erfahren Sie unverhofft, daß er sich fabelhaft anständig verhalten hat; da fragen Sie sich doch unweigerlich, ob in dem Kerl nicht letzten Endes doch ein guter Kern ist. Genauso erging es mir im Falle Glossop. Viel hatte ich unter ihm erleiden müssen, seit unsere Wege sich gekreuzt hatten. In dem menschlichen Zoo, der sich auf Betreiben des Schicksals rings um Bertram Wooster angesammelt hatte, nahm er immer einen prominenten Platz unter den besonders giftigen und tükkischen Arten ein, und so manch ein weiser Kenner menschlicher Natur hielt ihn sogar für fähig, um den Lorbeerkranz des absolut Bösen zu wetteifern mit dieser alles in den Schatten stellenden Geißel unserer Zeit – meiner Tante Agatha. Doch nachdem ich nun von seinem jüngsten Auftritt erfahren hatte, spürte ich in mir eine merklich gemilderte Gesinnung ihm gegenüber.

Niemand, dachte ich mir, der Jung Seabury mit Inbrunst verdrischt, kann wirklich schlecht sein. Da zeigte sich edelstes Material unter der Schlacke. In einer Art Gefühlsaufwallung gelobte ich sogar, daß ich im Falle meiner Befreiung, das heißt, wenn sich alles so fügen sollte, daß ich mich wieder ungehindert meinen eigenen Angelegenheiten zuwenden könnte – daß ich den Mann aufsuchen und mich um freundschaftlichen Verkehr mit ihm bemühen würde. Ich war sogar schon so weit, daß ich mit dem Gedanken spielte, mit ihm einmal gemütlich zu Mittag zu essen, er auf der einen, ich auf der anderen Seite des Tisches, munter plaudernd wie alte Freunde, und zwischen uns eine Flasche auserlesenen, trockenen Prädikatweins... als ich bemerkte, daß ich vor dem Witwenhaus angelangt war.

Dieser Verschlag beziehungsweise Abladeplatz für Witwen verblichener Chuffnell-Lords war eine Art mittelgroßer Schuppen auf einem kleinen Areal, das in Immobilienanzeigen als ausgedehnt und weitläufig angepriesen sein würde. Man kam durch ein Gatter in einer Buchsbaumhecke herein und ging auf einem kleinen Kiesweg zum Haus, es sei denn, man zöge es vor, durch eines der unteren Fenster einzubrechen, in welchem Falle man am Rasenrand entlang vorsichtig und geräuschlos von Baum zu Baum huschte.

Ebendas tat ich, wiewohl ein flüchtiger Blick schon zeigte, daß es im Grunde unnötig war. Es sah alles ganz verlassen aus. Allerdings hatte ich bis jetzt nur die Vorderfront gesehen, und wenn der verantwortliche Gärtner seine Gewohnheit geändert haben sollte und sich nun nicht zu dieser Stunde im Pub eine Erfrischung gönnte, sondern sich statt dessen noch hier herumtrieb, dann würde er wohl auf der Rückseite sein. Dorthin lenkte ich meine Schritte, und zwar so leise wie ein Mäuschen.

Ich kann nicht behaupten, daß das Vorhaben mich reizte. Jeeves hatte zwar leichtfertig – oder zungenfertig – davon gesprochen, wie ich einbrechen und es mir für die Nacht bequem machen könnte. Bittere Erfahrung hatte mich indessen gelehrt, daß immer etwas schiefgeht, wenn ich auch nur den kleinsten Versuch mache, irgendwo einzusteigen. Diese schreckliche Geschichte mit Bingo Little war mir noch in Erinnerung, als er mich überredet hatte, in sein Haus einzubrechen und das Band aus dem Diktiergerät zu klauen, weil es den Text des kitschigen Artikels über ihn selbst enthielt, den seine Frau, eine bekannte Schriftstellerin, für das Blatt meiner Tante Dahlia, ‹Milady's Boudoir›, geschrieben hatte. Plötzlich, Sie erinnern sich vielleicht, wimmelte es vor Pekinesen, Hausmädchen und Polizisten, und da stand ich nun, ertappt und verschreckt. Ich hatte keine Lust, daß sich so etwas wiederholte.

Infolgedessen legte ich einen sehr strengen Maßstab hinsichtlich leiser Fortbewegung an mich an, als ich ums Haus schlich. Das erste, auf das mein Blick fiel, war die offenstehende Küchentür. Eingedenk besagten Maßstabs stürzte ich nun nicht mit dem Elan hinein, den ich vielleicht noch vor einem Jahr zur Schau gestellt hätte, als ich noch nicht der eisenharte, mißtrauische Mensch war, zu dem das Leben mich inzwischen umgeschmiedet hat. Statt dessen verhielt ich in äußerster Wachsamkeit. Vielleicht war alles in Ordnung. Vielleicht war aber auch nicht alles in Ordnung. Die Zeit würde es weisen.

Im nächsten Augenblick war ich heilfroh, mich bezähmt zu haben, denn plötzlich hörte ich im Hause jemanden pfeifen, und ich wußte sogleich, was das bedeutete. Es bedeutete, daß dieser Tropf von Gärtner nicht im Pub einen kippte, sondern beschlossen hatte, sich einen gemütlichen Abend mit seinen Büchern zu machen. Da kann man sehen, was von Jeeves' intimer Kenntnis der Vorgänge zu halten war.

Wie ein Leopard sprang ich in den Schatten zurück und fühlte Groll in mir aufsteigen. Jeeves hatte kein Recht, dachte ich ergrimmt, einfach auszuposaunen, daß irgendwelche Schnapsnasen um soundso viel Uhr ins Dorf gingen, um sich einen zu genehmigen, wenn sie es dann nicht tun.

Aber dann trat etwas ein, was ein völlig neues Licht auf die Sachlage warf, und ich mußte erkennen, daß ich dieser redlichen Haut unrecht getan hatte. Das Pfeifen hörte auf, ein einzelner scharfer Schluckauf ertönte, und dann sang jemand da drinnen ‹O Licht, das du uns führest›.

Der Insasse des Witwenhauses war kein Gärtner. Es war der unsägliche Brinkley, der im Haus auf der Lauer lag.

Die Situation bedurfte, wie mir schien, gründlicher und unüberstürzter Betrachtung.

Der ganze Ärger mit Hampelmännern wie Brinkley ist der, daß man nie weiß, wie man sich verhalten soll. Es gibt keine Gebrauchsanweisung. Sie sind so wechselhaft. Heute nacht, zum Beispiel, hatte ich diesen Mann im Zeitraum von nur einer Stunde gesehen, wie er einerseits mit dem Tranchiermesser in der Hand blutrünstig herumtobte und sich andererseits unterwürfig mit Fußtritten über die ganze Länge der Auffahrt von Chuffnell Hall hetzen ließ. Es schien jeweils davon abzuhängen, wie er in diesem oder jenem Augenblick gerade gestimmt war. Ich stand nun vor einer heiklen Frage. Wenn ich jetzt unerschrocken in das Witwenhaus hineinschritte, welchem Aspekt dieses vielseitigen Mannes stünde ich dann wohl gegenüber? Würde mich ein Friedensapostel achtungsvoll begrüßen, den ich ebenso bequem wie lustvoll am Hinterteil seiner Hose packen und in hohem Bogen hinausbefördern könnte? Oder würde es mein Los sein, den Rest der Nacht die Treppe hinauf und hinunter rasen zu müssen mit einem Tobsüchtigen im Nacken? Und wo war überhaupt das Tranchiermesser geblieben? Soweit ich feststellen konnte, hatte er es bei seinem Besuch in Chuffnell Hall offenbar nicht mitgeführt. Doch vielleicht hatte er es irgendwo abgelegt und inzwischen wieder an sich genommen.

Ich begutachtete die Situation von allen Seiten und entschied mich, zunächst an Ort und Stelle zu verbleiben. Dieser Entschluß erwies sich schon im nächsten Augenblick als sehr weise, wie die folgende Entwicklung zeigte. Brinkley war nun schon bei ‹Dunkel ist die Nacht› angekommen und wollte offenbar gerade mit vermehrtem Stimmaufwand dem Thema volle Gerechtigkeit widerfahren lassen, wenngleich mit kleinen Unsauberkeiten in der unteren Stimmlage. Doch mitten im Ansatz brach er ab. Das Nächste, was ich hörte, war ein erschreckender Zusammenklang von Getrampel, Getöse und Geschrei. Was diesen Ausbruch so plötzlich ausgelöst hatte, konnte ich natürlich nicht sagen. Doch ließ der Lärm wenig Zweifel daran, daß dieser Veitstänzer, wenn ich mich mal so ausdrücken darf, in seine Tranchiermesserphase zurückgefallen war.

Das Leben auf dem Lande bietet manchen Vorteil, wenn man wie Brinkley der eher aggressive Typ unter den Irren ist. Einer davon ist: Man hat mehr Spielraum. Diese Art von Krach, die er jetzt vollführte, hätte er zum Beispiel kaum auf dem Grosvenor Square in London veranstalten können, ohne daß sich nicht binnen zwei Minuten Polizei zuhauf zusammengerottet hätte. Da wären Fenster aufgegangen und Pfiffe ertönt. Aber in der friedlichen Abgeschiedenheit des Witwenhauses in Chuffnell Regis war Raum für üppigste Selbstentfaltung. Mit Ausnahme von Chuffnell Hall war im Umkreis einer Meile kein anderes Haus zu finden, und selbst in Chuffnell Hall hätte man dank der Entfernung den Wahnsinnsradau, den er machte, nur als schwaches Gemurmel vernommen.

Auch über das, was er nun zu erjagen trachtete, ließ sich kein schlüssiges Urteil bilden. Möglicherweise war der zum provisorischen Wächter eingesetzte Gärtner gar nicht ins Dorf gegangen und wünschte sich jetzt verzweifelt, er wäre dort. Aber es war natürlich auch denkbar, daß ein Mensch mit einem derartigen Affen in der Krone überhaupt kein bestimmtes Jagdobjekt brauchte, sondern einfach, gewissermaßen zu Übungszwecken, fiktive Phantome verfolgte.

Ich neigte eigentlich schon dieser Ansicht zu, dabei nicht ohne eine gewisse Hoffnung die Möglichkeit bedenkend, daß er vielleicht dabei die Treppe hinunterfiele und sich das Genick bräche, als ich bemerken mußte, daß ich im Irrtum war. Seit einigen Minuten war der Tumult etwas schwächer geworden, der Schwerpunkt der Handlung schien in abgelegenere Winkel verlagert, aber nun ging es auf einmal wieder etwas lebhafter zu. Füße trampelten Treppen hinab. Plötzlich ein schrecklicher Schlag. Sofort anschließend flog die hintere Tür auf, und eine menschliche Gestalt schoß heraus, sauste in meine Richtung, strauchelte und schlug schwer vor mir auf. Ich war schon dabei, meine Seele Gott zu empfehlen und hoffend, daß alles gutging, diesem Ding vor mir auf den Sitz seiner Eingeweide zu springen, als etwas im

Ausdruck seiner Kommentare mich stutzig machte; da tönte eine gewisse Art von sehr gepflegten gotteslästerlichen Flüchen durch, die für eine Erziehung zeugte, wie sie Brinkley sicher nicht genossen haben konnte.

Ich beugte mich hinab. Meine Diagnose war korrekt. Es war Sir Roderick Glossop. Ich wollte mich gerade vorstellen und Erkundigungen einholen, als die hintere Tür von neuem aufflog und eine andere Gestalt sichtbar wurde.

«Und trau dich bloß nicht mehr rein», sagte sie mit starker Erbitterung. Es war Brinkleys Stimme, und mit einigem Vergnügen nahm ich wahr, wenngleich die Umstände jetzt nicht gerade zur Heiterkeit einluden, daß er sich sein linkes Schienbein rieb.

Die Tür knallte zu, ich hörte, wie die Riegel knirschten. Gleich darauf erschallte eine Tenorstimme mit dem schönen Lied ‹Der Herr ist mein Fels› und zeigte uns damit an, daß für Brinkley jedenfalls die Akte geschlossen war.

Sir Roderick hatte sich hochgerappelt und stand heftig schnaufend da, als bekäme er keine Luft mehr. Das überraschte mich nicht, denn es war ja hoch hergegangen.

Es schien mir jetzt die rechte Zeit, ein Zwiegespräch in die Wege zu leiten.

«Hallo», sagte ich, «halli-hallo!»

Es war offenbar in dieser Nacht mein Schicksal, meine Mitmenschen, ob Mann oder Magd, bis ins Mark zu erschrecken. Jedoch in Anbetracht der Ergebnisse schien die Dynamik meiner Persönlichkeit merklich im Schwinden begriffen. Deutlicher gesagt: Während die Scheuermagd noch einen kompletten hysterischen Anfall vorgeführt hatte und Chuffy steil in die Luft gegangen war, bebte dieser Glossop nur noch wie ein Wackelpudding in Aktion. Das konnte natürlich auch daher kommen, daß er, rein physisch gesehen, einfach nicht mehr zustande brachte. Diese kleinen Zwischenspiele mit Brinkley nehmen einen Menschen ganz schön mit.

«Alles in Ordnung», fuhr ich fort im Bestreben, ihm die Furcht und den falschen Eindruck zu nehmen, ein Geschöpf der Finsternis murmele in sein Ohr. «Bin nur ich, B. Wooster...»

«Mr. Wooster!»

«Richtig.»

«Allmächtiger Gott», sagte er und beruhigte sich etwas, war allerdings noch weit davon entfernt, der Inbegriff des sprühenden Unterhalters zu sein. «Wffff!»

Damit ließ er es erst einmal bewenden und tankte sich mit dem lebenspendenden Odem auf. Ich blieb stumm. Wir Woosters halten uns in solchen Fällen stets zurück.

Allmählich verklang das Schnaufen zu einem sanften Pusten. Es dauerte noch etwa anderthalb Minuten. Als er dann zu sprechen begann, war es mit der Stimme eines gebrochenen Mannes, mit einem derart herzzerreißenden Zittern – Sie würden es vermutlich ein Tremolo nennen –, daß ich nahe daran war, ihm einen brüderlichen Arm um die Schulter zu legen und ihn mit gütigen Worten aufzumuntern.

«Sicher suchen Sie nach einer Erklärung für das rätselhafte Geschehen, Mr. Wooster.»

Den brüderlichen Arm schaffte ich noch nicht ganz, doch ich gab ihm immerhin einen ermutigenden Klaps.

«Keineswegs», sagte ich. «Aber gar keineswegs. Ich weiß alles. Ich bin genau im Bilde. Ich habe gehört, was in Chuffnell Hall geschehen ist, und als ich Sie aus der Tür herausstürzen sah, war mir klar, was dort vorgefallen war. Sie hatten vor, die Nacht im Witwenhaus zu verbringen, nicht wahr?»

«Das stimmt. Wenn Sie wirklich in Kenntnis gesetzt worden sind, was in Chuffnell Hall vor sich ging, dann wissen Sie auch, daß ich in der unglücklichen Lage bin...»

«... ein schwarzer Mann zu sein. Ich weiß Bescheid. Ich bin auch einer.»

«Sie auch?»

«Ja. Es ist eine lange Geschichte, und ich kann Sie Ihnen auch nicht erzählen, weil die Hintergründe gewissermaßen streng geheim sind. Aber Sie können sich darauf verlassen, daß wir beide in derselben Patsche sitzen.»

«Das ist erstaunlich.»

«Sie können nicht ins Hotel zurück, und ich kann nicht nach

London, solange wir nicht unser afrikanisches Make-up losgeworden sind.»

«Großer Gott!»

«So was verbindet, was?»

Er atmete tief ein. «Mr. Wooster, es hat Meinungsverschiedenheiten zwischen uns gegeben. Vielleicht war es meine Schuld. Ich weiß es nicht. Aber in einer solchen Krise sollten wir nicht mehr daran denken und... und...»

«Müssen zusammenhalten.»

«Genau.»

«Ich sehe da keine Schwierigkeiten», sagte ich in freundschaftlichem Ton. «Ich kann nur sagen, für mich war die Vergangenheit in dem Moment gestorben, als ich erfuhr, daß Sie Klein Seabury verhauen haben.»

Ich hörte ihn schnauben. «Wußten Sie, Mr. Wooster, was dieser abgefeimte Knabe mir angetan hat?»

«Weiß ich. Und was Sie ihm angetan haben. Ich bin ziemlich *á jour* mit den Geschehnissen bis zu dem Punkt, da Sie das Herrenhaus verließen. Was passierte dann?»

«Sofort nach meinem Auszug kam mir meine fürchterliche Lage voll zu Bewußtsein.»

«Muß ein Nackenschlag gewesen sein.»

«Ein überaus schwerer Schock. Ich war völlig verzweifelt. Wie mir schien, blieb mir nichts anderes übrig, als ein Obdach für die Nacht zu finden. Ich wußte, das Witwenhaus stand im Augenblick leer, und dorthin wandte ich mich.» Er erschauerte. «Mr. Wooster, dieses Haus – und ich sage das in vollem Ernst – ist ein Inferno.»

Jetzt schnaubte er wieder.

«Ich beziehe mich dabei nicht einmal auf die Anwesenheit eines offenkundig gefährlichen Geisteskranken. Was ich sagen will, ist, daß es im ganzen Haus nur so wimmelt von Lebewesen der unterschiedlichsten Natur. Mäuse, Mr. Wooster! Und kleine Hunde! Ich glaube, ich habe sogar einen Affen gesehen.»

«Was?»

«Es fällt mir jetzt ein, daß Lady Chuffnell mich schon darüber unterrichtet hatte, ihr Sohn habe angefangen, diesen Geschöpfen eine Bleibe zu bieten und sie zu betreuen, aber das war mir entfallen, und die Begegnung traf mich völlig unvorbereitet.»

«Ach ja, natürlich. Seabury züchtet ja diese kleinen Scheusale. Das hat er mir mal gesagt. Und dann hat die ganze Menagerie wohl die kleinen Rüsselchen vorgestreckt und Sie beschnüffelt?»

Ich spürte, wie er zusammenfuhr. Ich nehme an, er wischte sich über die Stirn.

«Soll ich Ihnen einmal erzählen, was ich unter diesem Dach erlebt habe, Mr. Wooster?»

«Unbedingt», sagte ich zustimmend. «Unbedingt. Die Nacht ist jung.»

Er wischte abermals, diesmal mit Taschentuch.

«Ein Alptraum. Das erste Zimmer, in das ich kam, war die Küche. Kaum war ich eingetreten, da kam aus einer dunklen Ecke eine Stimme. ‹Ich seh dich, alter Saftsack›, sagte die Stimme zu mir.»

«Klingt vertraut. Seabury, wie er leibt und lebt.»

«Ich brauche Ihnen wohl kaum zu sagen, in welche Verwirrung mich das stürzte. Ich biß mir heftig auf die Zunge. Ich begann dann zu ahnen, daß die Stimme von einem Papageien herrührte, und eilte hinaus. Ich hatte die Stiegen noch nicht erreicht, als ich eine grauenerregende Gestalt bemerkte. Es war ein kleines untersetztes, doch breitbrüstiges Wesen mit O-Beinen, langen Armen und einem verrunzelten Gesicht. Es trug ein Gewand, das jeder Beschreibung spottete, bewegte sich flink, wenngleich schwankend, und schnatterte dabei ohne Unterlaß vor sich hin. In meiner jetzigen, ruhigeren Verfassung muß ich vermuten, daß es ein Affe war, aber in jenem Augenblick...»

«Was für ein Haus», sagte ich teilnahmsvoll. «Jetzt denken Sie sich obendrein noch Seabury hinzu. Was für ein Haus! Und wo bleiben die Mäuse?»

«Die kommen später. Erlauben Sie mir freundlicherweise, systematisch der Chronologie meiner Mißgeschicke zu folgen, anderenfalls ich nicht fähig wäre, Ihnen die Geschichte zusammenhängend zu berichten. Das Zimmer, in das ich als nächstes kam, schien vor kleinen Hunden überzuquellen. Sie sprangen mich an, beschnüffelten mich und bissen nach mir. Ich floh in ein anderes Zimmer. Hier endlich, sagte ich mir, werde ich in diesem unheilvollen Unglückshaus sicher Frieden finden. Mr. Wooster, ich hatte diesen Gedanken noch nicht zu Ende gedacht, als etwas an meinem rechten Hosenbein hochkletterte. Ich sprang zur Seite und muß dabei wohl eine Kiste oder einen Käfig umgestoßen haben. Mr. Wooster, ich befand mich in einem Meer von Mäusen. Ich verabscheue dieses Getier. Ich unternahm den Versuch, sie abzustreifen. Aber sie klammerten sich nur um so fester an mich. Ich floh aus dem Zimmer und hatte kaum die Treppe erreicht, als der Umnachtete herbeieilte und mich verfolgte. Er verfolgte mich die ganze Treppe hinauf und hinunter, Mr. Wooster.»

Ich nickte verständnisvoll. «Wir kommen alle mal dran», sagte ich. «Ich hab's auch schon hinter mir.»

«Sie?»

«Richtig. Er hätte mich fast mit dem Tranchiermesser erwischt.»

«Soweit ich es beurteilen kann, gehörte die Waffe, die er mit sich führte, eher zur Klasse der Hackebeile.»

«Er wechselt ab», erklärte ich ihm. «Mal das Tranchiermesser, mal das Hackebeil. Sehr wandlungsfähig, dieser Geselle. Kommt wohl von seinem künstlerischen Temperament.»

«Sie reden, als ob Sie diesen Menschen kennten.»

«Mehr als das. Ich habe ihn angestellt. Er ist mein Diener.»

«Ihr Diener.»

«Ein Komiker namens Brinkley. Aber wohlgemerkt, mein Diener ist er nicht mehr lange. Er muß sich nur so weit abgeregt haben, daß ich überhaupt an ihn herankomme, um ihm zu kündigen. Ist doch spaßig, wenn man sich's überlegt», sagte ich, denn ich war gerade in der richtigen Stimmung, um etwas zu philosophieren. «Stellen Sie sich das mal vor. Dieser Blutvergießer kriegt die ganze Zeit sein Gehalt von mir. Mit anderen Worten, ich bezahle ihn noch dafür, daß er mich mit dem Tranchiermesser durch die Lande jagt. Wenn das nicht zeigt, wie das Leben spielt», fügte ich gedankenvoll hinzu, «was dann?»

Der alte Glossop brauchte eine ganze Weile, um das geistig zu verarbeiten. «Ihr Diener? Was macht er dann im Witwenhaus?»

«Och wissen Sie, ist halt ein unstetes Bürschchen. Mal hier, mal dort. Richtiger Flitzer. Vor kurzem war er noch im Herrenhaus.»

«So etwas habe ich noch nie gehört.»

«War mir auch neu, muß ich sagen. Na, Sie haben jedenfalls eine ereignisreiche Nacht hinter sich. Davon zehren Sie lange, was? Ich meine, jetzt brauchen Sie sicher vorläufig keine Aufregungen mehr auf Monate hinaus, wie?»

«Mr. Wooster, ich hoffe allen Ernstes, daß mein weiteres Leben bis zu seinem Ende in völliger Eintönigkeit verläuft, und zwar ohne jede Erschütterung. Heute nacht sind mir die verborgenen Abgründe menschlichen Daseins zu Bewußtsein gekommen. Könnte es sein, daß noch Mäuse auf mir ihr Wesen treiben?»

«Sie haben sie alle abgeschüttelt, würde ich sagen. Sie waren ziemlich rührig. Ich konnte Sie ja nur hören, aber es kam mir vor, als hüpften Sie sozusagen von Klippe zu Klippe.»

«Ich habe natürlich keine Anstrengung gescheut, um diesem Rasenden zu entgehen. Es war mir nur so, als knabberte da etwas an meinem linken Schulterblatt.»

«Sie haben wirklich einiges durchgemacht, was?»

«Es war eine wahrhaft entsetzliche Nacht. Eine normale Gemütslage wird sich ohne Zweifel nicht allzu rasch wieder bei mir einstellen. Mein Puls ist noch viel zu schnell, und es gefällt mir gar nicht, wie mein Herz hämmert. Und doch, dank glücklicher Fügung ist nun alles vorüber. Sie werden mir jetzt in Ihrem Landhaus das so dringend ersehnte Obdach gewähren, und dort wird es mir mit Hilfe von Wasser und Seife gelingen, diese ekelhafte Schwärze zu beseitigen.»

Ich sah nun den Moment gekommen, ihn behutsam ins Bild zu setzen. «Sie kriegen das Zeug nicht mit Wasser und Seife weg. Ich hab's versucht. Es geht nur mit Butter.»

«Das ist hier unerheblich. Selbstverständlich werden Sie mir auch Butter zur Verfügung stellen können, nicht wahr?»

«Bedaure. Keine Butter.»

«Sie müssen doch Butter in Ihrem Landhaus haben.»

«Kein Stück. Und warum? Es gibt auch kein Häuschen mehr.»

«Ich kann Ihnen nicht folgen.»

«Es ist abgebrannt.»

«Wie bitte?»

«Ja. Hat Brinkley verbrochen.»

«Allmächtiger Gott.»

«Ja, ich muß zugeben, er ist in vielerlei Hinsicht eine Nervensäge.»

Eine ganze Weile blieb er stumm. Grübelte. Betrachtete die Sache von einem Gesichtspunkt aus und dann von einem anderen. «Ihr Haus ist tatsächlich abgebrannt?»

«Haufen Asche.»

«Was bleibt uns nun zu tun?»

Jetzt schien der Augenblick gekommen, ihn den Silberstreifen sehen zu lassen. «Seien Sie guten Mutes», sagte ich. «Es mangelt uns vielleicht an Häuschen, aber die Butterlage, wie ich Ihnen versichern darf, ist äußerst lichtvoll. Heute nacht kommen wir zwar nicht an Butter heran, doch in der Frühe wird es daran nicht mehr mangeln. Jeeves bringt mir Butter, sowie der Milchmann da war.»

«Ich kann aber nicht bis morgen früh in dieser Verfassung bleiben.»

«Ich fürchte, wir haben keine Wahl.»

Darüber brütete er nach. Als ob die Zwangslage ihn in seinem Hochmut stark irritierte, schien zunächst nichts dabei herauszukommen, was ihn sicher ärgerte, obwohl ich das in der Dunkelheit nicht sehen konnte. Aber dann muß er wohl doch tief und gründlich nachgedacht haben, denn plötzlich hatte er einen Einfall.

«Ihr Häuschen da, das hat doch eine Garage?»

«Sicher.»

«Ist die auch abgebrannt?»

«Nein, die wird wohl der Feuersbrunst entkommen sein. Sie war vom Tatort ein ganzes Stück entfernt.»

«Ist dort Benzin aufbewahrt?»

«Sicher. Haufenweise.»

«Dann ist alles gut, Mr. Wooster. Ich bin überzeugt, daß Benzin sich als ebenso wirksames Reinigungsmittel erweist wie Butter.»

«Aber das geht nicht. Sie können nicht in meine Garage.»

«Und warum nicht, frage ich Sie?»

«Na ja, doch, Sie können schon, wenn Sie wollen. Ich allerdings nicht. Aus Gründen, die ich nicht in der Lage bin zu enthüllen, gedenke ich, den Rest der Nacht im Gartenhaus neben der Auffahrt zu verbringen.»

«Sie gehen nicht mit?»

«Bitte verzeihen Sie. Lieber nicht.»

«Dann gute Nacht, Mr. Wooster. Ich werde Sie nicht länger von Ihrer Nachtruhe fernhalten. Ich bin Ihnen sehr verpflichtet für die Hilfe, die Sie mir in einer höchst kritischen Situation haben angedeihen lassen. Wir sollten uns öfter sehen. Ich schlage vor, wir gehen demnächst einmal zusammen zum Lunch. Wie kann ich mir übrigens Zugang zu Ihrer Garage verschaffen?»

«Sie müssen schon ein Fenster einschlagen.»

«Das werde ich tun.»

Damit entschritt er, selbstsicher und forsch. Zweifelnd schüttelte ich meine alte Rübe und trottete langsam zum Gartenhaus.

17

Frühstücksgelüste

Ich weiß nicht, ob Sie schon jemals die Nacht in einem Gartenhaus verbracht haben. Wenn nicht, nehmen Sie Abstand davon. Ich würde es niemals einem Freunde raten. Und jetzt werde ich zu diesem Thema ungescheut meine Meinung sagen. Soweit ich das selber feststellen konnte, ist nichts, aber auch gar nichts an diesem Unterfangen von irgendwelchem Reiz. Abgesehen von der unvermeidlichen Quälerei des Fleisches herrscht dort Kälte, und abgesehen von der Kälte leiden Sie unter Seelenpein. Alle Gespenstergeschichten, die Sie je gelesen haben, schießen Ihnen durch den Kopf, besonders diejenigen, in denen Leute am nächsten Morgen aufgefunden werden, absolut mausetot, doch ohne erkennbare Verletzung und mit einem solchen Ausdruck panischen Entsetzens in den Augen, daß die Suchermannschaft den Atem gewissermaßen anhält und untereinander Blicke wechselt, wie um zu sagen: «Nanu, nanu, nanu.» Da kracht und ächzt es in der Nacht. Es kommt Ihnen vor, als hörten Sie Füße auf leisen Sohlen näher kommen. Sie haben den Eindruck, als griffe jede Menge knochiger Hände im Dunkel nach Ihnen. Dazu, wie gesagt, beißende Kälte und die Quälerei des Fleisches. Alles zusammengenommen ist dies eine der übelsten Erfahrungen, die man machen kann, und jedenfalls eine, die der weise Mann nach Kräften vermeidet.

Was mich aber am meisten peinigte, war der bittere Selbstvorwurf, daß ich nicht den Mut aufgebracht hatte, mit diesem beherzten alten Glossop zu meiner eigenen Garage zu gehen. Da hätte ich nicht hilflos und verlassen in so einem stinkigen Verschlag aushalten müssen, angstvoll dem Winde lauschend, der durch die Ritzen pfiff. In der Garage hätte ich mir nicht nur das

Gesicht blank scheuern können, ich wäre auch gleich anschließend in meinen alten Zweisitzer gesprungen, der da schon ungeduldig hinter dem Startband mit den Reifen scharrte, und gemütlich nach London gegondelt, gewissermaßen mit einem Zigeunerliedchen auf den Lippen.

Aber ich brachte einfach den Mumm nicht auf, das nachzuholen. Die Garage, dachte ich mir, liegt genau in der Gefahrenzone, mitten im Voules-Dobson-Gürtel, und ich wollte es um alles in der Welt nicht riskieren, Polizeisergeant Voules in die Hände zu fallen und von ihm festgehalten und verhört zu werden. Die Begegnungen mit ihm in der vorigen Nacht hatten mich so geschwächt und verunsichert, daß er mir nur noch wie ein schlafloser Zerberus vorkam, der unaufhörlich schnüffelnd auf seinen Streifzügen immer dann aus einem Hinterhalt hervorgewetzt kam, wenn man ihn am wenigsten brauchen konnte. Deshalb blieb ich, wo ich war. Ich rollte mich jetzt in die sechsundvierzigste Stellung und hoffte, innigst den Schlaf herbeisehnend, sie wäre vielleicht für die empfindlicheren Teile eine Spur linder als die vorigen fünfundvierzig.

Was mich immer wieder frappiert, ist, wie man unter solchen Umständen überhaupt noch Schlaf finden kann. Ich persönlich ließ schon relativ früh alle Hoffnung fahren, und niemand hätte infolgedessen so verblüfft sein können wie ich selbst, als ich entdeckte, daß der Leopard, dem ich gerade zu entkommen trachtete, während er mich ziemlich professionell ins Hinterteil biß, nur ein Traumbild war. Ich war plötzlich aufgewacht, schaute umher und fand keinen Leoparden unter den Anwesenden. Ein neuer Tag hatte begonnen, und draußen auf dem Rasen war ein Frühaufsteher aus der Vogelwelt schon beim Frühstück und machte einen Mordskrach dabei.

Ich ging zur Tür und schaute hinaus. Ich konnte kaum glauben, daß es bereits Morgen war. Und doch war es so, und ein herrlicher Morgen obendrein. Die Luft war frisch, lange Schatten lagen über dem Gras, und alles zusammen war so wunderbar, daß die Seele mächtigen Auftrieb erfuhr. Manch anderer in meiner Lage hätte jetzt sicher die Socken abgelegt und ausgelassen im Tau getanzt. Ich ging nicht ganz soweit, doch fühlte ich mich über alle Maßen erhoben. In diesem Augenblick hätten Sie mich sicher als durchaus vergeistigt empfunden, unbelastet von Erdenschwere und Sinnesregung, doch just in diesem Moment, als wäre der gute alte Ranzen mit einem Ruck aus seiner Trance aufgewacht, spürte ich ganz plötzlich, daß nichts in dieser Welt oder der nächsten jetzt so wichtig war wie eine Kanne Kaffee und so viele Eier und so viele Speckscheiben, als auf einem Teller aufzuhäufen waren.

Mit dem Frühstück ist das überhaupt so eine komische Sache. Wenn man nur auf den Klingelknopf zu drücken braucht, damit das Personal herbeieilt mit allem, was Küche und Keller bietet, vom Haferbrei über Konfitüren, Würstchen und Aufschnitt bis zu geschmortem Rindfleisch, dann verträgt man vielleicht gerade den Anblick eines Glases Wasser mit einem Zwieback. Sollte das Frühstück jedoch nicht abrufbar sein, fühlt man sich doch wie eine Python, wenn die Wärter im Zoo zum Mittagessen gongen. Ich persönlich muß in aller Regel erst stufenweise zum Schmause hingelockt werden. Ich will damit sagen, ich bin einfach nicht frühstückssüchtig, wenn ich nicht erst meinen Tee bekommen habe und dabei den neuen Tag überdenken konnte. Kein besser Zeugnis von meiner überraschenden Sinnesänderung wüßte ich Ihnen zu geben als den Hinweis, daß ich einen jungen Vertreter einer Art Geflügel draußen beobachtete, der eifrig dabei war, einen langen, rosigen Wurm hervorzuziehen, wobei ich sofort bereit gewesen wäre, mich an seinem herzhaften Mahl zu beteiligen. Tatsache ist, ich hätte in diesem Moment sogar mit einem Mäusebussard geteilt, was er gerade auf den Tisch gebracht hätte.

Meine Uhr war stehengeblieben, ich wußte also nicht, wie spät es war. Aber ich wußte eben auch nicht, wann Jeeves zum Rendezvous ins Witwenhaus zu kommen gedachte. Der Gedanke, er könnte gerade jetzt schon dorthin unterwegs sein und würde, falls er mich nicht anträfe, die ganze Sache als unergiebig aufgeben und sich in irgendeinen unzugänglichen festungsartigen Winkel im Rückgebäude zurückziehen, versetzte mich in Panik. Ich verließ das Gartenhaus, huschte hinter die Büsche und schlich wie ein Indianer auf seiner Fährte in voller Deckung auf das Herrenhaus zu.

Vorsichtig bewegte ich mich um das Haus herum, bereit, mit einem großen Satz das Freie zu gewinnen, als ich plötzlich durch eine offene Fenstertür im Frühstücksraum eines Schauspiels ansichtig wurde, das mich im Innersten anrührte. Tatsächlich wühlte es mich auf bis in die Tiefen meines Seins.

In diesem Zimmer stellte ein Hausmädchen ein großes Tablett auf einen Tisch.

Das einfallende Sonnenlicht umspielte des Mädchens Haar. Angesichts der kastanienbraunen Tönung schloß ich, daß es Mary sein mußte, die Verlobte Constable Dobsons. Zu jedem anderen Zeitpunkt hätte ich sie mit Interesse betrachtet. Doch jetzt war ich nicht in der Stimmung, dieses Mädchen kritisch daraufhin zu prüfen, ob der Constable nun das große Los mit ihr gezogen hatte oder nicht. Meine gesamte Aufmerksamkeit richtete sich gebündelt auf das Tablett.

Es war ein wohlbestücktes Tablett. Eine Kaffeekanne stand darauf, es gab Toast in erstaunlicher Menge und außerdem einen zugedeckten Teller. Dieser machte die Sache spannend. Unter dem Deckel könnten Eier sein, könnte Schinken sein, könnten Würstchen sein oder Nierchen oder geräucherte Heringe. Ich wußte es nicht, aber was immer es sein mochte, es sollte mir recht sein.

Denn mein Plan stand fest, ich hatte alles bedacht. Das Mädchen war dabei, aus dem Zimmer zu gehen, und ich schätzte, daß ich für die schwierige Aufgabe, die vor mir lag, gerade fünfzig Sekunden Zeit hatte. Wenn man etwa zwanzig ansetzt, um hineinzuflitzen, drei, um die ganze Bescherung an sich zu nehmen, und noch mal fünfundzwanzig für die Heimkehr in die Büsche, dann hat man alle wesentlichen Daten eines erfolgreichen Unternehmens.

Als die Tür sich schloß, war ich schon unterwegs. Es kümmerte mich nicht, ob mich jemand sah, aber ich könnte mir vorstellen, eventuelle Augenzeugen hätten bestimmt nicht mehr als so eine Art Schlierenbewegung wahrgenommen. Das erste Drittel des Einsatzes verlief zeitplangerecht, und ich hatte gerade Hand an das Tablett gelegt, bereit, damit in die Büsche zu verschwinden, als ich Schritte von draußen vernahm.

Blitzschnelle Reaktion tat not, und das ist genau die Situation, die Bertram in Hochform findet.

Hier muß ich allerdings einfügen: Dieses Zimmer ein Frühstückszimmer zu nennen ist eine Irreführung meiner Leser. Nur das verheißungsvolle Tablett hatte mich zu dieser Bezeichnung verleitet. Aber es war nicht das Frühstückszimmer, in dem das folgenschwere Duell zwischen Dwight und Klein Seabury stattgefunden hatte. Es war ein Arbeitszimmer, der Ort, an dem Chuffy seine Haus- und Grundbesitzgeschäfte abwickelte, Rechnungsbeträge addierte, über die steigenden Kosten eines landwirtschaftlichen Betriebes ächzte und seinen Mietern den Vogel zeigte, wenn sie kamen und ihn baten, ihnen doch weniger Miete zu berechnen. Aber mit all diesen Sachen kommt man nicht sehr weit, wenn man nicht einen schönen, großen Schreibtisch hat, und infolgedessen hatte Chuffy zum Glück auch einen hineingestellt. Er stand schräg in einer Zimmerecke und schien mir zu winken.

Zweieinhalb Sekunden später war ich dahinter, tief auf dem Teppich kauernd, und versuchte, nur noch durch die Poren zu atmen.

Im nächsten Augenblick ging die Tür auf, und jemand trat ein. Füße überquerten das Parkett und verhielten neben dem Schreibtisch. Ich hörte es klicken, als eine unsichtbare Hand den Hörer abhob.

«Chuffnell Regis zwei-neun-vier», sagte eine Stimme, und Sie können sich nicht vorstellen, welch eine Welle der Erleichterung über mir zusammenschlug, als ich diese Stimme wiedererkannte, die ich schon so manches Mal in der Vergangenheit innigst begrüßt hatte als die Stimme eines Freundes in der Not.

«O Jeeves», sagte ich und schoß in die Höhe wie ein Teufelchen aus der Schachtel.

Aber Jeeves kann man nicht aus der Fassung bringen. Da mögen Scheuermägde hysterische Anfälle bekommen und Mitglieder der Nobilität in die Luft gehen und zittern, aber nicht Jeeves. Er schaute mich mit einem Ausdruck respektvoller Gelassenheit an und nahm nach einem höflichen «Guten Morgen» seine Geschäfte wieder auf. Jeeves ist ein Mensch, der die Dinge gern in der richtigen Reihenfolge erledigt.

«Chuffnell Regis zwei-neun-vier? Seaview Hotel? Können Sie mir sagen, ob Sir Roderick Glossop auf seinem Zimmer ist?... Noch nicht zurückgekehrt?... Vielen Dank.»

Er hängte den Hörer auf und fand nun Gelegenheit, dem vormaligen Herrn einen Hauch seiner Aufmerksamkeit zu widmen.

«Guten Morgen, Sir», sagte er abermals, «ich hatte nicht erwartet, Sie hier zu sehen.»

«Ich weiß, aber...»

«Ich war der Auffassung, unsere Abmachung lautete dahingehend, daß wir uns im Witwenhaus treffen.»

Ich schauderte. «Jeeves», sagte ich. «Nur kurz etwas zum Witwenhaus, und damit möchte ich dieses Thema ein für allemal abgeschlossen haben. Ich weiß, Sie meinten es gut mit mir. Ich weiß, nur die lautersten Absichten haben Sie dazu bewogen, mich dorthin zu schicken. Tatsache jedoch ist, daß Sie mich zu einem mörderischen Frontabschnitt kommandierten. Wissen Sie, wer in diesem Haus des Grauens wütete? Brinkley, komplett mit Hackebeil.»

«Das tut mir sehr leid, Sir. Ich bin betrübt, das zu hören. Dann muß ich annehmen, daß Sie in dieser Nacht nicht dort geschlafen haben?»

«Nein, Jeeves, wirklich nicht. Ich habe im Gartenhaus geschlafen – wenn man das Schlafen nennen kann. Ich bin dann durchs Gebüsch gekrochen und habe versucht, Sie zu finden. Und plötzlich sah ich, wie das Mädchen allerlei Leckeres auf dem Tisch abstellte.»

«Das Frühstück Seiner Lordschaft, Sir.»

«Wo ist er?»

«Er müßte gleich hier sein, Sir. Es hat sich sehr glücklich getroffen, daß Lady Chuffnell mich beauftragt hat, im Seaview

Hotel anzurufen. Anderenfalls hätten wir Mühe gehabt, Verbindung aufzunehmen.»

«Ja. Halt mal, wie war das eben? Das mit dem Seaview Hotel?»

«Lady Chuffnell fühlte sich ein wenig beunruhigt wegen Sir Roderick, Sir. Ich vermute, sie ist nach eingehender Betrachtung zu dem Schluß gekommen, daß sie ihn gestern abend möglicherweise nicht richtig behandelt hat.»

«Die Mutterliebe brennt nicht mehr ganz so heiß, wie?»

«Nein, Sir.»

«Wohl so ein Fall von ‹Komme zurück, alles vergeben›?»

«Genau, Sir. Unglücklicherweise ist er offenbar verschwunden, und wir können uns nirgends erkundigen, wo er geblieben sein mag.»

Ich war natürlich imstande, das klarzustellen, was ich auch ohne zu zaudern tat. «Dem fehlt nichts. Nach einer aufmöbelnden Sitzung mit Brinkley ging er in meine Garage, um Benzin zu finden. Er meinte, daß ihm das genauso gut hilft wie Butter. Ist das richtig?»

«Ja, Sir.»

«Dann wird er wohl schon unterwegs nach London sein, wenn er nicht sogar schon dort ist.»

«Ich werde Lady Chuffnell umgehend davon verständigen, Sir. Ich vermute, daß diese Information ihr einige Sorgen abnehmen wird.»

«Sie glauben wirklich, daß sie ihn noch liebt und ihm die *amende honorable* angedeihen lassen will?»

«Oder den Ölzweig, ja, Sir. Dies schloß ich aus ihrem Verhalten. Es vermittelte mir den Eindruck, daß die alte Liebe und Wertschätzung wieder voll in Kraft sind.»

«Das höre ich gern», sagte ich wohlgemut. «Ich muß Ihnen nämlich mitteilen, Jeeves, daß ich seit unserem letzten Zusammentreffen meine Meinung über besagten Glossop völlig geändert habe. Ich habe eingesehen, es ist ein guter Kern in dem Mann. In den stillen Stunden der Nacht ist etwas aufgeblüht, und wenn Sie so weit gingen, das vielleicht sogar eine innige Männerfreundschaft nennen zu wollen, dann lägen Sie gar nicht so falsch. Wir entdeckten gegenseitig unsere verborgenen Qualitäten, und als er schied, überhäufte er mich mit Einladungen zum Mittagessen.»

«Tatsächlich, Sir?»

«Tatsache, Jeeves. Ab sofort wird in der Jurte vom alten Glossop immer ein Messer und eine Gabel für Bertram bereitliegen, und das gleiche gilt für Roddy chez Bertram.»

«Das ist überaus erfreulich, Sir.»

«Über alle Maßen, Jeeves. Wenn Sie also demnächst mit Lady Chuffnell plaudern, können Sie ihr sagen, daß die Verbindung nun meine Billigung und meinen Segen hat. Aber das steht jetzt nicht zur Debatte, Jeeves», fuhr ich fort und kam zum wesentlichen Thema. «Der springende Punkt ist, daß ich dringend der Stärkung bedarf. Ich will dieses Tablett. Also geben Sie's her und machen Sie's fix.»

«Haben Sie etwa die Absicht, Sir, das Frühstück Seiner Lordschaft anzutasten?»

«Jeeves», sagte ich erregt und wollte nun weiter ausführen, daß etwaige Unsicherheiten seinerseits hinsichtlich dessen, was ich mit diesem Frühstück vorhätte, sehr schnell aufzuklären wären; er brauchte nur zur Seite zu treten und zuzusehen, wie ich zur Tat schreiten würde. Doch abermals näherten sich Schritte im Flur.

Statt also, wie ausgeführt, Jeeves die Dinge darzulegen, erbleichte ich, zumindest soweit ein Mensch mit Schuhwichse im Gesicht dessen fähig ist, und brach mit einem kurzen Aufschluchzer ab. Abermals erkannte ich, daß sofortiges Verschwinden unabdingbar war.

Ich sollte vielleicht noch sagen, daß es kernige, gehaltvolle Schritte waren, vom Typ Schuhnummer achtundvierzig. Infolgedessen war es nur natürlich, daß ich sofort an Chuffy dachte, der nun draußen stand, und Chuffy zu treffen lag allerdings, wie ich wohl kaum betonen muß, weit außerhalb meiner Strategie. Ich habe ja schon aufgezeigt, und dies mit aller Deutlichkeit, daß er mein Vorhaben nicht mit Wohlwollen betrachtete. Mein Interview mit ihm in der Nacht hatte mich erkennen lassen, daß er im Grunde als Mitglied der Opposition einzustufen war, als ein feindseliges und bedrohliches Element. Wenn er mich hier entdeckte, würde er mich stehenden Fußes in einem Anfall von ritterlicher Ehrauffassung einsperren und den alten Stoker auffordern, demnächst vorbeizuschauen und mich einzukassieren.

Deshalb war ich schon lange, bevor der Türgriff sich drehte, in die Tiefe getaucht wie eine gründelnde Ente.

Die Tür ging auf. Eine weibliche Stimme sprach, ohne Zweifel die der zukünftigen Mrs. Constable Dobson.

«Mr. Stoker», verkündete sie.

Große Plattfüße stapften ins Zimmer.

18

Weiterer Frühstücksaufschub

Ich machte mich so klein wie möglich hinter meinem Schutzwall. Steht nicht gut, steht gar nicht gut, schien ein Stimmchen mir ins Ohr zu wispern. Von allen unverhofften Widrigkeiten, die mich hätten bedrängen können, war das wohl die ärgste. Was man auch immer gegen Chuffnell Hall vorbringen mochte, obwohl jüngste Ereignisse dazu beigetragen hatten, daß es in meinen Augen immer mehr an Reiz verlor, so hatte ich doch fest darauf vertraut, daß sich zumindest eines zu seinen Gunsten geltend machen ließ, nämlich daß nie mehr auch nur im entferntesten die Möglichkeit bestand, J. Washburn Stoker hier zu begegnen. Ich war nun schon ganz zermürbt von dem andauernd anhaltenden Zittern all meiner Körperteile, fand aber trotzdem noch genügend Kraft in mir, um mich über dieses unberechtigte Eindringen Stokers ausgiebig zu entrüsten. Ich meine, wenn ein Mann sich schon in einem englischen Herrenhaus austobt, den Heimsassen über den Mund putzt und dann an Eides Statt versichert, nie mehr werde er seinen Fuß hier hineinsetzen, dann hat er doch kein Recht, kaum zwei Tage später wieder vorbeizuschlendern, als wäre das hier ein Hotel mit einem «Willkommen» auf der Fußmatte. Das machte mich richtig wild.

Ich war auch gespannt, wie Jeeves die Situation meistern würde. Um diese Zeit mußte so ein gewitzter Bursche wie dieser Joker Stoker längst geahnt haben, daß es das Köpfchen von Jeeves war, das die Flucht ausgeheckt hatte, und es schien ziemlich naheliegend, daß er einmal versuchen würde, dieses Köpfchen auf dem Kaminvorleger entzweizuschlagen. In seiner Stimme, als er nun sprach, schwang etwas mit, das ohne jeden Zweifel darauf hindeutete, daß ihm dergleichen Gedanken durch den Kopf gingen. Es war eine rauhe, grollende Stimme, und er sagte eigentlich nur: «Ah!», aber ein ingrimmiger Mensch kann eine Menge Bedeutung in so ein «Ah!» hineinlegen.

«Guten Morgen, Sir», sagte Jeeves.

Zusammengekrümmt hinter Schreibtischen zu lagern ist so eine Art zweischneidiges Schwert. Es hat seine Vorzüge und seine Nachteile. Vom Standpunkt des versteckten Flüchtlings aus gesehen: wunderbar. Man findet kaum was Besseres. Demgegenüber steht jedoch die Tatsache, daß in solcher Lage ein Mensch in seiner Chronistenpflicht stark behindert wird. Es war in etwa so, als hörte ich ein dramatisches Hörspiel. Alle Stimmen waren präsent, aber die Mimik entging mir. Ich hätte viel darum gegeben, den jeweiligen Gesichtsausdruck zu sehen. Nicht den von Jeeves, versteht sich, Jeeves hat gar keinen. Aber den von Stoker, der wäre sicher eingehender Betrachtung wert gewesen.

«Hier sind Sie also.»

«Jawohl, Sir.»

Darauf folgte ein ungemein bösartiger Lacher von seiten des Besuchers. Einer von diesen kurzen Peitschenlachern.

«Ich bin hergekommen, um in Erfahrung zu bringen, wohin Mr. Wooster gegangen ist. Hab mir gedacht, Lord Chuffnell hätte ihn vielleicht gesehen. Kein Gedanke, daß ich Sie hier treffen würde. Sagen Sie mal», sprach diese Stoker-Pustel und wurde auf einmal hitzig, «wissen Sie, wozu ich gute Lust hätte?»

«Nein, Sir.»

«Ihnen das Genick zu brechen.»

«Tatsächlich, Sir?»

«Ja.»

Ich hörte Jeeves hüsteln.

«Ein wenig extravagant, Sir, finden Sie nicht? Die Tatsache, daß ich mich entschlossen hatte, zugegebenermaßen ziemlich spontan, Ihre Dienste zu verlassen und wieder in die Seiner Lordschaft zu treten, hat Ihren Unwillen erregt, und das ist nur allzu verständlich, jedoch …»

«Sie wissen, wovon ich rede. Wollen Sie etwa leugnen, daß Sie es waren, der diesen Wooster von Bord geschmuggelt hat?»

«Nein, Sir. Ich gebe zu, daß ich Beihilfe geleistet habe, Mr. Wooster wieder in Freiheit zu setzen. Im Laufe einer Unterhaltung, die ich mit ihm führte, gab mir Mr. Wooster zu verstehen, daß er auf der Jacht festgehalten werde, und zwar *ultra vires*. Deshalb, in Ihrem Interesse handelnd, bewirkte ich seine Freistellung. Wie Sie sich erinnern, Sir, war ich zu jenem Zeitpunkt noch Ihr Angestellter, und ich empfand es als meine Pflicht, Sie unbedingt vor einer möglicherweise äußerst schwerwiegenden Bredouille zu bewahren.»

Ich konnte natürlich nichts sehen, schloß aber aus einer ganzen Reihe von Gurgel- und Schnaublauten, die er immer zwischendrin einflocht, daß der alte Stoker gern schon früher ans Rednerpult getreten wäre. Ich hätte ihm sagen können, daß jeder Versuch da zwecklos war. Man kann Jeeves nicht einfach abschalten, wenn er etwas vorträgt, was seiner Meinung nach von allgemeinem Interesse ist. Da kann man nur ruhig abwarten, bis das Uhrwerk abgeschnurrt ist.

Doch obgleich er nun fertig war, fing der zweite Teilnehmer nicht gleich mit seiner Gegendarstellung an. Ich nehme an, der Inhalt von Jeeves' kleiner Ansprache hatte ihm erst einmal etwas zum Nachsinnen gegeben.

Meine Mutmaßungen waren anscheinend richtig. Der alte Stoker atmete ein Weilchen etwas gepreßt, und als er dann sprach, schien er von Scheu ergriffen. Das ist oft so, wenn man mit Jeeves argumentiert. Er hat so eine Art, einem neue Perspektiven aufzuzeigen.

«Sind Sie verrückt, oder bin ich's?»

«Sir?»

«Mich wollten Sie bewahren, sagten Sie?»

«Vor der Bredouille, jawohl, Sir. Ich kann nicht mit letzter Sicherheit zu einem Urteil kommen, denn ich weiß nicht genau, in welchem Ausmaß die Tatsache, daß Mr. Wooster aus eigenem Antrieb auf Ihre Jacht gekommen war, bei den Geschworenen zu Buch schlagen würde...»

«Geschworenen?»

«... aber seine Festsetzung trotz seines ausdrücklichen Wunsches, das Schiff zu verlassen, würde, wie ich vermuten muß, den Tatbestand der Entführung erfüllen, die, wie Sie zweifellos wissen, sehr streng bestraft wird.»

«Aber hören Sie mal...»

«England ist ein sehr gesetzestreues Land, Sir, und Straftaten, die man in Ihrem Land vielleicht übersehen würde, werden hierzulande mit Unerbittlichkeit gerichtlich verfolgt. Meine Kenntnis der strafrechtlichen Einzelheiten ist bedauerlicherweise gering, ich bin also nicht in der Lage, nach bestem Wissen und Gewissen zu entscheiden, ob die Gefangenhaltung Mr. Woosters jenen Gesetzesübertretungen zuzurechnen ist, die eine Zuchthausstrafe nach sich ziehen, doch kann ich Ihnen versichern, daß der junge Herr, hätte ich nicht eingegriffen, durchaus imstande gewesen wäre, einen Prozeß anzustrengen und Sie auf einen enormen Schadensersatz zu verklagen. Und deshalb, in Ihrem Interesse handelnd, Sir, bewirkte ich Mr. Woosters Freistellung.»

Eine lange Pause folgte.

«Danke», sagte der alte Stoker milde.

«Ich bitte Sie, Sir.»

«Ich bin Ihnen wirklich sehr dankbar.»

«Ich nutzte nur die einzige Möglichkeit, um äußerst unwillkommenen Schaden von Ihnen abzuwenden, Sir.»

«Verdammt anständig von Ihnen.»

Ich muß sagen, ich kann eigentlich nicht verstehen, warum Jeeves nicht in die großen Sagen und Heldengesänge eingeht. Nehmen wir zum Beispiel Daniel. Der bleibt im Gedächtnis der Menschheit, weil er einmal eine halbe Stunde lang in einer Löwengrube zugebracht hat, aus der ihn diese sprachlosen Wuschelköpfchen netterweise wieder ziehen ließen. Das mag ein Bravourstückchen gewesen sein, aber wenn das, was Jeeves gerade fertiggebracht hatte, nicht als sehr viel größere Leistung gewürdigt wird, dann weiß ich wirklich nicht mehr, wie man Großtaten der menschlichen Rasse noch beurteilen will. Binnen fünf Minuten hatte Jeeves diesen wilden Stoker, diese reißende Raubkatze in Menschengestalt auf das Format eines lieben Wau-

waus zurechtgestutzt. Wäre ich nicht dort gewesen und hätte es mit eigenen Ohren gehört, ich hätte es nicht für möglich gehalten.

«Ich muß noch einmal darüber nachdenken», sagte der alte Stoker, milder gestimmt denn je.

«Jawohl, Sir.»

«Von diesem Gesichtspunkt aus hatte ich das noch nicht betrachtet. Jawohl, darüber muß ich noch mal nachdenken. Ich glaube, ich mache einen kleinen Spaziergang und lasse mir das alles durch den Kopf gehen. Lord Chuffnell hat Mr. Wooster wohl nicht gesehen, was?»

«Nicht mehr seit gestern abend, Sir.»

«Also dann hat er ihn gestern abend doch gesehen? Wohin ist Mr. Wooster dann gegangen?»

«Ich glaube, gehört zu haben, daß Mr. Wooster beabsichtigte, die Nacht im Witwenhaus zu verbringen und heute nach London zu fahren.»

«Witwenhaus? Das ist doch hinter dem Park?»

«Jawohl, Sir.»

«Könnte mal reinschauen. Mir scheint, es ist jetzt das Allerwichtigste, daß ich mich mal mit Mr. Wooster unterhalte.»

«Jawohl, Sir.»

Ich hörte ihn durch die Fenstertür gehen, aber ich wartete zur Sicherheit noch ein paar Sekunden, bevor ich auftauchte. Vernünftigerweise durfte ich jetzt annehmen, die Luft sei rein, und so hob ich den Kopf über den Schreibtisch.

«Jeeves», sagte ich, und wenn mir da die Tränen in den Augen standen – na und? Wir Woosters scheuen uns nicht, unsere Gefühle offen zu zeigen. «Jeeves, so jemanden wie Sie gibt es nicht mehr. Sie haben nicht Ihresgleichen.»

«Sie sind äußerst liebenswürdig, Sir.»

«Ich mußte an mich halten, um nicht aufzuspringen und Ihnen die Hand zu schütteln.»

«Unter den gegebenen Umständen, Sir, wäre es wohl auch nicht sehr sinnvoll gewesen.»

«Dachte ich mir auch. Sagen Sie, Jeeves, war Ihr Vater vielleicht ein Schlangenbeschwörer?»

«Nein, Sir.»

«War nur so ein Gedanke. Was glauben Sie wohl, was passiert, wenn der alte Stoker ins Witwenhaus kommt?»

«Wir können es nur mutmaßen, Sir.»

«Ich fürchte nur, daß Brinkley seinen Rausch jetzt ausgeschlafen hat.»

«Diese Möglichkeit besteht, Sir.»

«Dennoch war es sehr lieb von Ihnen, den Mann dorthin zu schicken. Hoffen wir das Beste. Schließlich hat Brinkley immer noch das Hackebeil. Sagen Sie mal, glauben Sie wirklich, daß Chuffy runterkommt?»

«Ich nehme an, jeden Moment, Sir.»

«Sie würden mir also nicht raten, sein Frühstück zu essen?»

«Nein, Sir.»

«Aber ich komme um vor Hunger, Jeeves.»

«Das tut mir außerordentlich leid, Sir. Die Situation ist im Augenblick etwas schwierig. Ein wenig später wird es mir ganz sicher möglich sein, Ihre Leiden zu lindern.»

«Haben Sie schon gefrühstückt, Jeeves?»

«Jawohl, Sir.»

«Was haben Sie gehabt?»

«Den Saft einer Apfelsine, Sir, danach Corn-flakes, Rührei mit Schinken und Toast mit Marmelade.»

«Gütiger Himmel. Und das Ganze heruntergespült, darf man annehmen, mit einer Tasse belebenden Kaffees?»

«Richtig, Sir.»

«O lieber Gott. Glauben Sie nicht, ich könnte ein einzelnes Würstchen stibitzen?»

«Ich kann es kaum befürworten, Sir. Der Punkt ist zwar unwesentlich in diesem Zusammenhang, aber hier sind keine Würstchen, Sir. Seine Lordschaft bekommt geräucherten Hering.»

«Geräucherten Hering!»

«Und dies, vermute ich, wird wohl Seine Lordschaft sein, die wir da kommen hören.»

Also wieder hinab in die Unterwelt. Kaum hatte ich mich wieder in meine Furche eingerollt, als die Tür aufging.

Eine Stimme sagte: «Nanu. Hallo, Jeeves.»

«Guten Morgen, Miss.»

Es war Pauline Stoker.

Ich muß sagen, das verdroß mich. Chuffnell Hall mochte ja mancherlei Mängel aufweisen, aber eines sollte es wenigstens sein, nämlich, wie ich bereits ausgeführt habe, absolut geräumt von Stokers aller Art. Und jetzt kamen sie in Scharen an und überrannten den Schauplatz wie Mäuse. Jetzt war ich auch darauf gefaßt, daß mir gleich etwas ins Ohr atmete, was sich bei näherem Hinsehen als Jung Dwight entpuppen würde. Ich will damit sagen, wenn das hier schon ein Familientreffen für die Stokers werden sollte – und Bitterkeit übermannte mich bei dem Gedanken –, dann bitte aber auch in kompletter Besetzung.

Pauline nahm energisch schnuppernd die Witterung auf. «Was rieche ich denn hier, Jeeves?»

«Geräucherten Salzhering, Miss.»

«Für wen?»

«Für Seine Lordschaft, Miss.»

«Oh. Ich habe noch nicht gefrühstückt, Jeeves.»

«Tatsächlich, Miss?»

«Tatsächlich, Jeeves. Vater riß mich aus dem Bett und schleppte mich hierher, und dabei war ich noch gar nicht wach. Er ist sehr aufgebracht.»

«Jawohl, Miss. Ich habe mich gerade vorhin mit Mr. Stoker unterhalten. Er schien wirklich ziemlich erregt.»

«Den ganzen Weg hierher hat er mir erzählt, was er alles mit Ihnen anstellen würde, wenn er Sie jemals wiederfände. Und jetzt erzählen Sie mir, daß er Sie gefunden hat. Was ist passiert? Hat er Sie nicht lebendigen Leibes verspeist?»

«Nein, Miss.»

«Vielleicht auf Diät gesetzt. Aber wo ist er? Man hat mir gesagt, er sei hier.»

«Mr. Stoker ist vor wenigen Minuten aus dem Zimmer gegangen mit der Absicht, dem Witwenhaus einen Besuch abzustatten. Ich glaube, er hofft, Mr. Wooster dort zu finden.»

«Jemand sollte den armen Trottel warnen.»

«Sie brauchen sich Mr. Woosters wegen nicht zu besorgen, Miss. Er befindet sich nicht im Witwenhaus.»

«Wo denn?»

«Irgendwo anders, Miss.»

«Nicht, daß es mich besonders interessiert. Wissen Sie noch, Jeeves, wie ich Ihnen gestern abend gesagt habe, daß ich Mrs. Bertram Wooster werden wolle?»

«Jawohl, Miss.»

«Das ist vorbei. Das können Sie vergessen. Ich habe meine Meinung geändert.»

«Ich freue mich, daß Sie das sagen, Miss.»

Ich freute mich auch; ihre Worte waren Musik in meinen Ohren.

«Sie freuen sich?»

«Jawohl, Miss. Ich möchte bezweifeln, daß dieser Verbindung dauernder Erfolg beschieden wäre. Mr. Wooster ist ein junger Herr von angenehmem Wesen, doch halte ich ihn vom Typ her für einen in der Wolle gefärbten Junggesellen.»

«Dessen geistige Fähigkeiten man vergessen kann?»

«Mr. Wooster ist durchaus fähig, zu gegebener Zeit sehr schlau und pfiffig vorzugehen, Miss.»

«Genau wie ich, Jeeves. Und deshalb sage ich Ihnen auch, es ist mir egal, ob Vater vor Wut die Wände hochgeht, jedenfalls werde ich den armen Bertram, dieses drangsalierte Schaf nicht heiraten. Warum auch? Ich habe nichts gegen ihn.»

Eine Pause.

«Ich habe übrigens mit Lady Chuffnell gesprochen, Jeeves.»

«Ja, Miss?»

«Offenbar gibt's da auch etwas häuslichen Ärger.»

«Ja, Miss. Gestern abend ergab sich eine höchst unglückliche Zwistigkeit zwischen Lady Chuffnell und Sir Roderick Glossop. Doch freue ich mich, berichten zu können, daß Lady Chuffnell offenbar die Sache überdacht hat und zu dem Schluß gekommen ist, daß es ein Fehler war, die Verbindung aufzulösen.»

«Ja, ja, man überdenkt die Sachen hinterher, wie?»

«Unausweichlicherweise, Miss.»

«Und was hat man dann davon, wenn der aufgelöste Teil der Verbindung die Sache nicht auch überdenkt? Haben Sie Lord Chuffnell heute morgen schon gesehen?»

«Ja, Miss.»

«Wie hat er ausgesehen?»

«Ein wenig bekümmert, wie mir schien, Miss.»

«Wirklich bekümmert?»

«Ja, Miss.»

«Hm. Jeeves, ich möchte Sie nicht von Ihren Pflichten abhalten. Legen Sie los und kümmern Sie sich nicht um mich.»

«Sehr freundlich, Miss. Guten Morgen.»

Als die Tür sich geschlossen hatte, verharrte ich eine Weile regungslos. Ich betrachtete die Sachlage im Geiste von allen Seiten. Zunächst einmal, könnte man sagen, prickelte mir ein Gefühl der Erleichterung durch die Blutbahn wie alter Wein, was einen hohen Grad der Befriedigung und seelischer Erhobenheit zur Folge hatte. In klarstmöglicher Sprache hatte diese Pauline mit wohlabgewogenen Worten unzweideutig und jede Unschlüssigkeit zurückweisend festgestellt, daß auch strengste Maßregelungen von seiten ihres Vaters sie nicht dazu bringen würden, sich den guten alten Brautschleier überzustülpen und an meiner Seite zum Altar zu schreiten. So weit, so gut.

Aber hatte sie wirklich ihres Vaters Überredungskünste realistisch eingeschätzt? Das war es, was mich unsicher machte. Hatte sie denn eine Ahnung davon, was dieser Mensch, wenn herausgefordert, für ein Kraftbrocken war? Hatte sie sich überhaupt schon einmal überlegt, gegen wen sie antrat? Wußte sie nicht, daß der Versuch, einem zu allem entschlossenen J. Washburn Stoker in die Quere zu kommen, so ähnlich ist, wie in den Dschungel zu gehen und sich den ersten besten Raubkatzen in den Weg zu stellen?

Diese Gedanken waren es, die meine Wonneschauer bremsten. Pauline setzte ihren Willen gegen den des männlichen Elternteils, dieses dämlichen Piraten außer Dienst, und damit, wie mir schien, kämpfte sie in der falschen Gewichtsklasse; ihr Widerstand gegen seine Heiratspolitik würde nutzlos sein.

Solches ging mir durch den Sinn, als ich plötzlich hörte, wie eingegossener Kaffee in der Tasse gluckerte, worauf ein metallisches Klirren ertönte, und mit tiefer Bewegung ahnte ich, daß Pauline den Verlockungen des Tabletts nicht länger widerstanden und sich einen Humpen mit der dampfenden Köstlichkeit gefüllt hatte und sich jetzt bestimmt über die Salzheringe hermachte. Es war auch nicht mehr der geringste Zweifel möglich, daß Jeeves' Informationen auf Wahrheit beruhten. Tatsächlich wehte der Duft geräucherter Salzheringe zu mir herüber wie eine Segnung aus der Ferne, und ich ballte vor Erregung meine Fäuste, bis die Knöchel weiß hervortraten. Jeden Bissen konnte ich verfolgen, und jeder einzelne schnitt mir wie mit Messern tief ins Herz.

Es ist schon eigenartig, welche Wirkung doch der Hunger im Menschen hervorruft. Man weiß nie, zu was man, vom Hunger gebeutelt, alles fähig ist. Da kann einer noch so besonnen sein, kaum ist er von Heißhunger gepackt, überläßt er die Vorsicht dem Wind. Dies tat ich an dieser Stelle auch. Natürlich wäre es das Klügste gewesen, so lange in Deckung zu bleiben, bis das ganze Stoker-Gesocks und wer sonst noch alles sich verkrümelt hätte, und in diesem Sinne hätte ich mich auch ganz sicher bei nüchterner Betrachtung verhalten. Doch der Duft dieser Räucherheringe und die Erkenntnis, daß sie mit jeder Sekunde, die verstreicht, dahinschmölzen wie Schnee an der Sonne und daß auch in aller Bälde vom Toast nichts mehr übrig sein würde, das war einfach zuviel. Ich schoß hinter dem Tisch in die Höhe wie ein Hecht an der Angel.

«Hallo!» sagte ich und legte ein gerüttelt Maß an flehentlicher Sehnsucht in meine Stimme.

Das ist doch zu komisch, daß man durch Erfahrung nicht klug wird. Jetzt hatte ich die Reaktion der Scheuermagd beobachten können. Ich hatte auch die Wirkung beim alten Chuffy registriert. Und ich hatte Sir Roderick Glossop in dem Augenblick gesehen, als die Bombe platzte. Und dennoch mischte ich mich ein genau wie vorher auch.

Es passierte auch alles genau wie vorher, vielleicht sogar noch etwas genauer. Im kritischen Moment hatte Pauline Stoker nämlich gerade den ganzen Mund voller Hering, und das beeinträchtigte einstweilen ihre Freiheit der Meinungsäußerung derart, daß alles, was in den nächsten eineinviertel Sekunden geschah, nur Ausdruck fand in zwei vor Entsetzen geweiteten Augen, die in die meinen starrten. Dann aber gab die Heringssperre nach, und ein in solcher Furchtbarkeit noch nie gehörter, langgezogener Schreckensschrei von ungeheurer dramatischer Wucht gellte durchs Land.

Er fiel zusammen mit dem Öffnen der Tür, auf dessen Schwelle sich der fünfte Baron Chuffnell abzeichnete. Im nächsten Augenblick hatte er sich auf sie gestürzt und sie in seine Arme gerissen, und sie hatte sich auf ihn gestürzt und sich in seine Arme reißen lassen. Hätten sie es auch wochenlang geprobt, sie hätten es nicht sauberer vorführen können.

19

Wie sagen wir's Vater?

Ich habe immer die Meinung verfochten, daß sich erst in solchen Situationen zeigt, was jemand für menschliche Qualitäten hat und ob er auch das richtige ritterliche Zartgefühl besitzt. Es kommt darauf an, wie er sich dabei verhält, das ist gewissermaßen die Feuerprobe. Wenn jemand zu mir kommt und fragt mich: «Wooster, du kennst mich doch ganz gut. Es geht um eine Wette. Würdest du sagen, ich sei ein *preux chevalier*, wie man so sagt, ein Ritter ohne Furcht und Tadel?» Dem würde ich erwidern: «Mein lieber Freund, ich kann dir diese Frage besser beantworten, wenn du mir erst erklärst, was du tun würdest, wenn du in einem Zimmer wärst, in dem zwei liebende Herzen nach allerlei schmerzlichen Mißverständnissen gerade dabei sind, auf der Grundlage von Freundschaft und gegenseitiger Achtung wieder zueinanderzufinden. Würdest du dich hinter den Schreibtisch ducken? Oder würdest du stehen bleiben und das Schauspiel mit vorquellenden Augen genießen?»

Ich selbst huldige da sehr strengen Auffassungen. Wenn die Versöhnung zweier Liebender im Gange ist, bleibe ich nicht glotzend stehen. Je nach Möglichkeit ziehe ich mich zurück und überlasse die beiden ihrer Seligkeit.

Der Tisch war zwischen uns, und so konnte ich die beiden zwar nicht sehen, aber ich konnte sie hören, und das war allerdings kaum auszuhalten. Wie gesagt, kenne ich Chuffy noch aus der Kindheit, und im Laufe der Zeit habe ich ihn in vielen verschiedenen Situationen und unterschiedlichen Stimmungen erlebt. Aber ich hätte ihn doch niemals für fähig gehalten, so ein abstoßendes Geschwafel zu produzieren, wie das jetzt mit einer Geschwindigkeit von fünfhundertzwanzig Silben pro Minute seinen Lippen entquoll. Wenn ich Ihnen sage, daß das Geblubber «Nu nu nu mein Kleines aber aber aber» das einzige ist, was ich noch über mich bringe, überhaupt zu zitieren, dann haben Sie eine ungefähre Ahnung davon, was ich da schlucken mußte – und wohlgemerkt, das alles noch auf leeren Magen.

Pauline trug indes wenig bis nichts zu diesem Zwiegeflüster bei. Bis zu diesem Zeitpunkt hatte ich geglaubt, daß die Scheuermagd in Sachen gefühlsbetonter Reaktion auf meine Erscheinung einen hohen Maßstab gesetzt hätte, den kein anderer, dem ich vielleicht noch unvermittelt begegnen würde, je erreichen könnte. Pauline jedoch übertraf sie bei weitem. Sie hing in Chuffys Armen und gurgelte wie ein undichter Heizkörper, und es dauerte noch eine ganze Weile, bis sie sich wieder einigermaßen in die Gewalt bekam. Das Mädchen schien von allen guten Geistern verlassen.

Ich nehme an, die Sache verhielt sich wohl so, daß Pauline sich zur Zeit meiner Manifestation gerade in einem geistigen Spannungszustand befand, so daß mein Auftritt in eigener Person sie vollends das Gleichgewicht verlieren ließ. Jedenfalls fuhr sie mit ihrer Heizkörper-Nummer so lange fort, bis es Chuffy schließlich dämmerte, es wäre nun an der Zeit, sein Gekose allmählich einzustellen und stracks zu den Ursachen vorzustoßen.

«Aber Liebling», hörte ich ihn sagen. «Was ist es denn, mein Engel? Was macht dir denn angst, mein süßes Herz? Sag's mir, Schatz. Hast du etwas gesehen, mein Kätzchen?»

Nun schien mir doch der Moment gekommen, mich der Versammlung beizugesellen. Ich erhob mich hinter dem Schreibtisch, und Pauline scheute wie ein erschrecktes Pferd. Ich muß zugeben, das verstimmte mich. Bertram Wooster ist es nicht gewohnt, im schwachen Geschlecht Zuckungen hervorzurufen. Im allgemeinen ist es so, wenn mich Mädchen erspähen, dann umspielt wohl eher ein amüsiertes Lächeln ihre Züge, aber bei Gelegenheit kommt es auch vor, daß sie aufseufzend und gottergeben fragen: «Ach, du bist das schon wieder, Bertie?» Aber das ist mir immer noch lieber als blankes Entsetzen.

«Hallo Chuffy», sagte ich, «schöner Tag heute.»

Da würde man doch denken, daß das Gefühl der Erleichterung in Pauline Stokers Brust alles andere verdrängen müßte, als sie nun erkannte, daß der Anlaß ihrer panischen Angst nur ein alter Freund war. Doch nichts dergleichen. Sie starrte mich wütend an.

«Du Blödmann», rief sie aus. «Was fällt dir eigentlich ein, hier Verstecken zu spielen und die Leute zu verängstigen? Außerdem, ich weiß nicht, ob du's weißt, aber du hast einen dicken Rußfleck im Gesicht.»

Bei den Beschimpfungen wollte Chuffy nicht ins Hintertreffen geraten. «Bertie!» sagte er leise ächzend. «Lieber Gott! Ich hätte mir denken können, daß du das bist. Du bist wirklich der dämlichste, birnenweichste Psychopath, der jemals frei herumgelaufen ist.»

Ich hatte das Gefühl, es galt jetzt, streng und energisch gegen diese Art von Unsinn einzuschreiten.

«Ich bedaure», sagte ich kalt und sehr von oben herab, «daß ich dieses junge Schaf erschreckt habe. Nur Vorsicht und vernünftige Überlegung haben es mir nahegelegt, hinter diesem Schreibtisch vorübergehend Obdach zu suchen. Im übrigen, Chuffnell, wenn wir schon von Psychopathen sprechen, dann sollten wir auch nicht vergessen, daß ich mir gezwungenermaßen mit anhören mußte, was für ein Gewäsch du in den letzten fünf Minuten von dir gegeben hast.»

Befriedigt sah ich, wie Schamröte seine Wangen überzog. Unbehaglich trat er von einem Bein auf das andere.

«Du hättest nicht zuhören dürfen.»

«Du glaubst doch wohl nicht, ich hätte mich darum gerissen?»

Jetzt kam Trotz in ihm auf. Herausfordernd fragte er: «Und warum zum Teufel sollte ich nicht so reden? Ich liebe sie, verdammt noch mal, und es ist mir egal, wer das mitbekommt.»

«O zweifellos», sagte ich mit kaum verhüllter Verachtung.

«Sie ist das herrlichste Geschöpf auf Erden.»

«Nein, das bist du, Liebling», sagte Pauline.

«Nein du, mein Engel», sagte Chuffy.

«Nein du, mein Süßer.»

«Nein du, mein Herzblatt.»

«Also bitte!» sagte ich.

«Bitte!» Chuffy sah mich böse an. «Hast du was gesagt, Wooster?»

«Nein. Gar nichts.»

«Mir war so, als hättest du was gesagt.»

«Nicht doch. Keineswegs.»

«Na gut. Ist auch besser so.»

Der erste Brechreiz vor dieser Liebessalbaderei war nun etwas abgeklungen, und ein freundlicher gestimmter Bertram Wooster zeigte sich jetzt der Menge. Großzügig gesonnen, wie ich bin, sagte ich mir, daß man mit Chuffy Nachsicht üben müsse. Man dürfe ihn nicht zu hart anfassen. Schließlich konnte man kaum von ihm erwarten, daß ihm in diesem Aufruhr der Gefühle die Regeln der Schicklichkeit noch gegenwärtig sind. Der Ton, den ich infolgedessen anschlug, war ein versöhnlicher.

«Chuffy, mein Freund», sagte ich, «Krakeel sei ferne von uns. Ein warmherziges Lächeln und freundliche Blicke sind nun am Platze. Niemand könnte begeisterter sein als ich, daß du und meine alte Freundin hier die Vergangenheit begraben habt und gemeinsam einen neuen Anfang macht. Ich darf mich doch wohl als alten Freund betrachten, oder?»

Pauline schenkte mir ein herzliches Lächeln. «Na, das will ich doch hoffen, du alter Hampelmann. Immerhin habe ich dich ja schon lange vor Marmaduke gekannt.»

Ich wandte mich an Chuffy. «Übrigens apropos Marmaduke. Darüber müßte man mal sprechen. Das muß man sich mal vorstellen: All die Jahre hast du das geheimgehalten.»

«Na und? Das ist mein Taufname. Was dagegen einzuwenden?»

«Überhaupt nichts. Aber gar nichts. Hab mir nur gerade gedacht, was das mal für ein schallendes Gelächter im Drones Club geben wird.»

«Bertie», sagte Chuffy mit gepreßter Stimme. «Ein Wort von dir an diese Stänker im Drones Club, und ich laufe dir nach bis ans Ende der Welt und drücke dir eigenhändig die Gurgel zu.»

«Nun ja, wollen mal schauen, dann sehen wir schon. Aber, wie gesagt, ich bin hingerissen, daß Versöhnung stattgefunden hat. Als ein unbestreitbar engster Freund von Pauline darf ich das sagen. Schließlich haben wir schöne Zeiten miteinander verlebt, wie?»

«Weiß Gott.»

«Damals... am Piping Rock...»

«O ja!»

«Und weißt du noch, wie einmal der Wagen nachts seinen Geist aufgab, und wir saßen stundenlang auf dem trockenen im Wald bei Winchester, das heißt, eigentlich im Nassen, es hat ja geregnet und geregnet...»

«Weiß noch genau.»

«Du hast nasse Füße gehabt, und ich hab dir klugerweise die Strümpfe ausgezogen.»

«Stopp!» sagte Chuffy.

«Schon gut, alter Freund, ist nichts passiert. Mein Betragen blieb durchwegs im Rahmen gängiger Anstandsregeln. Ich versuche lediglich, deutlich zu machen, daß ich als anerkannt alter Freund von Pauline durchaus das Recht habe, in euren Jubel einzustimmen. Es gibt auf der ganzen Welt kaum ein reizenderes Mädchen als diese Pe Punkt Stoker, und du bist ein Glückspilz, daß du so ein Prachtstück bekommst, Chuffy, obgleich das arme Ding ja böse belastet ist durch den Anhang eines Vaters, der eine verblüffende Ähnlichkeit mit irgend etwas aus der Apokalypse hat.»

«Vater ist ein ganz guter Kerl, wenn man ihn richtig zu nehmen weiß.»

«Hast du gehört, Chuffy? Wenn du dir diesen verdammten alten Gauner mal schnappst, dann solltest du genau wissen, wo und wie du ihn nimmst.»

«Vater ist kein verdammter alter Gauner!»

«Verzeihung. Ich habe mit Chuffy gesprochen.»

Chuffy kratzte sich am Kinn. Er war etwas verlegen. «Ich muß sagen, manchmal verblüfft er mich wirklich mit Sachen, bei denen er recht hat.»

«Genauso ist es», sagte ich. «Und vergiß nicht, daß er beschlossen hat, Pauline mit mir zu verheiraten.»

«Was?»

«Hast du nicht gewußt? Und doch ist es so.»

Pauline sah jetzt ein bißchen aus wie die heilige Johanna. «Der Teufel soll mich holen, wenn ich dich heirate, Bertie.»

«Wohl gesprochen», lobte ich. «Aber wirst du das auch noch so furchtlos wiederholen, wenn dein Papa mit feuerspeienden Nüstern vor dir steht und vor Wut das Glas zerschlagener Flaschen frißt? Oder wird dir dann nicht das Herz im Leibe bibbern wie den Geißlein vor dem bösen Wolf?»

Sie wurde auf einmal unsicher. «Wir werden es natürlich schwer mit ihm haben. Das ist sicher. Er ist ja auch ziemlich geladen auf dich, Schnuckiputz.»

Chuffy warf sich in die Brust. «Ich werde ihn mir vornehmen.»

«Nein», sagte ich mit fester Stimme, «ich werde ihn mir vornehmen. Überlaßt nur alles mir.»

Pauline lachte. Das gefiel mir ganz und gar nicht. Wie mir schien, enthielt dieses Lachen ein abfälliges Element.

«Du? Du armer Trampel, du rennst doch meilenweit, wenn Vater nur ‹Buh!› zu dir sagt.»

Ich zog meine Augenbrauen in die Höhe. «Ich sehe keinerlei Mißhelligkeit auf mich zukommen. Und warum sollte er ‹Buh!› zu mir sagen? Ich weiß auch nicht, warum irgendein Mensch auf der Welt irgendeinem anderen Menschen so etwas Blödsinniges zurufen sollte. Aber selbst wenn er sich so idiotisch verhielte, wäre die Wirkung auf mich auch nicht so, wie du beliebtest anzudeuten. Ich gebe zu, es gab einmal eine Zeit, als ich in Gegenwart deines Vaters eine gewisse Art von Nervosität verspürte. Das gibt es nicht mehr. Schuppen sind mir von den Augen gefallen. Erst kürzlich war ich Zeuge, wie er im Zeitraum von nicht einmal drei Minuten durch Jeeves von einem heulenden Wintersturm auf eine sanfte Sommerbrise abgewertet worden ist. Der Bann ist gebrochen. Wenn er kommt, überlaßt ihn ruhig mir und habt Vertrauen. Ich werde nicht grob zu ihm sein, aber streng.»

Chuffy sah recht nachdenklich drein. «Ist er das, der da kommt?»

Vom Garten her waren Schritte zu hören. Auch schwere Atemzüge. Ich deutete mit dem Daumen rückwärts zum Fenster.

«Wenn ich nicht irre, Watson», sagte ich, «dürfte dies unser Kunde sein.»

20

Neuigkeiten von Jeeves

So war es. Eine massive Gestalt zeichnete sich gegen den Sommerhimmel ab. Sie trat ein. Sie nahm Platz. Und sitzend, zog sie ein Taschentuch hervor und wischte sich über die Stirn. In Gedanken verloren, schien es mir. Meine geschulten Sinne ließen mich die Symptome erkennen. Es waren die Symptome eines Mannes, der gerade ein Tänzchen mit Brinkley hinter sich hat.

Daß die Diagnose richtig war, erwies sich im nächsten Augenblick, als er das Taschentuch etwas sinken ließ und damit ein Veilchen enthüllte, das auch als frischgeschlagenes blaues Auge bekannt ist.

Pauline, dessen ansichtig werdend, gab einen kleinen töchterlichen Aufschrei von sich. «Um Himmels willen, Vater, was ist passiert?»

Der alte Stoker atmete schwer. «Ich bin an den Schuft nicht rangekommen», sagte er mit wildem, gewissermaßen zähneknirschendem Bedauern.

«Was für ein Schuft?»

«Ich weiß nicht, wer das war. Irgendein Tollhäusler da im Witwenhaus. Stand am Fenster und warf Kartoffeln nach mir. Ich hatte gerade geklopft, da stand er schon am Fenster und schmiß mit Kartoffeln. Kam nicht raus wie ein Mann und ließ sich nicht packen. Stand einfach am Fenster und schmiß mit Kartoffeln.»

Ich darf gestehen, bei diesen Worten erfaßte mich eine Art widerwilliger Bewunderung für diesen armen Spinner Brinkley. Wir könnten nie Freunde werden, das ist klar, aber man muß doch zugeben, hier war ein Mann, der im Sinne des Gemeinwohls ohne zu zögern rechtschaffen handelte, wenn die Lage es erforderte. Ich vermute, der vom alten Stoker geschwungene Türklopfer hatte ihn aus einer verkaterten Träumerei gerissen, wobei er dahintergekommen sein mußte, daß ein übles Kopfweh nach Behandlung verlangte, und umgehend hatte er auf dem einzig gangbaren Weg die Abhilfe eingeleitet. Alles in allem eine Entwicklung, die Genugtuung erzeugte.

«Dabei haben Sie noch ein teuflisches Glück gehabt», sagte ich, um den positiven Aspekt aufzuzeigen, «daß der Knabe noch die Form des Fernkampfs mit Ihnen vorgezogen hat. Im Nahkampf bedient er sich normalerweise eines Tranchiermessers oder Hackebeils, und da wird einem dann geschickteste Beinarbeit abverlangt.»

Er war bis jetzt so sehr mit seinen eigenen Erlebnissen beschäftigt gewesen, daß er Bertrams Anwesenheit in diesem Kreise wohl noch nicht mitbekommen hatte. Jedenfalls stierte er mich sprachlos an.

«Ah, Stoker», sagte ich leichthin, um ihm auf die Sprünge zu helfen.

Die Augen fielen ihm fast aus dem Kopf. «Sind Sie Wooster?» fragte er mich, und sein Tonfall ließ erraten, daß er irgendwie eingeschüchtert war.

«Immer noch Wooster, Stoker, alter Freund», sagte ich frohen Mutes. «Einmal Bertram Wooster, immer Bertram Wooster.»

Er schaute von Chuffy zu Pauline und wieder zu Chuffy, fast flehentlich, als bäte er um Trost und Stärkung.

«Was zum Teufel hat er mit seinem Gesicht gemacht?»

«Sonnenbräune», sagte ich. «Mein lieber Stoker», fuhr ich fort, bestrebt, das Geschäft des Tages unter Dach und Fach zu bringen, «es kommt uns sehr gelegen, daß Sie gerade vorbeischauen. Ich habe schon nach Ihnen gesucht... das heißt, das ist vielleicht etwas übertrieben formuliert, aber jedenfalls bin ich jetzt froh, daß Sie hier sind. Denn ich habe Ihnen schon die ganze Zeit mitteilen wollen, daß Ihre Idee, Ihre Tochter mit mir zu verheiraten, hinfällig ist. Vergessen Sie's, Stoker. Verscheuchen Sie den Gedanken. Gönnen Sie ihm keinen Einlaß mehr. Die Sache ist vorbei.»

Für den unglaublichen Mut und die Festigkeit meiner Worte würde man sicher auch die höchsten Lobesworte schwerlich übertrieben finden. Tatsächlich war ich sogar einen Augenblick lang im Zweifel, ob ich nicht vielleicht etwas zuviel des Guten getan hätte, denn ich fing einen Blick Paulines auf, und in ihren Augen war ein Ausdruck derart ehrfürchtiger Anbetung, daß sie womöglich, überwältigt von meiner hinreißenden Darstellung, letzten Endes doch noch in mir ihren Helden sähe und von Chuffy auf mich umschaltete. Diese Vorstellung veranlaßte mich, flink zum nächsten Punkt der Geschäftsordnung überzugehen.

«Sie wird Chuffy heiraten, Lord Chuffnell, ihn dort», sagte ich und wies mit einer Handbewegung auf den Erkorenen.

«Was?»

«Ja. Ist alles geregelt.»

Der alte Stoker schnaubte wie ein Walroß. Er war tief bewegt.

«Ist das wahr?»

«Ja, Vater.»

«Aha. Du willst also einen Mann heiraten, der deinen Vater einen glotzäugigen, alten Betrüger nennt, was?»

Ich war fasziniert. «Hast du ihn wirklich einen glotzäugigen, alten Betrüger genannt, Chuffy?»

Chuffy zog den Unterkiefer, der ihm heruntergefallen war, wieder hoch. «Aber nein, bestimmt nicht», sagte er schwach.

«O doch», erwiderte Stoker. «Als ich nämlich gesagt habe, daß ich Ihr Haus nicht kaufe.»

«Also gut», sagte Chuffy. «Sie wissen ja, wie das ist.»

Pauline griff ein. Sie hatte wohl das Gefühl, daß man vom Thema abzuirren drohte. Frauen sind so, sie behalten immer den springenden Punkt im Auge.

«Jedenfalls heirate ich ihn, Vater.»

«Kommt nicht in Frage.»

«Doch. Ich liebe ihn.»

«Dabei warst du gestern noch in diesen verdammten Schafskopf mit dem Rußgesicht verliebt.»

Ich richtete mich empor. Wir Woosters sind es gewohnt, kummerbeladenen Vätern gegenüber Rücksicht walten zu lassen, aber da gibt es unüberschreitbare Grenzen.

«Stoker», sagte ich, «Sie vergessen sich in absonderlichster Weise. Ich muß Sie ersuchen, sich mit dem geziemenden Anstand auszudrücken. Im übrigen ist das nicht Ruß, sondern Schuhwichse.»

«Ich war nicht in ihn verliebt», rief Pauline.

«Das hast du aber gesagt!»

«Wie auch immer, ich liebe ihn nicht.»

Der alte Stoker schoß wieder einen seiner Schnauber ab.

«Tatsache ist, du weißt nicht, was du willst, und da werde ich dir schon beibringen, was du willst.»

«Du kannst sagen, was du magst, ich heirate Bertie nicht.»

«Jedenfalls heiratest du keinen Mitgiftjäger in Gestalt eines englischen Lords.»

Das traf Chuffy bis ins Mark. «Was meinen Sie mit Mitgiftjäger?»

«Genau das, was ich sage. Sie haben keinen Cent in der Tasche, und Sie versuchen, ein Mädchen von Paulines Format und mit der entsprechenden Ausstattung herumzukriegen. Aber verdammt noch mal, Sie sind genauso einer wie dieser Kerl in dem Musical, das ich mal gesehen habe... wie hieß er noch...? Lord Wotwotleigh!»

Ein tierischer Schrei entrang sich Chuffys aschgrauen Lippen. «Wotwotleigh!»

«Das sind Sie, wie gespuckt. Das gleiche Gesicht, der gleiche Ausdruck, die gleiche Art zu reden. Ich habe mir schon die ganze Zeit überlegt, an wen Sie mich erinnern. Jetzt weiß ich's. Lord Wotwotleigh.»

Pauline fuhr ihm in die Parade. «Das ist Käse, was du da erzählst, Vater. Von Anfang an war das ja gerade der Haken, daß Marmaduke viel zu gewissenhaft und edelmütig war. Er wollte nicht um meine Hand anhalten, weil er eben nicht genügend Geld hatte. Und ich hatte mir dauernd überlegt, was bloß mit ihm los wäre. Dann hast du zugesagt, Chuffnell Hall zu kaufen, und fünf Minuten später kam er schon angesprungen und machte mir einen Antrag. Wenn du nicht vorgehabt hast, Chuffnell Hall zu kaufen, dann hättest du nicht so tun sollen, als wolltest du's kaufen. Ich verstehe sowieso nicht, warum du nicht mehr willst.»

«Ich hatte wirklich vorgehabt, es zu kaufen, weil Glossop mich gebeten hatte», sagte Papa Stoker. «Aber so, wie ich den Kerl jetzt beurteile, da würde ich ihm zu Gefallen nicht mal eine Würstchenbude kaufen.»

Nun fühlte ich mich dazu gedrängt, zur Debatte beizutragen.

«Kein schlechter Kerl, der alte Glossop. Gefällt mir gut.»

«Den können Sie gerne haben.»

«Was ihn zunächst meinem Herzen nahebrachte, das war die Art und Weise, wie er gestern nacht mit Klein Seabury umgesprungen ist. Verriet durchaus eine gesunde Gesinnung.»

Stoker starrte nun mit seinem linken Auge herum. Das andere hatte sich geschlossen wie eine Blüte bei Einbruch der Nacht. Ich konnte nicht umhin zu folgern, daß dieser Brinkley, der ihn so sauber getroffen hatte, ein ziemlich wackerer Schütze war. Es ist nämlich gar nicht so leicht, namentlich bei größerer Schußweite, einem eine Kartoffel genau aufs Auge zu setzen. Ich weiß, wovon ich rede, ich habe es selber probiert. Die Natur hat, aus welchen Gründen immer, der Kartoffel eine ziemlich originelle äußere Form verliehen und sie mit kleinen Buckeln ausgestattet, und eben dadurch wird präzises Anvisieren doch recht schwierig.

«Was sagen Sie da? Glossop hat dieses kleine Stinktier verprügelt?»

«Und nicht zu knapp, wie ich erfahren habe.»

«Ich glaub, ich werd verrückt.»

Ich weiß nicht, ob Sie mal so einen Film gesehen haben, in dem der alte Haudegen auf einmal das Lied hört, das ihm seine Mutter beigebracht hat, als er ein kleiner Junge war, und dann sieht man in Großaufnahme, wie es in seinem Gesicht arbeitet, und bevor man sich's versieht, ist sein steinern Herz schon geschmolzen, und er tut gute Werke, so weit das Auge reicht. Mir war das eigentlich immer ein bißchen zu schnell gegangen, aber Sie können mir glauben, solche Schmelzereien im Eilverfahren kommen tatsächlich vor. Denn der alte Stoker machte uns gerade eine vor.

Eben noch ein Mann aus gehärtetem Stahl. Sekunden drauf aber praktisch ein Mensch. Sprachlos starrte er mich an. Dann leckte er sich die Lippen.

«Der alte Glossop hat das wirklich vollbracht?»

«Ich war selbst nicht dabei, aber ich habe es von Jeeves, und der hat es von Mary, dem Hausmädchen, die hat die ganze Sache mit angesehen. Er hat den kleinen Seabury Mores gelehrt, daß es nur so krachte, ich schätze, mit der Rückseite einer Bürste.»

«Ich glaub, ich werd verrückt.»

Pauline führte ein Augengefunkel vor wie eine Zirkusnummer. Man sah es ihr an, neue Hoffnung wurde gefaßt. Es kann sogar sein, daß sie in jungmädchenhaftem Frohsinn in die Hände geklatscht hat.

«Siehst du, Vater! Du hast ihn ganz falsch beurteilt. Er ist ein fabelhafter Mensch. Du mußt jetzt zu ihm gehen und dich entschuldigen, daß du so eingebildet warst. Und dann sagst du ihm gleich, daß du ihm jetzt doch noch das Haus kaufen willst.»

Ich hätte dem armen Plappermäulchen ja sagen können, daß es ganz unzuträglich war, sich auf diese Weise einzumischen. Mädchen haben leider keine Ahnung, wie man sich in Situationen verhält, die feines Taktgefühl erfordern. Schon Jeeves hatte immer gesagt, in solchen Fällen komme es darauf an, sich in die Psyche des Individuums einzufühlen. Hier hätte sogar eine Eule die Psyche Papa Stokers durchschaut. Eine männliche Eule natürlich. Stoker war eine dieser Naturen, die sich zur Wehr setzen, sowie sie glauben, daß Leute, die ihnen nahestehen, sie manipulieren wollen. Es gibt solche Menschen, die kommen, wenn sie gehen sollen, und gehen, wenn sie kommen sollen, und die an Türen mit der Aufschrift «Drücken» grundsätzlich ziehen.

Ich hatte nur allzu recht. Hätte man diesen Stoker in Gottes Namen in Ruhe gelassen, er wäre Sekunden später durchs Zimmer getanzt und hätte Rosen gestreut. Nur ein Haarbreit trennte ihn noch von der Mutation in ein Kompaktgebilde aus Licht und Liebe. Statt dessen aber erstarrte er plötzlich und hatte den dumpfen Blick eines störrischen Maultiers. Man sah ihm an, wie es seinem überheblichen Wesen gegen den Strich ging, bevormundet zu werden.

«Ich werde nichts dergleichen tun.»

«O Vater!»

«Willst du mir erzählen, was ich tun soll und was nicht?»

«Das hab ich doch gar nicht gemeint.»

«Ist mir egal, was du gemeint hast.»

Die Angelegenheit hatte eine unglückliche Wendung genommen. Der alte Stoker murmelte mürrisch mit sich selbst wie eine Bulldogge in nicht allzu sonniger Laune. Pauline sah aus, als hätte sie gerade eine Faust ins Zwerchfell getroffen. Chuffy hatte die Aura eines Menschen, der sich von einem Vergleich mit Lord Wotwotleigh noch nicht erholt hat. Was mich betraf, so sah ich wohl, daß es jetzt der Rhetorik eines Redners mit Silberzunge bedurft hätte, doch empfand ich schmerzlich, daß ein innerer Drang, die eigene Silberzunge ins Spiel zu bringen, ganz nutzlos ist, wenn man nichts zu sagen hat, und ich hatte nichts zu sagen.

Infolgedessen herrschte im Zimmer weiter nichts als Schweigen, und dieses Schweigen dauerte an und verdichtete sich zu einer Art potenzierter Stille, als plötzlich ein Klopfen an der Tür vernehmbar war und Jeeves in diese Stille hineinglitt.

Er schwebte zum alten Stoker hinüber und präsentierte ihm einen Umschlag auf einem Tablett. «Verzeihen Sie, Sir», sagte er. «Ein Matrose Ihrer Jacht hat gerade dieses Telegramm gebracht, es ist kurz nach Ihrem Weggang heute morgen angekommen. Der Kapitän dachte, es könnte vielleicht eine dringende Angelegenheit betreffen, und beauftragte einen Mann der Besatzung, es schnellstens zu diesem Hause zu befördern. Ich nahm es ihm an der Hintertür ab und eilte hierher, um es Ihnen persönlich zu überbringen.»

Die Art seiner Darbietung verwandelte den Vorgang in eines dieser großen epischen Geschehen, die oft in umfangreichen Werken der Literatur ihren Niederschlag finden. Schritt für Schritt folgte man dem Ablauf der Geschichte, und mit der wachsenden Dramatik wuchs auch die Spannung bis zum erlösenden Ende. Der alte Stoker indessen, statt hingerissen zu sein, legte eine gewisse Ungeduld an den Tag.

«Sie wollen damit sagen, hier ist ein Telegramm für mich.»

«Jawohl, Sir.»

«Warum sagen Sie es dann nicht, verdammt noch mal, statt lange Arien zu singen. Glauben Sie, Sie sind hier in der Oper oder was? Her damit!»

Jeeves überreichte ihm den Umschlag mit würdiger Zurückhaltung und glitt samt Tablett wieder hinaus. Stoker riß den Umschlag auf.

«Ich werde mit diesem Glossop ganz bestimmt nicht reden», sagte er und kam wieder zum Thema zurück. «Wenn ihm daran liegt und er kommt, um mich um Entschuldigung zu bitten, dann könnte ich möglicherweise...»

Er wurde leiser und endete mit einem Laut, der in etwa der letzten Lautgebung einer dieser Spielzeugenten ähnelt, denen man, nachdem sie aufgeblasen worden waren, die Luft abläßt. Sein Unterkiefer fiel herab, und er starrte auf das Telegramm, als sähe er erst jetzt, daß er im Begriffe war, eine Tarantel zu streicheln. Im nächsten Augenblick entfuhr seinem Munde eine Äußerung, die ich, sogar gemessen an den laxen Auffassungen unserer Zeit, in einer Gesellschaft mit Damen und Herren höchst unangemessen fand.

Pauline sprang zu ihm. Beunruhigt, aber töchterlich trostbereit im Augenblick der Gefahr.

«Was ist geschehen, Vater?»

Papa Stoker ließ ein paar gurgelnde Töne vernehmen. «Es ist passiert.»

«Was ist passiert?»

«Was? Was?» Jetzt wurde Chuffy stutzig. «Was? Was? Ich werde dir sagen, was. Sie fechten das Testament vom alten George an.»

«Das ist nicht dein Ernst.»

«Doch. Lies es selber.»

Pauline las das Telegramm. Verwirrt schaute sie auf. «Wenn das durchgeht, sind unsere fünfzig Millionen futsch.»

«Natürlich geht das durch.»

«Dann haben wir praktisch keinen Cent mehr.»

Mit einem Ruck sprang Chuffy auf. «Sag das noch mal! Heißt das, euer ganzes Geld ist weg?»

«Sieht so aus.»

«Prima», sagte Chuffy. «Großartig. Prächtig. Wunderbar. Fabelhaft. Umwerfend.»

Pauline fuhr zusammen. «Wie meinst du das? Meinst du...?»

«Klar. Ich bin pleite. Du bist pleite. Und jetzt wird geheiratet.»

«Ja natürlich!»

«Jetzt ist alles wieder in Ordnung. Jetzt kann mir kein Mensch mehr nachsagen, ich wäre wie Wotwotleigh.»

«Das kann niemand mehr sagen.»

«Wotwotleigh selbst, der hätte sich bei dieser Nachricht doch davongemacht.»

«Finde ich auch», jubelte Pauline. «Vor lauter Staub hätte man ihn nicht mehr gesehen.»

«Ist das nicht phantastisch?»

«Herrlich!»

«In meinem ganzen Leben hab ich nicht von so einem Glücksfall gehört.»

«Ich auch nicht.»

«Und er kam genau im richtigen Moment.»

«Aber ganz genau.»

«Wonnig ist das, wonnig.»

«Toll ist das, ganz toll.»

Ihre überschäumende, jugendliche Begeisterung wirkte auf den alten Stoker wie ein Furunkel auf dem Backenknochen.

«Hört jetzt auf mit dem saudummen Gequatsche. Habt ihr den Verstand verloren? Was soll denn das heißen, euer Geld ist weg? Meint ihr vielleicht, ich leg mich aufs Ohr und laß das durchgehen, ohne zurückzuschlagen? Die haben nicht die geringste Chance. Der alte George war so normal wie ich, und ich habe Sir Roderick Glossop, den bedeutendsten Psychiater Englands, der es beweisen wird.»

«Den hast du nicht mehr.»

«Ich brauche den nur im Zeugenstand zu haben, und ihr Einspruch zerplatzt wie eine Seifenblase.»

«Aber Sir Roderick wird nach eurem Streit keine Lust mehr haben, dein Zeuge zu sein.»

Papa Stoker zischte etwas vor Wut. Oder kochte etwas, wenn Ihnen das besser gefällt.

«Wer spricht denn hier von Streit? Zeig mir mal einer den Affenkopf, der zu bezweifeln wagt, daß ich mit Sir Roderick Glossop auf dem freundschaftlichsten Fuße verkehre. Bloß weil wir mal momentan verschiedener Meinung waren, heißt das ja noch nicht, daß wir uns streiten. Wir sind wie Brüder.»

«Was ist, wenn er sich nicht bei dir entschuldigen will?»

«Das hat doch kein Mensch verlangt. Selbstverständlich werde ich mich bei ihm entschuldigen. Wenn ich sehe, daß ich im Unrecht war und meinem besten Freund auf die Füße getreten habe, dann geb ich das doch freimütig zu, dazu bin ich wohl Manns genug, oder? Natürlich werde ich mich entschuldigen, und er wird meine Entschuldigung annehmen, und zwar im gleichen freundschaftlichen Geist. Sir Roderick Glossop ist kein kleinlicher Charakter. Innerhalb von zwei Wochen will ich ihn in New York haben, und er wird für mich zeugen auf Teufel komm raus. Wie heißt das Hotel, in dem er wohnt? Seaview Hotel, stimmt's? Ich rufe ihn gleich an und verabrede mich mit ihm.»

Hier mußte ich mich einmischen. «Er ist nicht im Hotel. Ich weiß es, denn Jeeves hat ihn vorhin dort erreichen wollen. Aber er war nicht da.»

«Und wo ist er jetzt?»

«Ich habe keine Ahnung.»

«Irgendwo muß er ja sein.»

«Aha!» sagte ich, dachte nach und fand diese Folgerung nicht unvernünftig. «Das stimmt, da gibt es keinen Zweifel. Aber wo? Möglicherweise ist er in London.»

«Wieso London?»

«Wieso nicht London?»

«Hat er denn vorgehabt, nach London zu fahren?»

«Das ist nicht ausgeschlossen.»

«Und wo wohnt er in London?»

«Keine Ahnung.»

«Kennt denn niemand die Adresse?»

«Ich nicht», sagte Pauline.

«Ich nicht», sagte Chuffy.

«Ihr seid wirklich eine große Hilfe», sagte der alte Stoker scharf. «Raus mit Ihnen, wir haben zu tun.»

Letztere Bemerkung war an Jeeves gerichtet, der wieder zu uns geglitten war. Auch das ist eine seine bemerkenswerten Eigenschaften, daß er unbemerkt aus dem Nichts auftauchen kann, oder, aufgetaucht, wieder ins Nichts hinabtaucht. Man spricht über dies oder das, und plötzlich spürt man, sozusagen, eine Präsenz, und siehe – da steht er schon.

«Ich bitte um Verzeihung, Sir», sagte Jeeves. «Es schien mir wünschenswert, kurz mit Seiner Lordschaft zu sprechen.»

Chuffy wedelte geistesabwesend mit der Hand. «Später, Jeeves.»

«Sehr wohl, m'Lord.»

«Im Augenblick sind wir sehr beschäftigt.»

«Sehr wohl, m'Lord.»

Der alte Stoker griff unser Thema wieder auf. «Es kann nicht so schwer sein, einen so berühmten Mann wie Sir Roderick ausfindig zu machen. Seine Adresse steht natürlich im ‹Who's Who›. Haben Sie das ‹Who's Who›?»

«Nein», sagte Chuffy.

Der alte Stoker warf die Arme gen Himmel. «Du lieber Gott!»

Jeeves hüstelte.

«Bitte, verzeihen Sie, Sir, wenn ich mir eine Bemerkung erlaube. Ich glaube, ich könnte Ihnen Mitteilung machen, wo sich Sir Roderick befindet. Sehe ich mich in der Annahme bestätigt, daß es sich um Sir Roderick Glossop handelt, den zu finden Sie sich bemühen?»

«Natürlich er. Was glauben Sie denn, wie viele Sir Rodericks ich kenne. Also wo ist er?»

«Im Garten, Sir.»

«Hier im Garten etwa?»

«Ja, Sir.»

«Dann bitten Sie ihn, sofort hereinzukommen. Sagen Sie ihm, daß Mr. Stoker ihn in einer Sache von größter Wichtigkeit zu sprechen wünscht. Nein, halt mal. Sie gehen nicht. Ich gehe selbst. Wo genau im Garten haben Sie ihn gesehen?»

«Ich habe ihn nicht gesehen, Sir. Es wurde mir berichtet, daß er dort sei.»

Papa Stoker schnalzte mit der Zunge. «Verdammt noch mal, wo genau im Garten hat der, wer immer das war, der Ihnen berichtet hat, er sei dort, Ihnen nun gesagt, daß er ist?»

«Im Geräteschuppen, Sir.»

«Im Geräteschuppen?»

«Ja, Sir.»

«Was macht er im Geräteschuppen?»

«Ich glaube, Sir, er sitzt. Wie ich schon bemerkte, beziehe ich meine Kenntnis aus zweiter Hand. Mein Informant ist Constable Dobson.»

«He? Was? Constable Dobson? Wer ist das?»

«Der Polizist, der heute nacht Sir Roderick verhaftet hat.» Er verbeugte sich leicht aus der Hüfte heraus und tauchte ins Nichts zurück.

21

Die geniale Lösung

«Jeeves!» bellte Chuffy.

«Jeeves!» rief Pauline.

«Jeeves!» schrie ich.

«Jeeves!» brüllte der alte Stoker.

Die Tür war schon zu, und ich hätte schwören können, daß sie nicht mehr aufgegangen wäre. Nichtsdestoweniger stand der Mann abermals in unserer Mitte und schaute uns höflich fragend an.

«Jeeves!» schmetterte Chuffy.

«M'Lord?»

«Jeeves!» schrillte Pauline.

«Miss?»

«Jeeves!» trompetete ich.

«Sir?»

«He Sie!» röhrte Papa Stoker. Ob Jeeves sich gern mit «He Sie!» anreden ließ, vermochte ich nicht zu sagen. Sein feingeschnittenes Gesicht ließ keine Regung erkennen.

«Sir?» fragte er.

«Was stellen Sie sich vor, einfach zu verschwinden?»

«Ich hatte den Eindruck gewonnen, daß Seine Lordschaft im Augenblick mit wichtigeren Dingen beschäftigt wäre und nicht über die Muße verfügte, sich mit der Mitteilung zu befassen, die ich machen wollte. Ich hatte mir vorgenommen, Sir, zu einem späteren Zeitpunkt zurückzukehren.»

«Also jetzt bleiben Sie mal hier, verstanden?»

«Selbstverständlich, Sir. Wäre mir bewußt gewesen, daß Sie Verlangen danach trugen, mit mir zu sprechen, hätte ich mich nicht aus diesem Raume zurückgezogen. Lediglich die Befürchtung, ich könnte zu einem Zeitpunkt aufdringlich erscheinen, an dem meine Anwesenheit nicht erwünscht sein würde, veranlaßte mich...»

«Ist ja gut! Ist ja gut! Ist ja gut!» Nicht zum ersten Mal beobachtete ich, daß in Jeeves' besonderer Art der Gesprächsführung etwas sein mußte, was offenbar den alten Stoker stark irritierte. «Schluß jetzt!»

«Ihre Anwesenheit ist von eminenter Tragweite, Jeeves», sagte ich.

«Vielen Dank, Sir.»

Jetzt übernahm Chuffy die Führung, da Stoker vollauf damit ausgefüllt war, Geräusche von sich zu geben wie ein ziemlich verwundeter Büffel.

«Jeeves!»

«M'Lord?»

«Sie haben gesagt, Sir Roderick Glossop sei festgenommen worden?»

«Jawohl, m'Lord. Gerade über diesen Punkt hatte ich mit Ihrer Lordschaft sprechen wollen. Ich kam, um Sie in Kenntnis zu setzen, daß Sir Roderick in der Nacht von Constable Dobson festgenommen und in den Geräteschuppen auf dem Gelände des Anwesens verbracht wurde. Constable Dobson ist als Wache dort vor der Tür zurückgeblieben. Es ist der größere Geräteschuppen, m'Lord, nicht der kleinere. Der Geräteschuppen, auf den ich Bezug nehme, ist der Geräteschuppen zur rechten Hand, wenn man durch die Küche in den Garten gelangt. Er hat ein Dach aus roten Ziegeln, im Gegensatz zu dem kleineren Geräteschuppen, dessen Dachkonstruktion...»

Ich hatte diesen J. Washburn Stoker, wie Sie sicher bemerkt haben, noch nie übermäßig ins Herz geschlossen, es war nur so aus einem quasi gutnachbarlichen Gefühl heraus, daß ich jetzt versuchte, ihn vor einem Schlaganfall zu bewahren.

«Jeeves», sagte ich.

«Sir?»

«Spielt keine Rolle, welcher Geräteschuppen.»

«Jawohl, Sir.»

«Ist nicht von Tragweite, Jeeves.»

«Ich verstehe, Sir.»

«Fahren Sie fort, Jeeves.»

Er warf einen Blick respektvollen Erbarmens auf den alten Stoker, der einige Schwierigkeiten mit seiner Luftröhre zu haben schien.

«Es hat den Anschein, m'Lord, daß Constable Dobson Sir Roderick zu einer vorgerückten Stunde in der Nacht arretierte. Er befand sich sodann in einem Dilemma hinsichtlich möglicher Unterbringung. Sie müssen wissen, m'Lord, daß bei dem Feuer, dem Mr. Woosters Landhaus zum Opfer fiel, das von Sergeant Voules, das ja benachbart war, ebenfalls abbrannte. Da nun das Haus von Sergeant Voules gleichzeitig die hiesige Polizeiwache ist, war Constable Dobson infolgedessen verständlicherweise mit der Kalamität konfrontiert, daß er nicht wußte, wo der Gefangene zu verwahren wäre, und zwar dies um so mehr, als Sergeant Voules nicht da war, um ihn beraten zu können, dieweil dieser, während er das Feuer zu löschen suchte, unglücklicherweise am Kopf verletzt und daraufhin in das Haus seiner Tante verbracht wurde. Es ist dies seine Tante Maud, wohnhaft in Chuffnell Regis, und nicht die...»

Abermals packte mich Mitleid.

«Ist egal, welche Tante, Jeeves.»

«Jawohl, Sir.»

«Trägt nicht zur Wahrheitsfindung bei.»

«Sehr richtig, Sir.»

«Fahren Sie fort, Jeeves.»

«Sehr wohl, Sir. Letzten Endes handelte der Constable in eigener Verantwortung, nachdem er zu dem Schluß gekommen war, daß es durchaus einen sicheren Gewahrsam gebe, mindestens so sicher wie irgendein anderer hier im Umkreis, und zwar im Geräteschuppen, im größeren Geräteschuppen...»

«Wir wissen, Jeeves, der mit dem Ziegeldach.»

«Genau, Sir. Deshalb brachte er Sir Roderick im größeren Geräteschuppen unter und blieb dort als Wache davor für den Rest der Nacht. Heute morgen haben die Gärtner den Dienst angetreten, und der Constable rief einen herbei, einen jungen Burschen namens...»

«Schon gut, Jeeves.»

«Sehr wohl, Sir. Er rief ihn herbei und sandte ihn zu dem vorübergehenden Wohnsitz von Sergeant Voules in der Hoffnung, daß dieser sich genügend erholt hätte, um selber Anteil an dieser Affäre zu nehmen. Dieses war ganz offenbar der Fall. Ein erholsamer Schlaf im wechselseitigen Zusammenwirken mit einer von Haus aus robusten Natur hatte Sergeant Voules so gekräftigt, daß er um die übliche Stunde aufstehen und ein herzhaftes Frühstück zu sich nehmen konnte.»

«Frühstück», murmelte ich. Ich konnte nicht anders, trotz meiner eisernen Beherrschung brach dieses Wort sich Bahn, nachdem es einen offenliegenden Nerv in Bertram angerührt hatte.

«Kaum hatte Sergeant Voules die Nachricht erhalten, als er auch schon herbeieilte, um Seine Lordschaft zu unterrichten.»

«Warum?»

«Seine Lordschaft ist hier Friedensrichter, Sir.»

«Ach so, ja.»

«Als solcher hat er die Befugnis, Gefangene in den Gewahrsam eines anerkannten Gefängnisses überführen zu lassen. Sergeant Voules wartet jetzt in der Bibliothek, bis Eure Lordschaft die Zeit finden, um ihn anzuhören.»

Wenn «Frühstück» so eine Art Schlüsselwort war, das Bertram Wooster in einen gewissen Erregungszustand versetzen konnte, so war anscheinend «Gefängnis» das Wort, das den alten Stoker mächtig erschütterte. Er stieß einen schauerlichen Schrei aus.

«Aber wieso denn Gefängnis? Was hat er denn mit Gefängnissen zu schaffen? Wieso kommt dieser Schwachkopf von Polizist darauf, daß Sir Roderick ins Gefängnis gehört?»

«Die Anklage lautet, soviel ich weiß, Sir, auf Einbruch.»

«Ja, Sir.»

So unsagbar kläglich blickte der alte Stoker mich an – warum gerade mich, kann ich nicht sagen –, daß ich ihm beinahe den

Kopf getätschelt hätte. Ich hätte es auch um ein Haar getan, wäre meine Hand nicht plötzlich in der Bewegung durch ein Geräusch in meinem Rücken aufgehalten worden; es klang wie eine erschreckte Henne oder ein abstreichender Fasan. Die ehrwürdige Witwe Lady Chuffnell war machtvoll ins Zimmer getreten.

«Marmaduke!» rief sie aus, und nicht besser kann ich ihren aufgelösten Zustand beschreiben als durch die Tatsache, daß ihre Augen auf meinem Gesicht ruhten, während sie sprach, ohne daß sie auch nur die geringste Verwunderung zeigte. So wie sie sich benahm, hätte ich genausogut der Große Weiße Häuptling sein können. «Marmaduke, es ist etwas Schreckliches passiert. Roderick...»

«Schon gut», sagte Chuffy, etwas verdrießlich, wie mir schien. «Wir wissen schon Bescheid. Jeeves erzählt es uns gerade.»

«Aber was sollen wir tun?»

«Ich weiß es nicht.»

«Und ich bin schuld, nur ich, ganz allein.»

«Ach sag das doch nicht, Tante», sagte Chuffy, zwar nervös, aber immer noch *preux chevalier*. «Du hättest doch nichts daran ändern können.»

«Doch. Doch. Das werde ich mir niemals verzeihen. Wäre ich nicht gewesen, wäre er doch nie mit dem schwarzen Zeug im Gesicht aus dem Haus gelaufen.»

Der arme, alte Stoker konnte einem leid tun. Eines kam zum anderen. Seine Augen traten ihm aus dem Kopf wie bei einer Schnecke.

«Schwarzes Zeug?» gurgelte er schwach.

«Er hatte sich das Gesicht mit verkohltem Korken geschwärzt, um Seabury zu unterhalten.»

Der alte Stoker wankte zu einem Sessel und ließ sich hineinfallen. Offenbar dachte er, das sei so eine der Geschichten, die man sich besser im Sitzen anhört.

«Dieses furchtbare Zeug bekommt man nur mit Butter weg...»

«Und mit Benzin, wie mir Eingeweihte sagten», warf ich ein, denn ich wollte in diesen Dingen genau sein. «Sie können es bestätigen, Jeeves, nicht wahr? Mit Benzin geht es auch?»

«Jawohl, Sir.»

«Also gut, Benzin», fuhr sie fort. «Benzin oder Butter. Jedenfalls suchte er irgend etwas, um sich von dem Zeug zu befreien, und deshalb wird er ins Haus eingebrochen sein. Und jetzt...»

Mitten im Satz brach sie ab, völlig verstört. Nicht verstörter allerdings als Papa Stoker, der allem Anschein nach gerade durch so eine Art Fegefeuer geschleust wurde.

«Das ist das Ende», sagte er dumpf. «In diesem Augenblick gehen fünfzig Millionen Dollar den Bach hinunter, und ich mach noch Winke-Winke. Was ist das doch für ein fabelhafter Zeuge in einer Verhandlung über geistige Unzurechnungsfähigkeit, den sie selber dingfest machen mußten, als er mit schwarzem Gesicht durch die Lande strich. Kein Richter in den Vereinigten Staaten würde auch nur ein Wort von ihm zulassen, weil er ja offensichtlich selber nicht bei Trost ist.»

Lady Chuffnell erschauerte. «Er hat's doch nur meinem Sohn zuliebe getan.»

«Wer so einem Hundling etwas zuliebe tut», sagte der alte Stoker, «der gehört sowieso in die Gummizelle.»

Er gab ein freudloses Lachen von sich.

«Na gut. Wer den Schaden hat, braucht für den Spott nicht zu sorgen. Da setze ich alles auf das Gutachten dieses Glossop. Da verlasse ich mich darauf, daß er mir meine fünfzig Millionen sichert, weil er wissenschaftlich bezeugen kann, daß der alte George nicht verrückt war. Und zwei Minuten nach seiner Aussage steht die Gegenseite auf und weist nach, daß mein Spezialist selber einen Webfehler hat, daß er närrischer ist, als der alte George in hundert Jahren bei emsigster Bemühung je geworden wäre. Das ist doch saukomisch, wenn man's bedenkt. Die reine Ironie. Erinnert einen an diese Stelle, wo es heißt: ‹Und siehe, der Geist von dem Dingsda schwebt hinweg, und alle folgen ihm nach.›»

Jeeves hüstelte. Er hatte diesen wissenden Blick, der unmittelbar vor einer Enthüllung in seinem Auge aufschimmert.

«Abou ben Adhem, Sir.»

«Ben was?» fragte der alte Stoker verblüfft.

«Der Dingsda in dem Gedicht, auf das Sie gerade angespielt haben, ist ein gewisser Abou ben Adhem, der, wie das Gedicht uns erzählt, eines Nachts aus einem tiefen Traum erwachte und einen Engel erblickte...»

«Raus!» sagte der alte Stoker sehr ruhig.

«Sir?»

«Raus mit Ihnen, bevor ich Ihnen den Hals umdrehe.»

«Ja, Sir.»

«Nehmen Sie Ihre Engel mit.»

«Sehr wohl, Sir.»

Die Tür schloß sich. Der alte Stoker stieß seinen Atem aus wie ein verwundetes Reh. «Engel!» sagte er. «In so einem Augenblick.»

Im Namen der Gerechtigkeit wollte ich Jeeves beistehen. «Er hat ganz recht gehabt», sagte ich. «In der Schule haben wir das auswendig lernen müssen. Der Engel saß am Bett dieses Abou und schrieb etwas in ein Buch, verstehen Sie mich, und die ganze Sache ging dann so aus... Na schön, Sie wollen's ja gar nicht wissen.»

Ich zog mich in eine Ecke zurück und nahm ein Fotoalbum zur Hand. Ein Wooster drängt Unwilligen seine Unterhaltung nicht auf.

Was jetzt eine ganze Weile lang den Raum erfüllte, könnte man am besten mit wirrem Diagonalgeplapper bezeichnen. Ich nahm nicht daran teil, ich war verärgert. Alle redeten ohne Punkt und Komma aufeinander ein, aber keiner brachte etwas vor, was man auch nur im mindesten einen konstruktiven Beitrag nennen könnte. Ausgenommen der alte Stoker, der mir den Beweis dafür lieferte, daß meine Vermutung, er wäre einmal ein Pirat vor einer karibischen oder sonst einer wilden Küste gewesen, von einer an Sicherheit grenzenden Wahrscheinlichkeit war, denn sein Vorschlag für ein Befreiungskommando war ebenso kühn wie verbrecherisch.

«Was hindert uns denn», wollte er wissen, «zum Schuppen zu

gehen, die Tür einzutreten, uns den Kerl zu greifen und heimlich irgendwo zu verstauen? Dann können diese dämlichen Schutzmänner ihn suchen und umeinander herumlaufen wie die Hühner.»

Chuffy erhob Einwände. «Das geht nicht.»

«Warum nicht?»

«Sie haben doch von Jeeves gehört, daß Dobson ihn bewacht.»

«Dem hauen wir einfach eine Schaufel auf die Birne.»

Chuffy schien diesem Konzept ablehnend gegenüberzustehen. Ich nehme an, weil er Friedensrichter war, und als solcher muß man sicher bei seinen Handlungen Vorsicht walten lassen. Schutzmänner mit Schaufeln über die Birne zu hauen, das kann nur Mißmut in der Kreisverwaltung erzeugen.

«Verdammt, dann bestechen wir ihn halt.»

«Einen englischen Polizisten können Sie nicht bestechen.»

«Meinen Sie das im Ernst?»

«Ja. Da kommen Sie nicht an.»

«Mein Gott, was für ein Land!» rief der alte Stoker und stöhnte mit einer Art Pfeifton laut auf; man sah es ihm an, niemals mehr würde er fähig sein, England mit den gleichen Augen anzusehen wie bisher.

Mein Groll löste sich auf. Wir Woosters empfinden sehr menschlich, und das Schauspiel von soviel angehäuftem Herzeleid in einem so relativ kleinen Zimmer war zuviel für mich. Ich schritt zum Kamin und drückte auf den Klingelknopf, mit dem Ergebnis, daß gerade, als der alte Stoker sich darüber verbreiten wollte, was er von englischen Polizisten hielt, die Tür aufging und Jeeves im Raume stand.

Papa Stoker beäugte ihn düster. «Schon wieder da?»

«Ja, Sir.»

«Und?»

«Sir?»

«Was wollen Sie?»

«Es hat geklingelt, Sir.»

Chuffy zog wieder seine Wedel-Nummer ab. «Nein, Jeeves, niemand hat geklingelt.»

Ich trat vor. «Doch. Ich, Chuffy.»

«Warum?»

«Ich habe nach Jeeves geklingelt.»

«Wir brauchen Jeeves nicht.»

«Chuffy, alter Freund», sagte ich, und die Anwesenden waren ohne Zweifel fasziniert vom feierlichen Ernst in meiner Stimme, «gäbe es je einen Augenblick, in dem du Jeeves nötiger hättest als jetzt...» Ich hatte mich verheddert und mußte von vorn anfangen. «Chuffy», sagte ich, «worauf ich hinauswill, ist das: Es gibt nur einen einzigen Menschen, der dir aus diesem Abgrund heraushelfen kann. Er steht vor dir. Es ist Jeeves», sagte ich, um ihm die Sache deutlich zu machen. «Du weißt genausogut wie ich, daß Jeeves in solchen Fällen immer einen Ausweg findet.»

Chuffy war sichtlich beeindruckt. Ich sah, wie sein Gedächtnis rotierte und daß er sich an einige Meisterstreiche dieses Mannes erinnerte.

«Bei Gott, du hast recht. Das hat er oft bewiesen.»

Ein scharfer Blick von mir brachte den alten Stoker, der gerade wieder mit seinen Engeln anfangen wollte, auf Anhieb zum Schweigen.

«Jeeves», sagte ich, «wir brauchen Ihre Mitarbeit und Beratung.»

«Sehr wohl, Sir.»

«Um Sie ins Bild zu setzen, möchte ich Ihnen zunächst eine kurze Synopsis geben... Synopsis korrekt, Jeeves?»

«Jawohl, Sir. Synopsis ist korrekt.»

«... eine kurze Synopsis also, wie die Dinge stehen. Sie erinnern sich sicher noch an den verstorbenen Mr. George Stoker. Die Klauseln seines Testaments sprachen Mr. Stoker hier den Nießbrauch beträchtlicher Vermögensteile zu. Das Telegramm, das Sie uns gebracht haben, teilt uns jedoch mit, daß dieses Testament angefochten wird mit der Begründung, daß der Erblasser einen Knall gehabt hat wie ein Kanonenschlag. Können Sie mir folgen?»

«Jawohl, Sir.»

«Um dieses abzuwehren, hatte Mr. Stoker beabsichtigt, Sir

Roderick Glossop vor Gericht bezeugen zu lassen, daß der alte George in Sachen Vollbesitz der Geisteskräfte ganz große Klasse war. Ein Licht der Christenheit, wenn Sie wissen, was ich meine. Unter normalen Umständen wäre das auch gutgegangen; er hätte unweigerlich gesiegt.»

«Jawohl, Sir.»

«Jedoch, und das ist der springende Punkt, Jeeves, Sir Roderick steckt jetzt im Geräteschuppen, sein Gesicht ist mit Ruß schwarz eingefärbt, und eine Anklage wegen nächtlichen Einbruchs steht ihm ins Haus. Als Streitmacht ist er infolgedessen nur noch bedingt verwendungsfähig, verstehen Sie?»

«Jawohl, Sir.»

«In dieser unserer Welt, Jeeves, ist es uns vergönnt, von zwei Sachen nur eine zu tun. Entweder machen wir uns einen Namen als unangefochtene Autorität, die entscheidet, ob ein Mitmensch noch dicht ist oder nicht. Oder wir gehen geschwärzten Gesichtes umher und lassen uns in Geräteschuppen sperren. Beides zusammen geht nicht. Die Frage ist nun, Jeeves, was ist zu tun?»

«Ich würde vorschlagen, Sir Roderick aus dem Schuppen zu entfernen, Sir.»

Ich wandte mich zur Versammlung. «Hab ich's nicht gesagt, daß Jeeves einen Ausweg finden würde?»

Eine Gegenstimme. Vom alten Stoker. Der Mann war ein Quengler. «Ihn aus dem Schuppen entfernen?» sagte er in ungewöhnlich hämischem Tonfall. «Wie denn? Mit einem Trupp Engel?»

Er fing wieder an, uns seine Büffelimitation vorzuschnauben, und ich mußte ihm nun ganz energisch den Mund verbieten.

«Könnten Sie Sir Roderick aus dem Schuppen entfernen, Jeeves?»

«Jawohl, Sir.»

«Sie sind ganz sicher?»

«Jawohl, Sir.»

«Haben Sie etwa schon einen Plan entwickelt?»

«Jawohl, Sir.»

«Ich nehme alles zurück», sagte der alte Stoker voller Ehrfurcht. «Vergessen Sie meine Worte. Holen Sie mich aus diesem Schlamassel heraus, dann können Sie mich mitten in der Nacht wecken und mir etwas über Engel erzählen, wenn Sie wollen.»

«Vielen Dank, Sir. Wenn wir Sir Roderick verschwinden lassen, bevor er Seiner Lordschaft vorgeführt wird, Sir», fuhr Jeeves fort, «werden wir, wie ich glaube, jeder Unannehmlichkeit aus dem Wege gehen. Seine Identität ist weder Constable Dobson noch Sergeant Voules bekannt. Der Constable hatte ihn vor der Festnahme noch nie gesehen und nimmt wohl an, daß er zur Truppe dieser negroiden Schausteller gehört, die auf der Jacht Mr. Stokers Gästen vorgespielt haben. Sergeant Voules hat sicher den gleichen Eindruck. Es gilt also lediglich, Sir Roderick dort herauszuholen, bevor die Sache näher untersucht wird, und alles ist wieder gut.»

Ich konnte ihm folgen. «Ich kann Ihnen folgen, Jeeves», sagte ich.

«Wenn Sie mir nun erlauben, Sir, werde ich Ihnen in den Grundzügen den Plan enthüllen, den ich Ihnen befürwortend unterbreite, um ebendieses Ziel zu erreichen.»

«Ja», sagte der alte Stoker mit Nachdruck. «Was haben Sie vor? Spucken Sie's aus.»

Ich hielt die Hand hoch. Plötzlich schoß mir ein Gedanke durch den Kopf. «Moment, Jeeves», sagte ich. «Einen kleinen Moment.»

Ich fixierte den alten Stoker mit geradezu hypnotischer Kraft. «Bevor wir weitersprechen, müssen erst zwei Sachen geregelt werden. Geben Sie feierlich Ihr Wort, daß Sie Chuffnell Hall vom guten Chuffy hier erwerben werden, zu einem Preis, den beide Kontrahenten miteinander ausgehandelt haben?»

«Ja, ja, ja! Weiter im Text!»

«Und Sie stimmen der Verbindung zwischen Ihrer Tochter Pauline und dem guten Chuffy zu und kein Wort mehr von dem Quatsch, daß sie mich heiraten soll?»

«Ist doch klar! Ist doch klar!»

«Jeeves», sagte ich, «fahren Sie fort.»

Ich trat zurück und überließ ihm das Rednerpult, und dabei

sah ich, in seinen Augen leuchtete das Licht der reinsten Intelligenz. Sein Hinterkopf wölbte sich wie üblich etwas nach hinten heraus.

«Ich habe diesen Fall mit beträchtlicher Aufmerksamkeit geprüft, Sir, und bin dabei zu der Folgerung gelangt, das größte Hindernis bei unserem Versuch, unser Ziel zu erreichen, ist wohl in der Anwesenheit von Constable Dobson zu sehen, der vor der Tür des Geräteschuppens wacht.»

«Sehr wahr, Jeeves.»

«Er stellt gewissermaßen die Crux bei unserem Unternehmen dar, wenn ich es einmal so ausdrücken darf.»

«Selbstverständlich dürfen Sie es so ausdrücken, Jeeves. Ein anderer Ausdruck dafür wäre eventuell ‹der Haken›.»

«Genau, Sir. Entsprechend muß es unsere erste Maßnahme sein, Constable Dobson zu eliminieren.»

«Ist doch meine Rede», warf der alte Stoker etwas aufmüpfig ein. «Kein Mensch hört mir zu.»

Ich stopfte ihm den Mund. «Sie wollten ihm mit einem Spaten oder so etwas auf den Kopf hauen. Ganz falsch. Was wir hier brauchen, ist... wie sagt man noch, Jeeves?»

«Finesse, Sir.»

«So ist es. Fahren Sie fort, Jeeves.»

«Die Eliminierung ist, meiner Meinung nach, relativ einfach dadurch zu bewerkstelligen, daß man ihm die Nachricht zukommen läßt, das Hausmädchen Mary wünsche ihn schnellstens bei den Himbeersträuchern zu sehen.»

Der Scharfsinn dieses Mannes raubte mir den Atem. Doch behielt ich gerade noch genug Luft, um für die anderen eine erklärende Fußnote anzuhängen.

«Diese Mary, das Hausmädchen, ist mit diesem Trampel Dobson verlobt. Ich habe sie zwar nur von weitem gesehen, aber ich kann bezeugen, daß sie genau die richtige Sorte ist, der jeder sinnenfrohe Constable mit Wonne in die Himbeeren nachspringt. Voller Sex-Appeal, das Mädchen, was, Jeeves?»

«Eine außergewöhnlich attraktive junge Frau, Sir. Ich glaube auch, daß wir der Nachricht noch mehr Nachdruck verleihen, wenn wir verlauten lassen, daß sie ihm eine Tasse Kaffee und ein Schinken-Sandwich mitbringt. Ich habe festgestellt, daß der Constable noch nicht gefrühstückt hat.»

Ich zuckte zusammen. «Dieses Gebiet bitte nur kurz streifen, Jeeves. Ich bin nicht aus Stein.»

«Ich bitte um Verzeihung, Sir. Ich hatte es im Moment vergessen.»

«Schon gut, Jeeves. Sie müssen Mary natürlich schmieren?»

«Nein, Sir. Ich habe sie vorsichtig befragt und dabei festgestellt, daß sie nur allzu gern dem Beamten eine Erfrischung zukommen lassen würde. Ich schlage vor, ihr eine Botschaft zu schicken, vorgeblich von dem Beamten selbst, die besagt, daß er in dem erwähnten Gesträuch auf sie warte.»

Hier mußte ich ihn unterbrechen. «Ein Haken, Jeeves. Gewissermaßen eine Crux reinsten Wassers. Wenn er was zu essen wollte, warum ging er nicht direkt ins Haus?»

«Er müßte fürchten, von Sergeant Voules gesehen zu werden, Sir. Sein Vorgesetzter hat ihm den strikten Befehl erteilt, auf seinem Posten auszuharren.»

«Und Sie meinen, er wird ihn dann trotzdem verlassen?» fragte Chuffy.

«Mein lieber Mann», sagte ich. «Er hat noch nicht gefrühstückt, und diesem Mädchen quellen Kaffee und Schinkenbrote aus allen Knopflöchern. Halte bitte die Schilderung des Plans nicht mit so dämlichen Fragen auf. Weiter, Jeeves.»

«Während er abwesend ist, dürfte es ein einfaches Unterfangen sein, Sir Roderick von dort zu entfernen und ihn in ein Versteck zu führen. Das Schlafzimmer Seiner Lordschaft bietet sich an.»

«Und Dobson würde es niemals wagen einzugestehen, daß er seinen Posten verlassen hatte. Darauf wollen Sie doch hinaus?»

«Richtig, Sir. Seine Lippen sind versiegelt.»

Der alte Stoker schob sich wieder ins Rampenlicht.

«Nicht gut», sagte er. «Geht nicht. Ich will nicht unterstellen, daß wir Glossop nicht rausholen könnten, aber die Polizisten würden doch merken, daß da was stinkt. Plötzlich ist ihr Mann verschwunden, und da merken sie doch, daß ihn jemand befreit hat. Das können sie sich doch ausrechnen, daß nur wir dafür in Frage kommen. Gestern nacht auf meiner Jacht zum Beispiel...»

Er hielt inne, und ich nehme an, er wollte Vergangenes vergangen sein lassen. Als ich von der Jacht verschwunden war, hatte er nicht lange dazu gebraucht, um sich auszurechnen, daß Jeeves dahintersteckte.

«Das ist ein Argument, Jeeves», fühlte ich mich gedrängt zu sagen. «Die Polizei hier wäre vielleicht nicht in der Lage, etwas dagegen zu unternehmen, aber es würde ein Gerede geben, und binnen kurzem würde jeder herumerzählen, daß Sir Roderick mit geschwärztem Gesicht durch Feld und Flur gestrichen sei. Das Lokalblatt würde sich auf die Sache stürzen. Einer von diesen Klatschspaltenschreibern, wie sie beim Drones Club herumsitzen und mit gespitzten Ohren auf Sensatiönchen lauern, würde Wind davon bekommen, und dann wären wir genauso übel dran, als wenn das arme Schwein ein paar Jahre lang im Zuchthaus Werg zupfen müßte.»

«Verzeihung, Sir. Die Polizisten würden einen Verhafteten im Schuppen vorfinden. Ich möchte empfehlen, daß Sie für Sir Roderick einspringen.»

Ich starrte ihn an. «Ich?»

«Es ist ganz unumgänglich, wenn ich das hervorheben darf, Sir, daß ein schwarzgesichtiger Gefangener sich im Schuppen befindet, wenn der Moment gekommen ist, den Angeschuldigten Seiner Lordschaft vorzuführen.»

«Ich sehe doch gar nicht aus wie Glossop. Wir sind doch ganz verschieden gebaut. Ich – gertenschlank und geschmeidig, er – nun ja, ich will auf keinen Fall etwas Abfälliges über jemanden sagen, der der Tante eines alten Freundes verbunden ist durch Bande, die stärker sind als jene des Blutes, jedoch... also, was ich sagen will, nicht einmal bei äußerstem Mißbrauch der Phantasie könnte ihn jemand gertenschlank und geschmeidig nennen.»

«Sie vergessen, Sir, daß nur Constable Dobson den Gefangenen wirklich gesehen hat, und seine Lippen, wie ich schon bemerkte, sind versiegelt.»

Das war richtig, daran hatte ich nicht mehr gedacht.

«Schon, aber Jeeves, Himmel noch mal, so gern ich auch diesem schwergeprüften Hause Hilfe und Trost angedeihen lassen möchte, aber ich bin nicht sehr versessen darauf, wegen Einbruchs fünf Jahre im Knast zu sitzen.»

«Die Gefahr ist gebannt, Sir. Der Bau, in den Sir Roderick einbrechen wollte, als er verhaftet wurde, war Ihre Garage.»

«Aber Jeeves! Bedenken Sie doch! Halten Sie sich die Tatsachen vor Augen! Sollte ich mich denn beim Einbruch in meine eigene Garage wirklich schnappen lassen und deswegen die ganze Nacht gefangen in einem Schuppen sitzen, ohne laut zu protestieren? Das ist nicht... nicht sehr plausibel.»

«Es ist nur wichtig, Sergeant Voules zu überzeugen. Er muß es glauben. Was der Constable glaubt, ist unerheblich, dank der Tatsache, daß seine Lippen versiegelt sind.»

«Aber Voules glaubt das doch keine Sekunde lang.»

«O doch, Sir. Ich vermute, er hat den Eindruck, daß es zu Ihren Gepflogenheiten gehört, des öfteren in Schuppen und Garagen zu übernachten.»

Aus Chuffy kam ein frohgemuter Schrei. «Ja natürlich! Für ihn ist das doch ganz klar, daß du wieder kräftig einen gepichelt hast.»

Ich reagierte eisig.

«So?» sagte ich, und jedermann hätte meine Stimme nur mehr als schlichtweg ätzend bezeichnet. «So. Dann soll ich also in die Annalen von Chuffnell Regis eingehen als der führende Trunkenbold der Region?»

«Vielleicht denkt der Sergeant auch nur, daß er sie nicht mehr alle beisammenhat», meinte Pauline.

«Richtig», sagte Chuffy. «Bertie», bat er mich inständig, «du wirst mir doch jetzt, in dieser Stunde, in dieser Lage, nicht erzählen wollen, daß es dir etwas ausmacht, wenn da einer sagt, deine geistigen Fähigkeiten...»

«... kann man vergessen», ergänzte Pauline.

«Genau», bekräftigte Chuffy. «Natürlich machst du das. Was? Bertie Wooster? Der nimmt doch allemal eine kleine Unbequemlichkeit auf sich, um Freunden aus der Patsche zu helfen. Darauf ist er doch versessen.»

«Erpicht darauf», sagte Pauline.

«Wild darauf», sagte Chuffy.

«Ich hab schon immer gewußt, was das für ein feiner, junger Mensch ist», sagte der alte Stoker. «Ich weiß noch, wie ich ihn zum ersten Mal gesehen habe. Da hab ich's schon gleich gesagt.»

«So ging's mir auch», sagte Lady Chuffnell. «Ist so ganz anders als diese jungen Leute sonst heutzutage.»

«Mir gefiel sein Gesicht.»

«Mir hat sein Gesicht schon immer gefallen.»

In meinem Kopf ging es etwas durcheinander. Es geschieht nicht sehr oft, daß ich so eine gute Presse bekomme, und der viele Honig rings um meine Mundwinkel machte mich ganz schwach. Kraftlos stemmte ich mich der Flut entgegen.

«Aber hört doch mal...»

«Ich war mit Bertie Wooster auf der Schule», sagte Chuffy, «Denke gern daran zurück. Dann auch in Eton, und danach in Oxford. Jeder liebte ihn.»

«Wegen seiner wunderbaren, selbstlosen Gesinnung?» fragte Pauline.

«Du hast den Nagel auf den Kopf getroffen. Wegen seiner wunderbaren, selbstlosen Gesinnung. Wann immer es darauf ankam, einem Kumpel zu helfen, da ist er für den durchs Feuer gegangen. Ich wünschte, ich hätte ein Pfund für jedes Mal, wo ich erlebt habe, wie er die Schuld für die Gemeinheiten anderer auf seinen breiten Buckel genommen hatte.»

«Wirklich großartig», sagte Pauline.

«Genau so, wie ich's erwartet hätte», sagte der alte Stoker.

«Genau», sagte Lady Chuffnell. «Schon im Knaben zeigt sich die Rechtschaffenheit des Mannes.»

«Ihr hättet sehen müssen, wie er sich einem vor Wut kochenden Direktor entgegengestellt hat, ihn zähmend mit dem furchtlosen Blick seiner großen, blauen Augen...»

Ich hob eine Hand. «Chuffy, das genügt», sagte ich. «Es reicht mir. Ich werde diese Heimsuchung auf mich nehmen. Nur noch eines. Wenn ich wieder zurück bin, bekomme ich dann ein Frühstück?»

«Du bekommst das beste Frühstück, das Chuffnell Hall auf die Beine stellen kann.»

Ich sah ihn scharf an. «Heringe?» fragte ich.

«Schwärme!»

«Toast?»

«Berge!»

«Kaffee?»

«Kannen!»

Ich neigte den Kopf. «Du wirst dafür sorgen», sagte ich. «Kommen Sie, Jeeves, ich bin bereit.»

«Sehr wohl, Sir. Vielleicht erlauben Sie mir eine Bemerkung…»

«Bitte, Jeeves.»

«Was Sie jetzt tun, Sir, ist besser als alles, was Sie jemals getan haben.»

«Danke sehr, Jeeves.»

Wie ich schon sagte, niemand kann so etwas so gefällig und treffend in Worte kleiden wie er.

22

Jeeves bewirbt sich

Sonnenlicht strahlte in das kleine Frühstückszimmer von Chuffnell Hall. Es umspielte mich, der ich bequem am Tisch saß, umspielte Jeeves, der im Hintergrund schwebte, und ebenso die Gräten von vier Räucherheringen und einen leeren Toastständer. Ich goß mir den restlichen Kaffee ein, den ich sodann gedankenvoll in kleinen Schlucken trank. Die jüngsten Ereignisse hatten mir ihren Stempel aufgedrückt, und es war ein veränderter Bertram Wooster, ernster und gereifter, der seinen Blick über den Toastständer schweifen ließ, diesen leer fand und darauf den Blick auf den Mann in Wartestellung umdirigierte.

«Wer ist jetzt Köchin hier, Jeeves?»

«Eine Frau namens Perkins, Sir.»

«Sie hat mir ein famoses Frühstück zusammengestellt. Übermitteln Sie ihr bitte mein Lob.»

«Sehr wohl, Sir.»

Ich hob die Tasse an meine Lippen. «Das ist jetzt so ähnlich wie milder Sonnenschein nach dem Sturm, Jeeves.»

«Ein ungewöhnlich guter Vergleich, Sir.»

«Und was für ein Sturm, was?»

«Zuweilen äußerst mißlich, Sir.»

«Mißlich, jawohl, *le mot juste*. So wie auch die Verhandlung, an die ich gerade denken muß. Ich schmeichle mir, ein Mann mit starken Nerven zu sein, Jeeves. Von den Widrigkeiten des Lebens nicht leicht zu erschüttern. Aber ich muß gestehen, es war mir doch sehr mulmig, als ich vor Chuffy antreten mußte. Der alte Chuffy, der Inbegriff der ehrfurchtgebietenden Majestät des Gesetzes. Ich war nervös und verlegen. Ich wußte gar nicht, daß er eine Hornbrille trägt.»

«Grundsätzlich, Sir, wenn er als Friedensrichter fungiert, wie man mir sagte. Ich vermute, Seine Lordschaft ist des Glaubens, daß sie ihm Würde und Selbstsicherheit verleiht, wenn er seines Amtes waltet.»

«Na ja, jemand hätte mich warnen müssen. Ich war mächtig erschrocken. Der Mann ist ja völlig verändert. Mit der Hornbrille sieht er aus wie meine Tante Agatha. Nur weil ich mir ins Gedächtnis rief, daß wir mal beide zusammen auf der Anklagebank saßen, angeschuldigt, bei der Siegesfeier nach der Regatta randaliert zu haben, nur deswegen konnte ich meine Fassung bewahren. Allerdings war das Unbehagen nur von kurzer Dauer. Er hat uns wirklich im Eilmarsch durch die Verhandlung gejagt. Dobson hat er ganz schön fertiggemacht, was?»

«Jawohl, Sir.»

«Eine ziemlich scharfe Rüge, so kam's mir vor?»

«Sehr elegant formuliert, Sir.»

«Und Bertram verabschiedet ohne einen Flecken auf seiner weißen Weste.»

«Jawohl, Sir.»

«Wenn auch in den Augen von Sergeant Voules ein eingefleischter Säufer oder der geborene Spinner. Möglicherweise beides. Jedoch», fuhr ich fort und wandte mich bewußt der lichten Seite des Lebens zu, «was hat es für einen Sinn, sich darüber noch den Kopf zu zerbrechen.»

«Sehr wahr, Sir.»

«Wesentlich ist doch nur das: Sie haben abermals bewiesen, daß es keine Krise gibt, die Sie nicht letzten Endes meistern. Eine fabelhaft saubere Arbeit, eine fabelhaft elegante Lösung, Jeeves.»

«Ohne Ihre Mithilfe hätte ich nichts ausrichten können, Sir.»

«Ach was, Jeeves. Ich war nur ein Steinchen in dem Spiel.»

«Keineswegs, Sir.»

«Doch, doch. Ich weiß, wo ich hingehöre. Nur eines ist da noch. Bitte glauben Sie nicht, ich wollte Ihr Verdienst auch nur im geringsten schmälern. Aber Sie haben auch ein wenig Glück gehabt, stimmt's?»

«Sir?»

«Nun ja, dieses Telegramm, das da ganz zufällig genau im richtigen Moment eintraf. Eine äußerst glückliche Fügung, wie?»

«Nein, Sir. Ich hatte es schon erwartet.»

«Was sagen Sie da?»

«Vorgestern habe ich meinem Freund Benstead in New York ein Telegramm geschickt mit der Bitte, unverzüglich eine bestimmte Nachricht zurückzutelegrafieren, deren Inhalt Sie heute morgen kennengelernt haben.»

«Wollen Sie etwa sagen ...?»

«Gleich nach dem Bruch zwischen Mr. Stoker und Sir Roderick Glossop, der ja zur Folge hatte, daß ersterer sich entschied, Chuffnell Hall nicht zu erwerben, was wiederum unerfreuliche Begleiterscheinungen für Seine Lordschaft und Miss Stoker zeitigte, kam mir der Gedanke, daß ein Telegramm an Benstead möglicherweise eine Lösung herbeiführen könnte. Ich mutmaßte, daß die Nachricht, das Testament des verstorbenen Mr. George Stoker werde angefochten, letztendlich geeignet sein könnte, eine Versöhnung zwischen Mr. Stoker und Sir Roderick herbeizuführen.»

«Das heißt, das Testament ist gar nicht angefochten worden?»

«So ist es, Sir.»

«Und wenn der alte Stoker dahinterkommt?»

«Ich bin zutiefst davon überzeugt, Sir, daß das Gefühl der Erleichterung, die er empfunden hat, jeden möglichen Groll gegenüber dem kleinen Kunstgriff überdeckt. Im übrigen hat er schon alle Papiere betreffs Kauf von Chuffnell Hall unterzeichnet.»

«Also selbst wenn er so sauer wäre wie ein Rollmops, könnte er nichts mehr ändern?»

«Sie sagen es, Sir.»

Ich schwieg, und Schwermut fiel über mich. Diese Enthüllung, die ich staunend zur Kenntnis nahm, schmerzte mich wie ein Stich ins Herz. Es war die bittere Erkenntnis, daß ich diesen Mann hatte gehen lassen; nun stand er in Chuffys Diensten, und es war leider nicht daran zu denken, daß Chuffy jemals so vertrottelt sein könnte, ihn wieder in die freie Wildbahn zu entlassen. Pein und Trübsal beschlichen meine Seele, und es soll nur niemand sagen, ich hätte nicht gelitten.

Ganz im Geist des alten Aristokraten, der unbewegten Gesichtes den Schinderkarren besteigt, zwang ich mich, die Maske zu tragen.

«Zigarette, Jeeves?»

Er holte die Schachtel hervor. Ich paffte schweigend vor mich hin.

«Dürfte ich wohl fragen, Sir, was Sie zu tun beabsichtigen?»

Ich tauchte aus meiner Versunkenheit empor. «He?»

«Ich frage, weil das Landhaus abgebrannt ist, Sir. Ist es Ihr Wunsch, ein anderes in der Nachbarschaft zu übernehmen?»

Ich schüttelte den Kopf. «Nein, Jeeves, ich gehe wieder nach London.»

«In die alte Wohnung, Sir?»

«Ja.»

«Aber...»

Ich nahm die Frage vorweg. «Ich weiß, was Sie sagen wollen, Jeeves. Sie denken an Mr. Manglehoffer, an die ehrenwerte Mrs. Tinkler-Moulke und Oberstleutnant J. J. Bustard. Doch die Verhältnisse haben sich seit damals geändert, als ich gezwungen war, wegen der Borniertheit dieser Leute gegenüber meinem Banjolele meine Unbeugsamkeit unter Beweis zu stellen. Aber von jetzt an wird es keine Reibungen mehr geben. Mein Banjolele wurde gestern nacht ein Opfer der Flammen. Ich werde kein neues kaufen.»

«Nein, Sir?»

«Nein, Jeeves. Mir ist die Lust daran vergangen. Ich könnte doch keine einzige Saite mehr zum Klingen bringen, ohne an Brinkley zu denken. Und das ist etwas, was ich jedenfalls für absehbare Zeit auf keinen Fall mehr will, nämlich an diese Ausgeburt des Wahnsinns denken zu müssen.»

«Sie haben also nicht vor, ihn weiter zu beschäftigen, Sir?»

«Ihn weiter zu beschäftigen? Nach allem, was geschehen ist? Nach dem Rennen mit ihm und seinem Tranchiermesser, das ich gerade mit weniger als einer Kopflänge gewinnen konnte? Ich habe es nicht vor, Jeeves. Einen Kopfjäger vom Amazonas, gern. Al Capone, jederzeit. Aber nicht Brinkley.»

Er hüstelte.

«Da nun in Ihrem Haushalt eine Stelle frei geworden ist, erlaube ich mir die Frage, ob Sie wohl erwägen könnten, eine diesbezügliche Bewerbung meinerseits wohlwollend zu prüfen?»

Ich stieß fast die Kaffeekanne um.

«Sie meinen... was haben Sie gesagt, Jeeves?»

«Ich erlaubte mir, der Hoffnung Ausdruck zu geben, daß Sie mein Stellengesuch freundlicherweise zur Kenntnis nehmen und darüber entscheiden. Ich würde mich bemühen, Ihnen dienlich zu sein, so wie ich mich auch in der Vergangenheit bemüht habe und, wie ich hoffe, zu Ihrer Zufriedenheit.»

«Aber...»

«In jedem Falle hätte ich nicht das Verlangen, in den Diensten Seiner Lordschaft zu bleiben, da er sich nun zu verheiraten gedenkt. Niemand wird mich in meiner Wertschätzung für Miss Stoker übertreffen können, aber es gehört zu meinen Prinzipien, nicht im Haushalt eines verheirateten Herrn zu dienen.»

«Warum?»

«Es beruht lediglich auf einer persönlichen Einstellung, Sir.»

«Ich verstehe, was Sie meinen. Die Mentalität des Einzelgängers.»

«Genau, Sir.»

«Dann wollen Sie wirklich mit mir zurückfahren?»

«Wenn Sie es mir erlauben, würde ich es als eine Ehre betrachten, Sir, es sei denn, Sie hätten schon andere Pläne.»

Es fällt einem wirklich nicht leicht, bei solchen Höhepunkten des Lebens die passenden Worte zu finden, wenn Sie wissen, was ich meine. Ich meine damit, plötzlich steht man da, auf so einem Höhepunkt gewissermaßen, die Wolken haben sich verzogen, und die gute alte Sonne hat alle Kessel unter Feuer, und man fühlt sich... man fühlt sich... na ja, Herrgott noch mal, Sie wissen schon.

«Danke sehr, Jeeves», sagte ich.

«Ich bitte Sie, Sir.»